あなたに聞いて貰いたい七つの殺人

SEVEN MURDERS YOU NEED TO HEAR ABOUT

信国 遥
Haruka Nobukuni

光文社

あなたに聞いて貰いたい七つの殺人

装画　wataboku
装幀　bookwall

第一章

1

不協和音の混ざった不気味なオープニングテーマと断続的なノイズを押しのけるようにして、機械で加工された声が聞こえてくる。

『ラジオマーダー』

タイトルコールを合図に、暗かったデスクトップパソコンの液晶画面にRとMを組み合わせたモノグラムのロゴが浮かび上がってきた。

『皆さんこんばんは、パーソナリティのヴェノムです。この番組は日々漫然と平和を享受し、退屈な日々を送っている国民の皆さんにひとときの娯楽を提供しようというネットラジオ、ラジオマーダー全七回中三回目の配信です』

声は加工処理が施されていて男女の区別はつかないが、荒い息づかいや捲《まく》し立てるようなテンポはどこか男性的だ。しかし、これは推理ではなくただの憶測にすぎない。

『まだ三回目なんですがこのラジオもだいぶ有名になってきまして、ＳＮＳにも沢山の反響の声が書き込まれています。もっと過激にとか、一人ずつじゃつまらない、なんていう好意的な意見から、いくら作り物だとしてもこんなことが許されるとでも思っているのか、なんて的外れな意見もね。第一回でも説明しましたが、このラジオは実際のヒトゴロシを皆さんに楽しんで貰《もら》おうという趣旨で行われているものです。決してやらせや作り物なんかじゃない。そんなことくらい聞いていればわかるでしょう？』

口調こそ丁寧だが、興奮しているのかヴェノムの声は荒々しい。

あまり良《い》い機材を使っていないらしく、パーソナリティの獣のような叫び声でノイズが一層悪化する。この時点で、このラジオが尋常でないことは薄々察せられた。

唐突にラジオらしい軽快なジングルが流れはじめる。

『さて、前置きはこれくらいにして。ここからがこのラジオのメインコーナー。実況殺人配信。めでたく今回のゲストに選ばれたのはＫちゃんです。Ｋちゃんは九月九日生まれで普段はどこかの会社に勤めているようですが、今は仕事のことはどうでもいいですね』

機械で加工されていない生の声が聞こえる。若い女性の声だ。ただ、猿ぐつわでも嚙《か》まされているらしく、それは声というよりただの音に近いうめきのようだった。

『じゃあとりあえず、Ｋちゃんに話を聞いてみましょう』

マイクが向けられたのか、声にもならないうめきが大きくなる。

『生きたい？　死にたくない？』

スピーカーから風を切るような微《かす》かな音が漏れ聞こえてくる。

きっと揺れた髪がマイクの先をこすっているのだろう。

『生きたいという意思が足りないな。君はもう選ばれてしまったんだよ。君自身は気がついていないのかもしれないけれど、君は心の奥底で死を望んでいるんだ』

正直、僕にはこのヴェノムという人物が言っていることがまったく理解できなかった。

『折角なので少し説明してあげよう。どうして君が死に選ばれたのか』

優越感にまみれた、なんとも気に障る声だった。

『この子は食べるのが好きらしいんだけど、なんだか醜いんだ。この前、僕が外食したときに入った店で初めて彼女を見かけたんだけど、僕は凄《すご》く嫌な気分になった。他人を見下したような表情とか、独善的な態度とか、見ていて不愉快だった。隣の席で楽しそうに食事をしている家族を横目で睨《にら》み付けたり、一つ一つは些細《ささい》なことかもしれないけど、色んなところに少しずつ嫌なところがあって、それが積もり積もって僕を苛立《いらだ》たせた。だからこの子にした』

ヴェノムの声に一層力がこもる。

『僕が君に目を付けたのは偶然だ。けれどそれは運命なんだ』

僕は黙ってラジオのボリュームを上げる。

『だから僕が殺してあげるよ』

瞬間、小さな悲鳴が漏れ聞こえてきた。

『さて……今回はどんな方法で殺そうかな。皆さんはどんな方法がいいですか？』

そういえば、このラジオは生放送なのだろうか。生放送ならばリスナーの意見を取り入れることもできるだろうが。そういう体裁をとっているだけなのだろうか。

『第一回は包丁で頸《けい》動脈を切った。血が噴き出る音がハッキリと聞こえてきて、心臓がポンプなんだってことが良く理解できた。二回目は大きなハンマーで頭を叩《たた》き割ったんだ。頭蓋骨が意外に脆《もろ》くてビックリした。割れる音も全然大したことなかったし、拍子抜けってのは、ああいうことを言うんだろうね』

僕はこれまでの放送を聞いていないので、実際どんな音が配信されたのかはわからない。だけど、好んでそれを聞きたいとはまったく思わなかった。

『よし決めた。今回は首を絞めよう。ちょうど良いロープも手元にあるし』

まるで朝食のメニューでも決めるかのような軽い口ぶりだった。

『そういえば絞殺と扼殺《やくさつ》は全然違うものらしいね。どっちにしろ首を絞めて殺すわけだし、同じものなんだと思ってたよ』

そう言いながらヴェノムは着々と準備を進めていく。しかし、そんなこぼれ話めいたものを口にするあたり、やはり殺害方法は事前に決めていたのだろう。

『今回はロープを使うので絞殺。死因は縊死《いし》？　窒息死？』

まあそんなことどうでもいいか、とヴェノムは不愉快な笑い声を漏らした。

『それでだ、折角首を絞めるんだからリスナーの皆さんは人間が死ぬときどんな声を出しながら死んでいくのか聞いてみたいよね？　なのでKちゃんの目の前にマイクをセットします。ただし、もちろん猿ぐつわを外すのは首を絞めてから。変な証言とかされたら困っちゃうから。よし、準備完了』

僕はここで、この不愉快極まりないラジオを垂れ流しているパソコンのウィンドウを閉じるか迷う。これ以上は聞いていていても、絶対にいいことなんてない。ただ、僕はこれを聞かなければならない。これを聞くことも今回の仕事の一環だからだ。

結局、僕はロゴマークの浮かんだ目の前の画面をじっと見つめ続けた。

『じゃあ始めよう。Kちゃん、最高の死に際を期待してるよ』

そこから数分間、スピーカーからは延々と叫びにもならない叫びだけが流れ、Kと呼ばれた女性の息づかいはどんどん小さく、か細くなっていった。

　頸動脈をロープで絞めれば人間の意識など、ものの数秒で途切れるはずだ。けれど、こうしてもがき苦しむ音が聞こえるのは、ヴェノムが気道を塞ぐようにロープを首に巻き付けているからに違いない。このパーソナリティは間違いなく、わざと苦しみを長引かせようとしている。

　心拍数が上がっていくのが自分でもわかる。

　いつの間にか僕はディスプレイを食い入るように見つめていた。

　そのロゴの奥には何も見えないというのに。

　更に何分か経《た》った頃、彼女の声は完全に聞こえなくなっていた。

『あーこれぐらいでいいのかな？　おーいKちゃーん？』

　人を一人殺した後とは思えない、平然とした声。

『反応は……なしか……あっけない……』

　盛大に笑うヴェノム。

　僕はあやうく手元にあったマウスを壁に叩きつけそうになった。

　唐突にオープニングと同じ不協和音混じりの不気味な曲が流れ始める。

　僕は今更ながら、その曲が「キラー・クイーン」の粗悪なアレンジであることに気がついた。

『さてリスナーの皆さん。今回も楽しんでいただけましたか？　人って息ができないと、あんな風に死んでいくんですね。今日も一つ賢くなりました。それでは今回はこのあたりでお別れです。次回はまた二週間後に配信予定です』

2

「これが配信されたのが二日前、七月十日月曜日のことです。実際に聞いてみて、どう思われました?」

ラジオを聞いている間、ずっと黙ったまま背後に立ち、僕の様子を観察していた桜通《さくらどおり》さんが、ほとんど起伏を感じさせない平坦な声で尋ねてきた。

僕はイヤホンを外し、椅子をくるりと回転させて彼女を見上げる。

「最低です。それ以外に答えようがない」

「そうでしょうね」

彼女は表情を崩すことなく、冷ややかな口調で答えた。

なんというか……本当にこの子は何なのだろう。

目の前に佇《たたず》む彼女——桜通来良《らいら》はとても珍しい容姿をしている。

細身で華奢《きゃしゃ》な体格や、肩口で切りそろえられた黒い髪こそ一般的と言えるが、着ている服からして風変わりだ。彼女の身に着けているものはとにかく黒かった。

ゆったりとしたシルエットのシャツも、くるぶしが隠れるほど長いスカートも、ソックスや革靴に至るまですべてが黒色で統一されている。ご丁寧なことにネイルまで黒だ。

それにもかかわらず、彼女自身の肌の色は日の光を浴びたことがないのではと思えるほどに白く、僕はそのあまりのギャップの大きさに眩暈《めまい》を覚えた。

ただ、そんな奇抜さも彼女の瞳を見れば一瞬にして凡庸なものに思えてしまう。

僕は改めて桜通さんの瞳に目を向けた。

彼女の瞳は右目が金色で左目は紫がかった青。左右で異なる色をしているのだ。

虹彩異色《こうさいいしょく》――所謂《いわゆる》、オッドアイだ。

最近こそあまり見かけなくなったが、一昔前のアニメには必ずと言っていいほどオッドアイのキャラクターが出てきたものだ。一応、どうしてそんな変わった目の色をしているのか、という理由は作中でそれとなく語られるのだが、大抵それは表面的なものであって、根本にあるのは単に見た目がかっこいいから、という制作者の趣味だ。

桜通さんの言動や出《い》で立ちもどこかマンガ的で、少し浮き世離れしているように感じる。

僕もサブカルチャー界隈《かいわい》の動向に疎いわけではなかったが、彼女の奇抜な格好のモチーフとなっているキャラクターに思い当たるものはなかった。

ただ、これまでのやりとりの中で感じた印象からすると、確かに桜通さんの振る舞いはマンガ的、アニメ的ではあるのだが、どこかから借りてきたもののようには思えない。

それに、おそらく彼女の目は……。

「とりあえず、ソファで話をしましょう」

そう言って、桜通さんは勝手に部屋の真ん中に置かれた応接用のソファに腰掛ける。

仕方がないので、僕もそれに従い、ローテーブルを挟んで彼女と向き合うように座った。

「そのオッドアイは……生まれつきですすね」

開口一番、僕がそう切り出すと桜通さんは目を見開いて驚いた。それは、彼女がこれまで見せた中でもっともわかりやすい表情の変化だった。

「どうして、そう思われるんですか？」

どうやら間違いではなかったようだ。

あまりに現実離れしているので作り物めいて感じられるが、オッドアイはフィクションの中だけのものではなく実在する。先天性の疾患や後天性の眼球内の炎症で結果的に神秘的な見た目になるだけ。刑事ドラマで有名な俳優も、たしか彼女と同じ色の目をしていたはずだ。

「最初はカラーコンタクトをしているのかと思いましたが、よくよく観察してみればあなたの目は光の当たり具合や表情に合わせて瞳孔が伸縮している。これはカラーコンタクトではありえないし、後天的な疾患だとしたら、視力に影響を及ぼす可能性が高い。けれど、視覚に障害があるようにも見えなかった。なので、生まれつきだと思ったんですよ」

それに彼女の顔つきは妖艶で、不思議な目の色も違和感なく馴染《なじ》んでいる。生来のものでなければ、きっとその両目は異物としか認識できなかっただろう。

「なるほど。ただ最近では光に反応して瞳孔が伸縮する、高性能な医療用のものもあるそうですよ。価格も通常のコンタクトレンズとは比較にならないほど高価だそうですが」

ささやかな意趣返しか、彼女はそう切り返してくる。

「そんなものがあるだなんて初耳ですが、需要を考えれば色は一般的なものだけでしょう。金色はともかくとして、あなたの左目と同じ色のものがあるとは思えません」

すると彼女は、満足げにその色の異なる左右の目を細め、

「ご慧眼《けいがん》ですね」

密《ひそ》やかな声で、僕への賛辞を口にした。

「先生のおっしゃるとおり、私の目は自前です。けれど、ほとんどの人間はこの目を見ただけで私のことを痛々しい女だとみなして避けるか、もっと悪ければ排除しようとします。ですから、この服は

それに対する反骨心のようなものです」

言いながら、桜通さんは真っ黒なスカートの端をつまんでみせた。

なるほど、彼女は間違いなくキャラクターを演じているのだろう。

ある種の自己防衛策。

見た目だけで人を判断するような人間は端《はな》からお断りだという意思表示。

けれど、そんな策が行きすぎた結果、演じている部分と生来の性格との境目が曖昧になって、彼女自身が戯画的になりすぎているのではないだろうか。

でなければビジネスの場にこんな格好でやってくることがおかしいとわかるはずだ。

ただ、そんな僕の内心を知ってか知らずか彼女は、

「今のやりとりで鶴舞《つるま》先生の観察眼や推理力がやはり確かなものであると判断しました。ですから改めて依頼させて貰います。鶴舞尚《なお》さん、あなたの力でどうか、あのラジオマーダーのパーソナリティ――ヴェノムを見つけ出して下さい」

そんな言葉を口にした。

僕が先程まで、どうしてあんな胸くそ悪いラジオを聞いていたかというと、すべてはこの子の依頼が原因なのだ。

なんでもこの桜通来良という風変わりな女性はフリーのジャーナリストで、警察やマスコミを出し抜いて事件を解決に導きたいのだそうだ。

そんな発想自体が既に思考をフィクションに毒されていることの証左だった。

「まあラジオを実際に聞いてみて、確かにこの犯人を捕まえることができれば、あなたにとって申し分のない実績になるだろう、ということはわかりました」

「私だけではありません。先生もとても大切なものを手に入れられますよ」

「大切なもの？」

「お金です。失礼ですが、少しお困りになってるんじゃありませんか？」

どうやら、彼女は風変わりではあるが考えなしではないようだ。まだこちらのことなど語ってもいないのに、僕が金銭面で苦労していることを見抜いている。

僕がこの探偵という職業を名乗り始めたのはほんの一年ほど前のことだ。

それまでは新卒で入った地方銀行に五年ほど勤めていたのだが、旧態依然とした行風に嫌気が差し、一念発起して、地元であるここA県N市のマンションの一室に事務所を開いたのだ。

ただ、そのときの僕の考えは甘かったと言う他ない。

銀行員時代にそれなりに貯蓄はしていたので、それが底を突く前に軌道に乗ればなんとかなると思っていたが、軌道に乗るどころか依頼などほとんどないのが現状だ。

月に一、二件、人捜しや素行調査の依頼があれば良い方。そんな仕事量で事務所の維持費をまかなえるわけがない。

そもそも最初に事務所を作った時点で想定外のことばかりだった。

今、事務所に使っている1DKは、事業用なので一般の賃貸マンションよりかなり割高で、引っ越し費用や入居費用だけで軽く百万単位の金が飛んで行った。かと言って、客商売なのだから内装をおざなりにするわけにもいかず、それなりの家具を揃《そろ》えた結果、気づけば残った資金は当初の三分の一程度になっていた。

そうなってしまえば、もう宣伝費に使う余裕などない。手製のビラを配るのが精々だった。

思い返してみると、完全に金の使い方を間違えていた。

今、この十畳のリビング兼事務所には中央に応接用の革張りのソファとローテーブル。南西の窓際に執務用のデスクが置いてあるが、まず客が来なければ意味がないし、わざわざ別にデスクなど用意しなくても、仕事をするだけなら机は一つで充分だった。

しかも結局は居住スペースとしてここで暮らしているため、併設されたキッチンから生活感が漂い、物で溢《あふ》れ、客を迎えるための場所といった趣はなくなってしまっている。

結果、ただでさえ少ない客も不信感を抱いてしまい、次の客に繋《つな》がらない。

もう資金は残っていない。あと二ヶ月もすれば、家賃も払えなくなってしまうだろう。

銀行員時代に背伸びをして買った愛車のマセラティ・ギブリを売ればどうにか当座の資金くらいにはなるかもしれないが、収入を得る方法がないのなら焼け石に水でしかない。

ふと、横に目を向けると窓に映った自分の姿が目に入った。

形だけでも探偵らしくしようとクラシカルなシャツやスラックスにサスペンダーなんて着けているが、本当に形だけだ。

銀行員時代には客の覚えも良い好青年だと評されることが多かったが、今ではその面影はない。不健康に痩せた顎や野放図に伸びた髪、生気を感じさせない落ちくぼんだ目。誰がこんな男に好き好んで相談事を持ちかけるだろうか。

「一つ、お尋ねしたいことがあります」

「ええ、いくつでも」

桜通さんは表情を変えることなく、微かに唇を動かし答えた。

「なぜ僕なんですか？　自分で言うのもなんですが、僕は別に有名な名探偵なんかじゃありません。それどころか実績はほぼ皆無の素人です。世の中には警察からも一目置かれるような探偵事務所だっであるでしょう。そちらを頼られた方が桜通さんとしてもメリットが大きいんじゃないですか?」

「確かに大きな事務所は調査力もあるでしょうし、信頼もできるかもしれない。ですが、逆にそういったところは私のことを信用してくれないんですよ」

自嘲なのか、彼女は微かに笑みを浮かべてみせた。

確かに、言われてみればそうだ。実際、僕だって目の前の彼女のことを訝《いぶか》しんでいる。というか、この見た目の人間をすぐに信用しろと言う方が無茶だ。

「それにですね……先生はX大の出身でしょう? それも法学部」

「もう随分と昔のことに思えますけど」

実際、大学を卒業してから既に七年もの時間が経っている。

「実を言うと私もそうなんですよ。それも先生と同じ刑法ゼミでした。ちょっと前にあった高見《たかみ》教授の還暦を祝う会でも、先生のことをお見かけしましたよ」

あれは確か三ヶ月ほど前、四月の終わりの頃だったと思う。場所は市内にある外資系ホテルのホールだった。僕は不真面目《ふまじめ》な学生で、教授の覚えも良くなかったので出席するのは乗り気ではなかったが、幹事から直接頼まれてしまい断るに断れなかったのだ。

パーティーには沢山の卒業生が参加していたから、きっと真っ黒なドレスを着た彼女が会場にいたとしても、僕は彼女に気がつかなかっただろう。

「あのときのことを思い出して、私はこの依頼を先生にしようと思い立ったんです」

「そんなに印象的なことがありましたか?」

僕には思い当たる節がなかった。あのパーティーで僕はほとんど何もしていない。かつての学友と談笑して、少しだけ思い出話に花を咲かせた、それだけのはずだ。

「いえ、とても些細なことです」

すると彼女は、静かな語り口で、パーティーの日に目にしたことを端的に述べた。

「パーティーが始まる前、先生はロビーのソファで忘れ物を見つけました。女性用の腕時計です。けれど先生は迷うことなく、それを出入り口近くにいた男性に手渡したんです」

そこまで言われれば流石《さすが》に思い出す。確かに、僕はそんなことをした。ただ、彼女の言うようにそれは些細な出来事で、不思議なことは何もなかった。

「単純な連想です。一度着けた腕時計を外出先で外すことは少ない。高級品ならなおさらです。バックルが壊れたりしたなら別ですが、あの腕時計は至ってキレイな状態でした」

「でも普通は女性の持ち主を探すか、フロントに預けるでしょう？」

桜通さんはそれがさも凄いことであるかのように言うが、本当に大したことはなかったのだ。

「偶々《たまたま》目に入ったんですよ。あの男性は既に盛装に着替えていたのにキャリーバッグを持って出入り口近くに立っていた。キャリーバッグも女性用のものに見えた。ですから、彼はそのキャリーバッグの持ち主の女性を待っているんだと思ったんです。それにもし間違えだったとしても、そのときは一言謝ってフロントに預ければいいだけですから」

事実、ロビーには他にも着替えが入ったであろう鞄《かばん》を持った女性が何人かいた。パーティードレスなんて街中では目立ちすぎる。ホテルで着替えるのは当たり前のことだ。

「男性は左手薬指に指輪をはめていましたから、おそらく待ち人は配偶者の方でしょう。あの日は平日でしたから奥さんは一旦、出社したんだと思われます。退社後にホテルで着替えるつもりで旦那さんに着替えを預け、待たせていた。旦那さんの方は自身の着替えを持っている様子もなく、シャツに折り皺《しわ》もなかったので家から直接ホテルに来たであろうことは推測できます。キャリーバッグの中身は奥さんのパーティードレス。時計は高級な機械式でしたからキャリーバッグの中に入れておくのは気が引けたのかもしれません。男性はロビーのソファに座り、奥さんを待っているときに、預かったその腕時計で時間を確認した。そんなときに彼に電話がかかってきた。そのタイミングで無意識に時計をソファの上に置いてしまった。電話はおそらく奥さんからです。もうすぐ到着するから入り口近くに立っていてくれ、きっとそんな内容だったのでしょう。そうして彼は片手に携帯、もう片方の手でキャリーバッグを引いて出入り口へ」

普段持っていないものというのは、無意識の行動では忘れてしまうことがままある。

「私は女性が現れるまで、なぜそうなったのかまるで理解できませんでした」

「考えればわかることです」

「少なくとも私は考えてもわからなかったんです。だから、あなたを特別だと思った。名探偵になる資質を持った人だと思ったんです」

淡々とした口調の奥に確かな熱を感じた。

それにしても名探偵になる資質だなんて……。

ただ、僕はそれをバカにすることはできない。なにせ僕は名探偵に憧れている。そうして実際に探偵事務所まで作ってしまっているのだ。つまり、僕も、目の前で恥ずかしいセリフを臆面もなく口にする彼女も、実際のところ大差はない。

「お話はわかりました。僕を選んでくれた理由も一応は納得しましょう。ですが……」

実際にこの依頼を受けるかどうかは、少し考えなければいけない。

桜通さんの言うように、あのヴェノムを名乗る人物の正体を暴くことができれば色々なものを手に入れられるだろう。ただ、それはすべてが上手《うま》くいった場合の話にすぎない。こちらは既に青息吐息。

探偵業を続けられるかどうかもあやういのだ。それどころか、数ヶ月後に最低限の生活が送れる保証すらない。

この事件は実に魅力的だが、どう考えても長期間の仕事になる上に、実際に解決できるかはかなり怪しい。いっそ車を売って、その金で広告を出し、もっと身近で手頃な事件を受けて実績を作った方が探偵業を続けられる可能性は高いのではないか。

簡単に答えの出せる問題ではない。

「先生が悩まれるのも当然です。ですが、これならいかがですか?」

すると、僕がこの依頼を受けるか迷っていることを表情から察したらしい桜通さんは、持っていた鞄から何かを取り出すと、それを無造作にテーブルの上に置いた。

「現金で百万円用意しました。もし鶴舞先生が今回の依頼を受けて下さるのなら、これは前金としてこの場でお渡しします」

そこにあったのは帯封が巻かれた一万円札の束だった。

僕は一瞬、彼女が何を言っているのかまるで理解できなかった。

しかし、銀行員時代に見慣れたそれが視界に収まると自然と思考が明瞭になった。

「……つまり調査さえすれば結果はどうあれ百万?」

客に対する敬語など、早々とどこかへ飛んでいってしまった。

探偵業で前金や着手金は当然発生する。ただ、それはどんなに多くても経費込みで十万円が限度だ。成否を問わず百万なんて聞いたことがない。

「悪い話ではないでしょう?」

彼女はこれまでと変わらぬ落ち着き払った声で言う。

「もちろん成功報酬は別途で支払います。五百万円でいかがです？」

どうだ断れないだろう、と異色の両目が訴えかけてくる。

悪くないなんてレベルじゃない。たとえ解決できなくても百万円もあれば最低でも半年は延命できるし、ちょっとした広告くらいなら出すことだってできる。

そして本当に事件を解決することができれば、それこそ彼女の言うとおり……。

自分が無意識のうちに生唾を飲み込み、喉を鳴らしていることに気がついた。

こんな美味《おい》しい話、一生に一度あるかないかだ。

普通の人生を送っている限り、絶対に遭遇しないシーンだろう。

しかし——。

「ちょっと話がうますぎるんじゃないか？　それで本当に君は得をするのか？」

もし仮に事件を解決したとして僕に払う金は合計で六百万円。それと同等か、もしくはそれ以上のリターンを彼女は本当に得ることができるのだろうか。

「もちろんです。無計画にお金を渡したりはしませんよ」

桜通さんが即座に返してきた答えに迷いは感じられなかった。

「なるほど。それだけの成算があるからこそ、ここにいるってわけだ」

僕は天井を仰ぎ、目元を右の掌《てのひら》で覆った。

これは目の前の彼女に自分が悩んでいることを示すポーズだが、ハッキリ言ってしまえば無駄な動作でしかない。認めたくはないが桜通さんがテーブルに札束を置いた瞬間、僕の中で答えは決まってしまっている。それはロマンや夢なんてものが一切介在しない、あまりにも卑しく、避けようのない現実的な理由によってだ。

命は金で買えないが、金がなければ生きていけない。

夢だって見ることはできない。

「わかった。依頼を引き受けるよ」

しばらくして、僕はあたかも逡巡《しゅんじゅん》を重ねたかのような口ぶりでそう言った。

「……よかった」

桜通さんはほとんど表情を変えなかったが、その声には間違いなく安堵《あんど》の気持ちが表れていた。僕の目の前に座っている彼女は今でこそ表情変化に乏しいキャラクターに仕上がっているが、本当は感情豊かな人なのではないだろうか。

そんなことを考えていると、ふとある疑問が浮かんだ。

「そういえば、まだ一番大切なことを訊《き》いていなかった」

「なんでしょう？」

彼女は小首を傾《かし》げるが、もちろん表情は崩さない。

「君はどうしてヴェノムの正体を知りたいと思うんだい？」

桜通さんがこの依頼を持ちかけてきたとき、僕はそれはきっと名誉や実績のためだろうと思った。

けれど、こうして話している限り、彼女はそんな俗な考え方からは遠いところにいるように感じる。

すると彼女は自分の胸に手を当て、至極真面目な顔をしたまま語ってみせた。

「決まっています。そうすることが正義であると私が確信しているからです」

静かだが、力強い言葉だった。

と同時に、堪《こら》えなければ笑ってしまいそうなくらい青くさい言葉だった。

正義だなんて言葉は口にすることすら憚《はばか》られる。けれど、桜通さんは本当に自分のしていることが正しいと信じ、自分がそれをなさなければいけないと思っているのだろう。

ヴェノムは明らかな悪だ。だから倒さなければいけない。

「それに、一介のフリージャーナリストと謎の探偵が、警察を差し置いて凶悪な猟奇殺人犯の正体を掴《つか》む……とてもかっこいいじゃないですか」

表情の変化に乏しい桜通さんがわかりやすく目を輝かせている。

もしかしたらこちらが本心なのかもしれない。

どちらにしても単純明快な理屈。

世俗的な考えなど介在する余地もない完全無欠な理論。

バカみたいだ。

けれど、僕はそんなバカみたいなことを堂々と口にできる彼女が羨ましかった。

「……前金は必要ない」

気がつくと、僕はそんなことを言い放っていた。

目を向けると、桜通さんが明らかに怪訝《けげん》そうな視線を僕に向けている。

僕は彼女の困惑を解消しようと言い訳じみた言葉を並べ立てる。

「名探偵がお金や名声に執着するかい？」

彼らは何ものにも縛られない。超人的であるからこそ、憧れられるのだ。

名探偵を目指して探偵事務所を開いたのに、会社に勤めていた頃と同じようにリスクを恐れて行動を起こさないなんて、愚かにもほどがある。

僕だってかっこよくありたいんだ。

すると桜通さんはどこか呆《あき》れたような雰囲気を漂わせながら、

「なるほど……先生も中々にロマンチストですね」

若干小馬鹿にしたような口調で言う。

けれど、僕の言葉そのものを否定はしなかった。

「代わりに、調査に必要な経費は君が出してくれ」

「それは成功報酬もいらないという意味ですか？」

僕は咄嗟《とっさ》に答えることができなかった。

「冗談です。私も先立つものが必要なのは重々承知していますし、それを用意する方法はしっかりと考えていますのでご心配なく」

桜通さんはとても冗談を言っているようには見えなかった。

やはり彼女は一筋縄ではいかない。実利と夢が絶妙なバランスの上で成立している。勢い任せに金は不要などと口走った僕とはまるで違う。

「それでは、これからよろしくお願いします」

こうして僕と彼女の契約は交わされた。

「鶴舞先生が名探偵なら、私はワトソン役をしっかりと演じますよ」

彼女の言葉に僕は黙って頷《うなず》いた。

ただ一つ、契約に僕が予想していなかった条件が付け加えられた。

「あっ、そうでした。一つ言い忘れてたことがありました」

「何かな？」

「私は桜通と呼ばれるのが嫌いなので、下の名前で呼んで下さい。ライラでいいですよ」

ますます、彼女についての謎は深まるばかりだった。

3

木造家屋が建ち並ぶ路地裏にひっそりと居を構える小汚い定食屋。店の外観と違い味が抜群だとタクシー運転手やトラックドライバーの間で有名なこの店は、まだ昼食時には早いにもかかわらず、既にほとんどの席が埋まっていた。

早めの昼飯をさっさと済ませてしまおうと思っていたが、少しアテが外れた。

ちょうど担当していた事件の後処理が終わったタイミングだったので、それほど急いでいるわけではないが、騒がしい場所はあまり好きじゃない。

『ラジオマーダー』

そんな中、ガヤガヤと騒がしい客達の声とは明らかに質の違う、不愉快な不協和音だらけの音楽と機械で加工されたことが明らかな声が聞こえてくる。

どうやら客のうちの誰かが、イヤホンもせずにあのネットラジオを聞いているようだ。

「かなり話題になってるみたいだな……」

俺は向かい側の席に座って牛丼を搔《か》き込むように食う名城《なしろ》に言った。

「ラジオマーダーですか」

名城は箸を持った手を止め答えた。どうやらラジオのことは既に知っていたようだ。

「東山《ひがしやま》係長はどう思います？」

「正直、現時点では情報が少なすぎて判断が付かない。お前は何か知ってるのか？」

訊き返すと、名城は待ってましたと言わんばかりに流暢《りゅうちょう》な語り口で続ける。

どうやら、俺にラジオマーダーに関する話をする機会を窺《うかが》っていたようだった。

「この前も実際に問い合わせ、というか苦情じみた電話が本部にかかってきたらしいですよ。こんな殺人事件を放っておくなんて警察は何をやっているんだ、って。うちだけじゃなく他の県でも同じような苦情が相次いでいるらしいです」

今、公務員はあくびしたり数分トイレで席を外しただけでも市民から文句を言われる。それだけ世間に余裕がないということなのだろうが、嫌な世の中だ。

「お前はそのラジオを聞いたのか?」

俺の問いかけに名城は丼を持ったまま小さく頷いた。

「はい。聞きました、正直胸くそ悪かったですね。本気でコロシをやらかしてるのかどうかはわかりませんでしたけど、少なくとも俺にはそう聞こえました」

「だとすれば、一応、どこの県でも形式的な捜査はもう始まってるんだろうな。それで、お前はラジオの話を誰から聞いたんだ?」

「飯田《いいだ》さんです。この前、射撃訓練に行ったとき偶々《たまたま》会ったので」

名城は掌に収まる小さなサイズの湯飲みに入ったお茶を呷《あお》ってから答えた。

「あの人が……で、飯田さんはなんて?」

飯田さんは若い頃から捜査一課一筋で、犯罪捜査の最前線に立ち続け、数多《あまた》の難事件を解決へと導いた立志伝中の人だ。定年も近く、昔に比べるとかなり大人しくなったらしいが、いまだA県警随一の情報通であることに違いはない。

「いや、本当にサラッとラジオについての噂《うわさ》を聞いたことがあるかって。それで聞いたことがないって答えたら、問い合わせの件を教えてくれたんです。些細なことでも何か情報を掴んだらこっちに流してくれ、とも言われましたね」

なるほど、あの人らしい用意周到なやり方だ。

「だとすると飯田さんはこのラジオを本物のコロシだと思ってるのかもしれないな。ただし、一課自体はまだ本腰を入れる必要がある事件だとは考えていない」

「今の話だけでどうしてそう判断できるんですか?」

名城は本気で疑問に思っているようだった。

「飯田さんは捜査一課の刑事だ、それもベテランの。捜査に関する情報を無意味に流したりはしない。つまり、お前に話したことは話しても構わないレベルのこと。だとしたらなぜそんな話をしたのか。それは将来に向けた種まきってことだ。きっと他の刑事にも同じように噂を流したんだろう。そして何か聞いたら自分に教えろと釘《くぎ》を刺す。近い将来、これは事件として取り扱うことになる可能性があると思ってるからだ」

推測でしかないから確証はないが、あの人ならそれくらいのことはしそうだ。

「なるほど。そういうやり方もあるんですね」

名城が今俺が言ったことを完璧に理解したとは思えないが、追及はしなかった。

「けど、もし……ラジオマーダーが本当のコロシをやってて、俺が犯人を捕まえられたら一課に行けますかね?」

名城が真剣な表情で、聞こえるか聞こえないか程度の小さなボリュームで呟《つぶや》いた。

「なんだお前、一課に行きたいのか?」

俺が思っていた名城という男は、態度も外見も典型的な今時の若者といった感じで、良く言えば華奢で、悪く言うなら貧弱そう。顔立ちも目と鼻のせいか幼く見え、女子みたいに細身だ。仕事ぶりは悪くないが、振るまいはどこか冷めていて、とても出世なんてものには興味を抱いてないように見える。けれど、今の言葉を聞く限り、どうも違ったようだ。

ただ、よくよく考えてみれば、名城はまだ大卒四年目の巡査にもかかわらず、俺と共にA県警T警察署刑事課強行犯二係に所属する刑事だ。

つまりわざわざ自分から志願して上司の推薦を貰い、刑事講習を経て、俺の部下になった。元々刑事への憧れは大きかったのだろう。

そして言うまでもなく捜査一課は花形だ。警察官、それも刑事になったからには一課に行きたい、それは世代なんて関係ない普遍的な欲求なのかもしれない。

「東山係長は刑事なのに興味がないんですか?」

そう問われると、答えに窮してしまう。

「俺だって刑事だからな、そりゃあ捜査一課は憧れだよ。だけど、志願したからって誰もが希望どおりの部署に行けるわけでもないし、飯田さんみたいに警察官人生のほとんどを捜査一課で過ごすなんてことは、まずありえないだろう。警察官の仕事は刑事として殺人事件の犯人を見つけ出すことだけじゃない。俺達は近視眼的になるべきじゃない」

「模範解答ですね」

名城はつまらなそうに言った。

「東山係長は二十八歳で既に警部補。大卒のノンキャリアとしては最速で昇任試験を突破してますから、いっそこのまま警視監でも目指しますか?」

部下のくせに嫌みったらしいやつだ。

警察官という職業は国家公務員のキャリア組と地方公務員のノンキャリア組、どの試験を経て警察官になったかでどの階級まで昇格できるかが明確に決められている。

ノンキャリアの最高位は警視長であり、警視監は何らかの事情で特進した場合にのみなることができる。何らかの事情の一番有名なものといえば殉職だ。

もちろん、そんな階級にまで辿《たど》り着いた人間が職務で死亡することなどまずありえないが。

「そもそも、一課に行きたいなら真面目に働くのが一番だぞ。お前はもう刑事なんだから実績を積み上げていけば、特別捜査員としてデカい事件の捜査に参加することもあるだろうし。そこで一課の連中に認められれば引き上げて貰えるさ。あとは昇格すること。勉強をサボってずっと巡査のままじゃ本部に呼ばれることは絶対にないぞ」

明文化された規則ではないが捜査一課は基本的に他薦だという。そして、推薦を得るには実力を示さねばならない、俺達のような所轄の刑事にその機会があるとしたら、特別捜査員として招かれるか、自分達の管轄で捜査本部が立ち上がったときくらいだ。

「そんなことくらいわかってますよ。だからこうしてラジオマーダーの話を続けているんじゃないですか。もしあのラジオが全部本物だとしたら、最低でも三人殺してます。間違いなく特捜が設置されるレベルの重大事件に認定されますよ」

そしてあわよくば手柄を……か。夢物語だな。

「本物ならな。それに名城、ラジオの発信元がどこなのかわかってるのか?」

「まだ……ですね。一応ネット上ではいくつか候補が挙がってるみたいですけど。候補が多すぎてまだほとんど絞り込みはできていないようですね」

名城は弱々しい声音で答えた。

「今時、情報なんて誰だって発信できる時代だ。それで食ってるやつらもいる。それに、まだラジオの発信元が国内だとも確定していないんだろ？」

「もちろん海外在住の日本語話者がやってる可能性も完全に否定できるわけではありませんけど、そんなのは考慮にも値しませんよ」

断言するにはまだ判断材料が足りない気もするし、海外にいるからこそ大胆な犯行に及べるという可能性もあるのだが、そのことについては黙っていることにした。

「確かにそのとおりだな。だとしても、この国の人口がどれだけだと思ってる？　一人でネットなんて使えない老人や子供を抜いたとしても一億だ。そして、その一億人はこの国のどこにでも存在しうるんだよ。確かに、この県はそれなりに人口も多いし、犯罪の発生件数だって決して少なくはない。だけど、それだけだ」

噂をばらまいているという飯田さんだって、ラジオが作り物でないという確信は持っていても、よもやこの県で捜査が行われるとは思っていないだろう。多分あの人は、事件が全国に跨《また》がったものとなり、合同捜査本部が設置されることを想定しているのだ。

俺はすっかりぬるくなったお茶を喉に流し込む。

「そのふざけたラジオを配信してるやつがこの県、ましてや俺達の管轄区域内に住んでいる確率はどんなもんだ？」

「……ほぼゼロです」

名城がうなだれたように言う。

「そうだろうな。だから名城、そんな風にして大事件が転がり込んでくることを期待するよりも、今は目の前の小さな事件を解決することの方を優先すべきじゃないのか？　それか、早く家に帰って昇任試験の勉強でもした方がよっぽど有意義だ」

「……はい」

「わかったら行くぞ」

俺は伝票を持って立ち上がる。

署に戻ったらまずは担当する事件の調書を読み直す。それが終わったら検事に電話。

いつもと変わらない俺の刑事生活の一日だ。

くそったれな猟奇殺人犯なんてまるで関係ない、しみったれた一日だ。

4

「実際、このラジオで行われているのは本当の殺人なんだろうか」

「そこは本物だと仮定して調査を進めましょう。それとも、まずはこのラジオが本当の殺人事件を配信しているかどうかの証明から始めますか?」

まだ出会ってから一時間ほどしか経っていないのに、桜通さん——ライラくんはすっかり僕に気を許していて、我が物顔で家主のように振る舞っている。

最初はこの１ＤＫが不要なもので溢れ、到底客人を迎えられる状態ではないことに不満を示していたようだが、不満を言ったところで直るものでもないと諦めたらしい。リビング兼事務所の奥にある僕の寝室にはまだ足を踏み入れていないが、陥落は時間の問題だろう。

「いや、流石にそれは面倒だ。証拠も少ないからね。君の言うとおり、本物だと仮定した上で推理を進めていこう。それに、もしこれが演技なのだとしたら間違いなくアカデミー賞が貰えるよ。どう考えても素人じゃあこんな風に苦しむ振りはできない」

それにきっと確証はなくともリスナー達が直感的にこれが本物だと思ったからこそ、このラジオはそれなりに話題になっているんだろう。

「ところで君がさっきから持っているそれは何だい？」

この事務所を開設して以来、部屋に女性がいたことはなかったので、僕はなんだか落ち着かなかった。学生時代には恋人がいたこともあったが、社会人になってからは浮いた話は一つもなかった。どうやら、そのせいもあってか女性に対する免疫が大幅に低下してしまっているようだ。

どうにかそれを彼女に悟られないよう、普段どおりの声を殊更に意識して問いかける。

その行動が男子中学生のようで内心恥ずかしくて堪《たま》らなかった。

「見てのとおり、ビデオカメラです」

ライラくんは表情はそのままで、誇らしげにカメラを掲げてみせる。

「それはわかるけど、僕が訊きたいのはどうして君がビデオカメラを持っているのかってことだよ。それは調査に必要不可欠なものなのかな？」

彼女は少しだけ考えるような仕草を見せると、

「殺人犯が捕まる映像。それにどれほどの価値があるか、先生にわかりますか？」

おそらくだが、僕の年間収入の十倍ではとても足りないのだろう。

海外ではハリウッドスターや政治家のスキャンダルの瞬間を捉えたたった一枚の写真が数千万円という信じられない額で取引されたこともあるという。もしかしたら僕に払われるという成功報酬もそこから出てくるのかもしれない。

「それに私は最悪の展開も考えておかないといけないので」

「最悪の展開？」

ライラくんはてきぱきとした動きで三脚を用意しながら、澄ました顔のままで言う。

「ヴェノムが私達と何の関係もない別の人間に捕まった場合のことです」

「それは……充分に考えられることだね」

「自分の意志を貫いて行動するためには資金が必要です。先程述べたとおり、事件が解決できればお金は手に入るでしょう。ですが、失敗する可能性も十分に考えられます。けれど、私は諦めたくない。なので、いざというときのための保険が必要なんです」

印象だけで語るならライラくんは完全な直情型だが、実際はそうでもないらしい。彼女がいくつなのかは知らないが、話しぶりからすると数年はフリージャーナリストとして生活してきたのだろう。それにはある程度のしたたかさが不可欠だったはずだ。

「そこで私が考えたのが――ラジオディテクティブです」

ライラくんはカメラのレンズを僕に向けた。

レンズには間抜けな顔をした、妙に目付きが鋭く、古めかしさを感じる服を身に纏《まと》ったちぐはぐな印象の男の姿――つまりは僕――が映し出されていた。

「マーダーにディテクティブ……殺人者と探偵か」

「ラジオと言ってもラジオマーダーと同じく自前のサイトを作って、そこで動画を配信する予定です。既にラジオマーダーとヴェノムの正体を探るという趣旨の動画はネット上にいくつも上がっていますが、どれも見るに堪えないクオリティのものばかりですから、多少の遅れは問題にもなりません」

なるほど、それで広告収入を得ようという魂胆か。

ラジオマーダーが配信されているサイトには広告が一切貼られていないが、もしあればかなりの収入になっただろう。

「ちなみにライラくんはネットとかＩＴには詳しいのかな？」

問いかけると、彼女は自慢するでもなく、やはり淡々とした口調で答えた。

「専門的に学んだわけではありませんが素人ではありません。簡単なプログラムなら自分で組めますし、コードも書けます。フリージャーナリストとして活動するにはどんなスキルがあっても無駄にはなりませんでしたから。一時期ですが、ネットマガジンを一から作って運営したこともありましたので、ご心配なく」

そう言われても、正直、僕はＩＴ関連の知識は皆無なのでそれがどれほどのことなのか想像もつかない。ただ、複雑で自分には絶対にできないことだとわかる程度だ。

この調子だと、ほとんどのことはライラくんに任せきりになるだろう。

「ライラくんの意図は理解できた。けれど、こんな映像映えしない男が探偵ごっこをしている動画なんてものが本当に再生されるのかい？　それこそライラくんが映っていた方が画《え》としても映《は》えると思うんだけどな」

するとと彼女は即座に、

「目立つでしょうが、私は自らを見世物にするつもりはありません」

冷ややかな声で断じた。

「それにジャーナリストが自分の顔を売り物にし始めたら終わりです。私は別にアイドルになりたいわけではありませんので」

きっとライラくんが実際にアイドルを目指せばすぐに売れっ子になるだろう。ただ本人が望んでいないのなら仕方がない。

「それに鶴舞先生だって中々雰囲気があると思います」

どうしてか、彼女にそうやって煽《おだ》てられると気分が高揚した。

「ロバート・ダウニー・ジュニアにも雰囲気が似てますし」

「僕にアクションを期待されても困るけどね」

それに僕はかの名探偵を演じた俳優より三十歳近く年下だ。褒めようとしているのは理解できるが、その発言は少し的外れに思えた。

「もちろんです。私が先生に期待しているのは、名探偵らしい推理だけです。それに撮影のときはそれで顔を隠して貰いますから容姿は関係ありません」

そう言って、彼女は作業を進めながら机の上のものを指差した。

つられて目線を向けると、そこには不気味な笑みを浮かべる髭《ひげ》の男を模した仮面——アノニマスのマークとしても有名なガイ・フォークス・マスクが無造作に置かれていた。ただ手に取ってみると、それはイタリアの仮面舞踏会で使われていたような陶器製のものなどではなく、ディスカウントショップのパーティーグッズコーナーで安売りされていそうなプラスチック製のものだった。

「なんでこんなものを？」

「もちろん正体を隠すためですよ」

「正体を隠したら宣伝にならないんじゃないのかい？」

ライラくんは珍しく大きな溜息《ためいき》を吐《つ》き、

「正体を明かすのは事件がすべて解決してからです。先生とヴェノムが同一人物ではないかといった、あらぬ疑いをかけられる可能性もありますから、正体を隠しておいた方が無難です」

口調こそ丁寧だったが、どこか蔑むようなニュアンスが見え隠れしている。

「なるほど」

僕はそこまで考えが及んでいなかったが、彼女の言うことは納得できるものだった。

ガイ・フォークス・マスクは『匿名』と『正義』のアイコン。姿を隠し殺人を犯す相手に対峙《たいじ》するにはこれ以上のものはないだろう。

「念のため、目元も隠した方がいいかもしれません」

「じゃあ上からサングラスでも着けるかな」

僕はデスクの引き出しから昔買ったまま放置してあったサングラスを取り出して、マスクの上から掛けてみる。意外と雰囲気がマッチしているし、これなら動画映えしそうだ。

「正体を隠すなら名前も必要だね」

「それは先生のセンスにお任せします。本名以外ならなんでもいいので、ホームズでもクイーンでも好きなように名乗ってください。ちなみに私はニッキイ・ウェルトが好きです。ただ既存の名前を使うことは、名前を広めるには不向きかと思います」

ライラくんは本当にネーミングには興味がないらしく、こちらに顔すら向けなかった。

まだ出会って数時間なので致し方ないことだが、心の距離は九マイルより遠そうだ。

しかし名前か……正直自信はない。

面倒なので、ライラくんの言うように誰にでも伝わる名探偵の名前をもじるのが一番楽なのだが、彼女の忠告を無視するのも気が引けた。

そこまで真剣に考える必要はないのかもしれないが、相手はヴェノムを名乗っているのだし、対立構造がわかりやすい方がいいだろう。

ヴェノムの意味は「毒」「恨み」。

殺人鬼の名前としては妥当なものかもしれないが、僕としては最初に有名なアメコミのアンチヒーローが頭に思い浮かんでしまう。そういえば少し前に、金曜ロードショーで『SE7EN《セブン》』を見たときに『ヴェノム』の予告をしていた気がする。よもやそれを見て犯人は名前を決めたということもないだろうが。

思考が脇道に逸《そ》れてしまったが今重要なのは僕がどういう名を名乗るかだ。

ヴェノムの対義語は「薬」か「許し」だろうか。

ただ単語をそのまま英単語にしても面白みはない。

こんなことを考えるのは、それこそ中学生のとき以来だった。

「よし、決まったよ」

「準備は整いましたか？」

すると彼女はカメラのセッティングが終わったのか、ようやく振り向いて、

「それでは先生、早速ラジオディテクティブ第一回の撮影をはじめましょう」

僕に台本を手渡してきた。

台本と言っても最初のオープニングトークのセリフやト書きが少し書き込まれただけの簡素なもので、それより先はアドリブで推理をするようにとだけ指示がなされていた。

推理については本当にノーアイデアなのか。

ただ、台本の内容についてはそれよりも気になることがあった。

「なんだか、セリフが臭すぎないかな？」

台本に書かれたとおりの演技をする自分を想像すると、なんだか頭が痛くなった。

しかし、動画の方針は既に固まっているらしく、

「この動画は資金集めの道具として制作します。ありとあらゆるコンテンツが跳梁跋扈《ちょうりょうばっこ》するこの時

代では少しくらい奇抜なキャラクターでないと誰の目にも留まりません。それにこれは私が考える名探偵像そのものです。これ以上聞きたいですか？」

そう言って、僕の意見を撥《は》ねのけてしまった。

結局はライラくんの好みのような気がしたが、相手は依頼主だ、文句は言えない。

正直、まるで上手くいく気がしなかったが、別に生放送ではないのだ、とりあえず一回やってみよう。そう思って僕は彼女の要求を受け入れた。

指示通り安っぽい仮面を被《かぶ》り、事務所を開く際にリサイクルショップで買った、今にも朽ち果てそうな安楽椅子に腰掛けながら、僕はレンズを見つめる。

「クラッパーボードは用意してないので、先生のタイミングではじめて下さい」

多分後で編集するつもりなのだろう、レンズの上のランプは既に赤く点滅し始めていた。しょうがない、ここまできたら付き合ってやろう。

僕は開き直って、手に持った台本の冒頭に目を通しながら、電波の向こう側にいるはずの誰かに向けて、挨拶をすることにした。

「皆さんこんにちは。私の名前は薬師《くすし》、しがない探偵です」

できる限り柔和な語り口で、さも自分が正義の味方であるかのように振る舞う。

薬師という名前は僕自身がヴェノムという毒を解く薬であるといった意味合いだ。

子供っぽすぎるだろうか？

「さて、皆さんが探偵の仕事と聞いて思い浮かべるのはどのようなものでしょうか。ペット捜し？　それともパートナーの素行調査？　相続争いの調停役？　いえいえ、これらは万屋《よろずや》の仕事です。私達探偵の仕事はそんなちゃちなものじゃない」

僕は椅子から立ち上がり、大仰に手を広げて宣言する。

「探偵の仕事、それはこの世に起こった難事件を推理し解決に導くことです」

そしてト書きに従って、少しだけ間を取る。

「さて、今回私が推理する事件とは、現在、世間をもっとも騒がせているニュースの一つと言っていいかもしれない、かの猟奇的なネットラジオのことです。既に被害者は三人。全員、残忍な方法で殺害された。ある意味公衆の面前で。しかし誰も手の届かないところで。そのラジオの名は……ラジオマーダー」

僕はスマートフォンをポケットから取り出し、ラジオマーダーのロゴマークを指し示す。

「私は宣言します。この動画、ラジオディテクティブの中でラジオマーダーのパーソナリティであり、忌むべき猟奇殺人犯でもあるヴェノムを名乗る人物を捕まえることを」

もし僕が立っているここが舞台の上で、この演説を聞く客がいたならば、少なからず拍手が起こっていただろう。それだけ迫真の演技だった。

もしかすると探偵よりも役者の方が向いていたかもしれない。

ただ、そこで僕の思考は途切れてしまった。

「で、ここから先はどうすればいいんだ?」

ライラくんはまた蔑むような視線を僕に向けていた。

5

『ラジオマーダー』

この二週間、何度も、何度も聞いたタイトルコール。けれど、これは今まで聞いてきたものと比べると、少し抑揚の付け方が違っている。

七月二十四日月曜、午後八時。定刻どおりにラジオマーダーは更新された。

ご丁寧なことに、この部分も使い回しではないらしい。

『皆さんこんばんは、パーソナリティのヴェノムです。この番組は日々漫然と平和を享受し、退屈な日々を送っている国民の皆さんにひとときの娯楽を提供しようというネットラジオ、ラジオマーダー全七回中四回目の配信です』

ラジオマーダーの初回配信は六月十二日。そこから二週間に一回、隔週の月曜、午後八時に個人運営のサイトに音声がアップされる。

サイトのドメインは見覚えのない文字列で、コンテンツは埋め込みの動画のみ。それ以外には広告も何もなく、ここからヴェノムの正体を辿るのは難しそうだ。

ラジオの最初の口上は毎回同じ。違うのはナンバリングだけ。

結局この二週間、僕はヴェノムに繋がる手がかりを何も見つけ出すことができなかった。

今のところ、ライラくんが期待していたような名探偵には程遠い。

『前回の配信も評判がよかったんですけど、ちょっと物足りないって声も多かったんですよ。ぶっちゃけてしまうと、このラジオに寄せられるメッセージは、もっと女の子が苦しむ声が聞きたいっていう意見ばかりなんですよね。結局、皆多かれ少なかれ、そういう欲求を持ってるってことなんです。つまり僕は皆の代弁者としてこのラジオを配信しているだけなんです。だから皆の期待には、極力応えたいと思っています』

こんなものを何度も聞いていたら、そのうち自分自身もおかしくなってしまうんじゃないかと恐怖心が湧き出てくるが、すぐに頭を振って弱気な考えを振り払った。

どうにかして推理を組み立てるべく頭を回転させようと力を込めてみるが、いつまで経っても手がかりになりそうなことは何も思い浮かばなかった。

『今回のゲストは十二月二十日生まれの大学生、Rちゃんです』

被害者はまたしても若い女性らしい。初回からそこは一貫して変わらない。

ラジオマーダーに最初に目を付けたのは、SNSで女性の裏アカウントを好んで観測するような悪趣味な男達だった。真偽のほどはわからずとも、若い女性が殺害されるリアルな音声というのが彼らの琴線に触れたのだろう。しかし、第二回の配信以降、次第にSNS上で情報が拡散され、今ではニュースサイトで取り上げられるほど話題になっている。

ヴェノムは被害者達に何か直接的な恨みを抱いているのか。

それとも何か共通点のある女性達を標的に選んでいるのだろうか。

まだヴェノムについてわかっていることは何もない。

『別に大学生であることに文句はないんだけど、君は浪人して今の大学に入ったね。志望していたところよりも大分偏差値が下の、ネットでバカにされるような二流大学だ。君は常々不満を抱いていた。この大学は自分にふさわしくない。こんなところに入ってしまったら人生は終わりだ。どの口が言うんだい？　浪人している時点で君は周りより劣っているんだ。そんなことくらい君もわかっていただろう。ただ認めたくなかっただけだ。実際、君はバイト先にいる第一志望だった大学の学生に理不尽に当たり散らしている』

今のところ被害者は全員女性だし、殺人に性的興奮を覚えている節が見えるからヴェノムは男だろう、なんてことくらいは思いつくが、それだってすぐに反論されそうな脆い論理だった。それに男であることがわかったとしても、大した意味はない。

前回までの放送と同じように、被害者は口を塞がれているようで、くぐもったうめき声が微かに聞こえてくるだけ。これでは声の聞き分けなんてできるわけがなかった。

『さて、Rちゃんをどう殺そうか考えたんですけど。今回はちょっと趣向を変えてみましょう』

ヴェノムはたっぷり間を取り、それがさもすばらしいアイデアであるかのように語った。

『今から僕はこの子の目をナイフで刺そうと思ってます』

これから、どんな凄惨な音声が流れるのか、考えたくもなかった。

僕と同じようにパソコンの画面に向かってラジオマーダーを聞いていた普通のリスナーは、今どんなことを感じているのだろう。

興味本位でこんなものに触れたことを後悔しているか、下らないと既にサイトを閉じているかもしれない。けれど、これまで耳にしたことのないスリリングな音声を前に気を昂《たかぶ》らせている悪趣味な人間も一定数いるのだろう。

もちろん、ラジオマーダーで流れる女性の悲鳴を聞いてどう感じるかは人それぞれで、想像できるのは多種多様な嗜好《しこう》の一部でしかない。

僕は仕事でもなければ、こんなものは好んで聞かなかっただろう。

実際にヴェノムがどうしているかはわからないが、わざわざ眼球に刃物を突き立てるというのだから、Rと呼ばれた彼女がまぶたを閉じることができるとは考えにくい。

自分の目に向かって、切っ先が近づいてくる。そして、実際にそれが自分を貫く。

その恐怖はどれほどのものなのか、僕には想像することすらできなかった。

スピーカーから聞こえるのは断続的な女性の叫び声だけ。にもかかわらず、ヴェノムは宣言どおり、リアルな死を、音だけで理解させることに成功している。

ナイフの切っ先が眼球に触れた瞬間、絶叫がそれまでとは明らかに質の違うものへと変化した。獣のような咆哮《ほうこう》だった。自身を襲う、理解の及ばない恐怖を振り払おうと威嚇し、どうにか追い払おうとしているようにも聞こえる。

絶叫を聞き続けているうちに、段々と気分が悪くなってくる。

きっとリスナーの多くは途中で停止ボタンを押すか、ブラウザを閉じただろう。

僕だって本当はそうしたかった。

ようやく事切れ、恐怖から解放されたのか、Rの声が完全に聞こえなくなる。

Rの死亡を確認したのか、ヴェノムが話を始める。何がそんなに楽しいのか、スピーカーから漏れ聞こえる声は今にも高笑いを始めそうだ。

内容を要約すると、二週間後をお楽しみに、ということらしい。

ただ、今回はそれで終わりではなく、ヴェノムは思い出したように話を続けた。

『そういえば最近、僕のことを捕まえようと躍起になっている人が沢山いるようですね』

またしてもヴェノムはどこか楽しげな調子を声に滲《にじ》ませている。

『どういうつもりでやっているのかわかりませんが、僕は大歓迎です。というよりも、ようやくそういうやる気のある人が出てきて嬉《うれ》しい。多分無理だとは思いますが、こっちは正々堂々とラジオを続けるから精々頑張って欲しいですね。それじゃあ』

そして、ピンポイントで僕を挑発するようなセリフを残し音声は途切れた。

もちろんヴェノムは僕を意識しているわけではない。

僕と同じようなことをしている人間は他にも山ほどいるし、全部をチェックしているわけではないが、クオリティの高い動画も次々に作られている。

現時点の僕は事件の傍観者の域を出ていない。

「どうですか、何かわかりましたか?」

ラジオマーダー終了後、しばし視線をさまよわせていると、ライラくんが変わらぬ無表情で、どうしてか洗濯が終わった僕の服を畳みながら尋ねてきた。

僕はただ首を振って応じるしかなかった。

現在わかっているのは、本当にラジオで流れたことだけ。

僕はテーブルの上から、ライラくんが纏めてくれた資料を手に取り、目線を落とす。

第一の被害者は会社員のSという七月三十日生まれの女性。ラジオの内容どおりならば、頸動脈を鋭利な刃物で切られてショック死したと考えられる。

ヴェノム曰《いわ》く、彼女がターゲットとなった理由は現状を嘆くばかりで、それを打ち破ろうという努力をせず、挙げ句の果てに背中を向けて逃げたから、だそうだ。

第二の被害者はR。女性。看護師。一月十日生まれ。ハンマーで撲殺された。

ラジオで語られた犯行理由は男好きだったかららしい。やはり女性ばかり狙っているだけあって、ヴェノムの犯行の端々から女性に対する憎悪が感じられる。

第三の被害者はKと呼ばれていた。これもやはり若い女性で、職業は会社員。誕生日は九月九日で、ラジオで語られたところによると、彼女の食事中の様子がヴェノムの神経を逆撫《さかな》でしてしまい、それが犯行動機となったらしい。

そして、第四回でRという女性が新たに被害者一覧に名を連ねることになった。もちろん、このRは第二回の被害者とは別人だ。同じなのはイニシャルだけで、他の要素はまるで違う。

だが、これらの情報からどうやって犯人を見つければいいのか。

「なるほど。前途多難ですね」

しかし、彼女に焦っている様子はない。

僕達の間に契約関係が生じて以来、ライラくんは僕を推理に集中させるためと言って、この事務所の家事全般を引き受けてくれている。僕達は対等な関係なのだからそんなことはしなくていい、と何度も断っているのだが彼女は頑として譲らない。

「まるで他人事《ひとごと》みたいに言うね」

「そんなことはありません。けれど、私は鶴舞先生を信じていますので」

なんだか彼女は僕のことをバカにしているのではないかと思えてきた。

被害妄想もいいところだが、苛立ちは抑えられず、棘《とげ》のある物言いになってしまう。

「とは言っても、現時点ではとっかかりすら見つかってないんだ」

けれど、ライラくんはやはりそんなことは気にならないようで、

「とっかかりなら目の前にあるじゃないですか」

冷淡とも思える口調でそう言ってのけた。

今、僕の目の前にあるデスクトップパソコン。そこに写っているRとMのモノグラム。

彼女はラジオマーダーのことを言っているのだろう。僕だってラジオがヴェノムに繋がる一番の手がかりであることは百も承知だ。もう嫌になるほどこれを聞いたが、何も思いつかないのだ。

「ネットの匿名掲示板やSNSには特定班と呼ばれる、本職も顔負けなほどに見事な手際で任意の人物の個人情報を暴いていく暇人がいるんだそうです」

その手の話に馴染みがないわけではない。どころかライラくんの言う本職というのは僕のことだ。

探偵事務所なんてものを開いていると、理由も言わずにこの娘の住所を調べて欲しい、なんて切り出してくる輩《やから》だっている。

「彼らの手法を知っていますか？　本当に些細な情報を深掘りしていくんです。たった一枚の写真の端に写った窓から見える風景。言動の中に見え隠れする地域特有の風習」

「そうは言っても、今あるのは加工された音声だけだ」

「加工されているのはヴェノムの声だけでしょう？」

確かにライラくんの言うとおり、ラジオマーダーで加工が施された形跡があるのはヴェノム本人の声だけだ。もちろん後から付け加えたジングルなどの効果音は別だが、その他の音はおそらく録音されたものをそのまま使っている。

被害者の声や暴力の音が加工されていたらリアリティが損なわれてしまう。

ヴェノムはそのことをよく理解しているらしい。

おそらく、これも被害者女性の声に手を加えなくても済むようにするための工夫なのだろうが、わかりやすく機械加工されたヴェノムの声はおそらく別録《べつど》りしたものを後から加えている。よく聞いてみると、ヴェノムは一方的に語りを続けていて、女性達は叫んでいるだけで会話にはなっていない。

しかし、そんな気づきもヴェノムの正体に繋がるわけではなかった。

「じゃあ僕は被害者達の声を必死に聞き比べて、息づかいがどこどこ地方の方言に似ているような気がする、なんてことを調べればいいのかい？」

エアコンの効きが悪いからか苛立ちが言葉に混ざる。

「それが犯人に繋がるのなら」

彼女の澄ました態度は一層僕の気持ちを逆撫でする。

このまま会話を続ければ、穏やかな状況ではいられないだろうと思い、僕もライラくんも口を噤《つぐ》んだ。それだけで室温が少しだけ下がったような気がした。

やはり無茶だったのだ。素人が連続殺人犯を捕まえようだなんて。

僕だってラジオマーダーで調べられる部分はくまなく調べたつもりだ。けれど所詮は音声だけ。ヴェノム本人の声は加工されているし、それほど特徴的なイントネーションはない。被害者達の声はほぼすべてが叫び声で、それに地域差などはないだろう。もう調べるところがないのだ。

やはり名探偵になるなんてことは夢物語のフィクションでしかないのだろうか。

そんな風に考えていると、ライラくんが天井を見上げながらぽつりと呟いた。

珍しく少し頬を赤らめている。

「……この事務所……壁……薄いですね」

耳を澄ましてみると、上の階から女性の喘《あえ》ぎ声が漏れ伝わっていることに気がついた。

上の階では若いカップルが一年ほど前から二人きりでデザイン事務所を営んでいて、最近は少し落ち着いたが、最初の頃は本当にデザイン事務所なのかと疑いたくなるほど頻繁に生々しい喘ぎ声が聞こえていた。一年経っても改善される様子がないところを見ると、本人達は自分達の発する音が漏れていることに気がついていないらしい。

僕はもう慣れたので気にならないが、ライラくんはそうではない様子だった。一度は視線を僕に向けたものの、すぐにまた声の方にオッドアイを動かした。

「まあ何か別のことをしていれば、こんなものは気にならないよ」

「そ、そんなものですか……」

「実際、さっきまでライラくんはこの声にまったく気がついてなかったじゃないか」

そう言ったとき、僕はふとあることを思いついた。

成功するかどうかはわからないが、試してみる価値はありそうだ。

「ライラくん。用意して欲しいものがあるんだ」

けれど、至極真面目な声色で言ったにもかかわらず、何を思ったのか彼女は、

「と、盗聴は……犯罪です。それには協力できません……」

動揺を露《あら》わにしながら訳のわからないことを口走った。

顔が赤いのはエアコンの効きが悪いせいではないだろう。

面白かったので、僕はしばらくライラくんを眺めていることにした。

6

「私は宣言します。この動画、ラジオディテクティブの中でラジオマーダーのパーソナリティであり、忌むべき猟奇殺人犯であるヴェノムを名乗る人物を捕まえることを」

僕は再び仮面を着けて、ライラくんの用意したカメラの前に立った。

前回撮影したものは没になったので、今回が仕切り直しの第一回配信分の収録だ。

そして、また最初のときのように彼女の用意した台本に沿って前口上を述べる。前回と同じように言い淀《よど》むことなく推理へと進んでいく。

「しかし相手は卑劣な殺人鬼です。顔も出さず、声も隠している、そう簡単にはそのしっぽを掴むことはできない。けれど、ヴェノムはあまりに大きなミスを犯しています」

僕はレンズに向かって人差し指を突きつける。

「それは……ラジオマーダーそのものです」

カメラの向こう側でライラくんが怜悧《れいり》な顔を保ったままこちらの様子を窺っていた。

「そもそも、今回の連続殺人事件ではいまだに死体は見つかっていません。つまりヴェノムはラジオマーダーなどという馬鹿げた動画を配信しなければ、四件もの殺人事件を世間に露見させることなく、完全犯罪を成し遂げられたはずなのです」

強いアルコールを飲んだときのように頭の中が熱く沸騰していく。

「だが、ヴェノムはそうしなかった。あえて自らの殺人を世間に誇示した。それが、どうしてなのか私にもわかりません。きっとわかっているのは世界でただ一人。ヴェノムを名乗る異常犯罪者だけなのでしょう」

僕は改めて朽ちかけの安楽椅子に腰掛ける。

「さて、前置きが長くなってしまいましたが、ここからが本題です。先程も述べたように、私の目的は探偵としてヴェノムの正体を突き止め、法の裁きのもとにその身を引きずり出すことです。無論、それは一筋縄ではいかない」

そしてサイドチェストに置かれていたノートパソコンを膝の上に置いた。

「では、推理をはじめましょう。検証するのはラジオマーダーの第四回配信分。この動画は視聴者の皆さんがラジオマーダーを既に聴取していることを前提に話を進めています。まだラジオマーダーの該当回を聞いていないのでしたら、自己責任で確認してみて下さい。このラジオの中でヴェノムは刃物を眼球に突き立てるというあまりにも残虐な方法で被害者を殺害しています。ただし今回はこの殺害方法は考慮に入れません。私はヴェノムの正体を暴くために別の視点に立ってこの音声を聞いてみることにしました」

僕はノートパソコンの画面をカメラの方に向け、ライラくんはそれに焦点を合わせる。

液晶画面には、音声解析ソフトの波形《はけい》が映し出されていた。

「これはラジオマーダーの音声をわかりやすく視覚化したもの。何も音が聞こえていない状況なら波形は一直線となり、音が大きければ大きいほど波形は大きくなる。もちろん完全な無音状態などありえないので、グラフの中の一直線に見える部分も拡大してみれば、他と同じような波形をしていることがわかります」

僕はノートパソコンを再び自分の方へと向けて、不慣れな解析ソフトの操作をする。

気を利かせたのかライラくんはカメラを三脚から外して手持ちに変え、椅子の後ろ側に回り込んで、僕がパソコンを操作する姿を撮影し始めた。

「では皆さん、これを見て下さい」

画面には限界まで引き伸ばされた波形が映し出されていた。

「時間にして七分三十五秒。波形が大きくなっているところがヴェノムが一人語りをしている場面。その次の大きな山がヴェノムがナイフを眼球に突き立てた場面。そこからなだらかに声は小さくなっていきます。さて、ご覧のとおりラジオマーダーの音声はごく単純な要素で構成されています。パーソナリティの声。ジングルをはじめとする効果音。そして被害者のごく小さな声。だとすると、このグラフでは数点おかしな部分がありますね」

僕は波形の中で不自然な部分をクローズアップする。

「まず開始から二分弱の場面。先程挙げた三つの要素のどれにも当てはまらない、イレギュラーな音声があります。ごく小さな波です。とりあえず聞いてみることにしましょう」

クリック音が嫌に大きく感じられた。

聞こえてきたのは、風を切るような、何かを振り回す音だった。

「これはヴェノムが眼球をナイフで突き刺すと宣言したところで、何らかの方法で拘束されていたであろう被害者がどうにか逃げ出せないか身をよじっている音。おそらく被害者の髪がマイクに当たって小さな音が発生したのです」

僕は首を捻《ひね》りカメラの方に顔を向けて説明をする。

「それでは次です。これはヴェノムが被害者殺害の準備をしている時間帯。つまり声などがほとんど聞こえない時間帯に現れた波形です。さて、どのようなものでしょう」

僕は首を正常な位置に戻し、先程と同じように三つの類型に当てはまらない波形をマウスを使ってクローズアップして、再生ボタンを押す。

『……たー……らんで……いに……ぎゃく……たいい……』

聞こえてきたのは本当に微かな、途切れ途切れの意味不明な言葉の切れ端だった。

「これは……明らかにヴェノムの加工された声とも、被害者の声とも違いますね」

僕はノートパソコンと音声解析ソフトの出力を両方とも最大にする。

「音量を上げて、もう一度聞いてみましょう」

耳を澄ます、全神経を聴覚に集中させる。

『は……ら、で……きゅ……ぎゃく……に』

しかし、音は大きくなったものの、いまだに音声は不明瞭のままだ。

「これはもしかすると、ノイズ除去の処理がされているのかもしれません。しかし、そういった処理がされているということは、これはヴェノムにとって聞かれたくない音だということです。調べてみる価値は大いにあります」

僕はそう言うと、事前にライラくんに教えられたとおりの方法で、音声解析ソフトを動かし、処理の施されたノイズの復元を試みる。

『入ったー、ホームランです！　九回表で遂《つい》に逆転！　二対一！』

すると、今度はハッキリと音声を聞き取ることができた。

「野球中継のようですね。ちょっと調べてみましょう、ラジオマーダーの第四回が配信された日の周辺で九回表に逆転のツーランホームランを打った選手」

僕は急いでブラウザを立ち上げて、スポーツニュースのページに飛ぶ。

ラジオマーダーの第四回が配信されたのは七月二十四日。収録がいつ行われているのかは不明だが、SNSでの反響をヴェノムが確認していることから考えると、収録と配信はそれほど離れていない可能性が高い。

とりあえずは直近一ヶ月分のプロ野球の結果を調べてみることにする。

「該当する選手は……いませんね」

逆転のツーランホームランを打って、スコアを二対一にした打者はここ一ヶ月だけでも六人が見つかったが、九回表に絞ると途端にその数はゼロになってしまった。

ここまでなのか、そう思ったとき、僕は自分の見落としに気がついた。

国内で放送されている野球の試合は日本のプロ野球だけじゃない。メジャーリーグや高校野球だって中継がある。特に今は夏の甲子園に向けて、地方大会が盛り上がっている。

調べる数は多くなってしまうが、ここで投げ出すわけにはいかない。

僕は説明を挟みながらパソコンの操作を続けて、該当する試合がないか検索する。

意外にも結果はものの数分でわかった。

「皆さん。結果が出ました」

僕が探し求めている条件に一致する試合はたった一つだった。

「高校野球A県大会四回戦のS高校対N高校の試合です。この試合は七月二十日に行われ、T地方でのみラジオ中継がされていて、テレビでは放送されていません」

ここ一ヶ月の間に九回表に同じスコアになったシチュエーションは高校野球にもメジャーにもあったが、前者はY県の二回戦でケーブルテレビやラジオでも放送がなく、後者はネットで試合が配信されていたが、実況は日本語ではなく英語だった。

「これは喜ばしいことです。私はこのラジオマーダーの内容から少なくとも第四回の殺人がT地方で行われたということを証明することに成功しました」

本当は飛び上がってライラくんとハイタッチでもしたい気分だった。

これまでの人生の中で一番探偵らしい成果を上げたのだ。

僕は更に饒舌《じょうぜつ》になって推理を続ける。

「それでは他の部分についても調べてみましょう」

次にクローズアップするのはヴェノムがRの眼球にナイフを突き刺した後の二分間。再生すると被害者の絶叫がどんどんと、か弱いものに変わっていくことが確認できた。

波形は比較的規則的だ。ただ途中から妙な雑音が混ざり始める。それも一回ではない。同じ音が何回か繰り返されている。つまりこれは人工的な音声である可能性が高い。

「では、この部分から被害者Rとヴェノムの声を取り除いてもう一度再生してみましょう」

僕は右手でエンターキーを押す。だが、ほとんど何も聞こえない。

「ダメですね。音量を上げてもう一回試してみましょう」

次は微かに、何かの音がしているということは聞き取れた。

どうやら相当遠いところで鳴っている音のようだ。もしくは、このラジオマーダーの収録を行っている建物が余程防音に優れているのか。いや、それはないだろう。もしそうだとしたら、野球中継の音なんて聞こえてくるはずがない。普通に考えれば野球中継の音は隣の部屋から漏れ聞こえてきたものだ。流石にどんなに常軌を逸した犯罪者であってもこんなラジオを収録している部屋で野球中継を聞こうなんて考えるわけがない。

「わかるまで、何度でも再生してみましょう。二人の声を取り除いた音の波形は常に一定で、それなりの長さで続いています。四分程度でしょうか。与えられた情報はあまり多くありませんが、考えてみましょう、この条件に当てはまる音源の正体を」

僕はいかにも思考を巡らせていますと言わんばかりに額に手を当て、うなり声を上げる。

一定の調子で続き、ある程度の広範囲に聞こえるレベルの大音量。

大音量であるということは個人で発している可能性は低い。ならば、なぜ大音量で一定の音を鳴らす必要があるのか。それはより多くの人に聞かせるためだ。

何を？

危険を。

つまりこれはアラームなのではないだろうか。

ここ数ヶ月、緊急地震速報が流れるような地震が起きたことは一度もなかった。

ならば残された選択肢とは何か。

「皆さんこれはあくまで僕の考えです、このラジオのやりとりの奥で聞こえている微かな音の正体はサイレンなのではないでしょうか。それも日常的に流れるサイレン。考えられるのはダムの放流を知らせるサイレンです」

いつの間にかカメラを持ったライラくんが僕の正面に立っている。

僕はレンズに向かって言い放つ。

「つまり、この忌々《いまいま》しいラジオの録音はT地方の山奥、それも近くにダムのある場所で行われました。加えて言えば、このホームランの放たれた時間さえわかれば、放流時間からどこのダムなのかを突き止められる。今回の推理はここまでです。次回はどこまでラジオマーダーの正体に近づくことができるでしょうか。ご期待下さい」

数秒経って、カメラのランプが消える。一応、役目は果たせただろうか。

ただ、ライラくんはやはり大袈裟《おおげさ》に喜んだりはせず、

「すばらしいです、鶴舞先生」

静かに僕の手をとった。

僕の手を摑む彼女の手はとても小さく、柔らかい。

騒ぎ立てる必要なんてないし、まだ僕達はスタートラインに立ったにすぎない。けれど、心が沸き立つのを我慢することは難しかった。それだけ僕の側にも手応えがあったということだ。これほどまでに満たされた気持ちになったのはいつ以来だろう。

ライラくんはパッと手を離すと、キスでもしそうな勢いで顔を近づけ口を開いた。

「それでは先生、早速ホームランの時間を調べて。その時間にどのダムで放流があったかを確認しましょう。そうすれば自《おの》ずと録音場所は明らかになるはずです」

やはり彼女も最初の一歩を踏み出した高揚感を抑え切れないらしい。

「あ、ああ……そうだね……」

「でもその前に動画の編集もしないといけませんね」

急に思い出したかのようにそう僕に告げると、ライラくんは僕からノートパソコンを奪い取って、部屋の中央にある応接スペースで何かしらの作業を始めてしまった。

手持ちぶさたになった僕は目を閉じて、今まで起こった嵐のような出来事を思い出す。

探偵を名乗りはじめて一年足らず、今日僕は初めて本当の探偵になったのだ。

7

「東山係長、噂になってる探偵の動画って見ました？」

デスクで書類仕事をしていると、名城が相変わらずの童顔にどこか不安げな表情を浮かべながら近づいてきた。いや、どちらかといえば期待の方が勝っているのかもしれない。

「何の動画だって？」

俺は椅子の背を思い切り反らせながら対応する。

「ヴェノムの正体を見破るとかなんとか言って、動画を上げてる探偵がいるんですよ」

「ああ、ラジオディテクティブか。一応、目は通したぞ」

名城は一瞬驚いたような表情を見せた。どうやら俺がラジオディテクティブというマイナーな動画の存在を知っていたことを意外に思っているらしい。しかし、そこを掘り下げることはせず、名城はそのまま本題へと入っていった。

「今までも同じような動画はいくつも上がってましたけど、今回のは出来が抜群にいいですよ。それに、もしあの薬師とかいう探偵が言っていることが正しいのなら、うちの署の管轄になる可能性もあると思います」

「どうだかな。確かにあの推理は一応の筋は通っていたが、詭弁《きべん》にも感じられるしな。なんにせよ実際に犯人を捕まえられるとは到底思えない」

街角の素人探偵がそう簡単に難事件を解決できるのなら、この世に警察なんてものはいらなくなってしまうだろう。しかし、現実に警察はこうしてここにある。

所詮民間人には無理なのだ。一人の犯罪者を捕まえるために必要な労力は途方もない。死者が二人を超える連続殺人事件では数百人、多ければ数千人単位で捜査員が動員され、それぞれが全力を挙げて犯人を追い詰めていくのだ。

それでも、解決する事件はすべてではない。

警察は事件が起こってから動き出す。犯罪者は圧倒的に優位な立ち位置にいる。

多対一でも不利、一対一ならなおさらだ。だからこれまで、この国の新聞の紙面で名探偵が紹介されてこなかったのだ。探偵に事件を解決することは絶対に不可能だったから。

それが現実。どんな事件も一人で解決する名探偵なんてのはフィクションの産物だ。

「でも係長、今からラジオディテクティブの第二回配信がアップされるみたいですよ」

「ふん、まあ一応見てやろうじゃないか」

名城は書きかけの書類や法令集を雑に片付けると、デスクの上のパソコンを操作して、付箋が大量に貼られた液晶画面に目的のページを表示させる。

ラジオディテクティブのページは、黒と赤を基調としたラジオマーダーを意識しているのか、白と青で統一された、少々華美なデザインだった。それに加えてネット広告も惜しげもなく貼られているものだから、決してサイトとして見やすいものではなかった。その点も動画の再生ウィンドウのみという簡素なラジオマーダーとは対照的だ。

「あっ、もうアップされてますね。このまま見ますか?」

「そうだな、別に急ぎの仕事もないしこれぐらいはいいだろう」

名城は頷き、動画の再生ボタンを押す。

画面が一瞬暗くなり、RとDのモノグラムが表示される。音声のみのラジオマーダーとは違ってすぐに動画に切り替わった。

映し出されたのは左側は切り立った崖、右側は鬱蒼《うっそう》とした森という市街地からは程遠いことが一瞬でわかるアスファルト張りの車道と、男の姿だった。

男は、それが自身の考える探偵像なのか焦げ茶のスラックスに白いシャツ、そしてサスペンダーという出で立ちをしている。今が冬だったならばこの男は枯れ葉色のトレンチコートにハンチングを被《かぶ》っていただろう。

異質なのは、男がどこかで見たような仮面を着けていることと、その上に不釣り合いな銀縁のサングラスを掛けていることだ。

『皆さんこんにちは。薬師です。ラジオディテクティブの第二回配信。今回は前回の私の推理を元に第四回ラジオマーダーの収録が行われた場所を特定します』

男はカメラに背を向けて、山道の奥へと向かって歩いて行く。

カメラマンは素人なのか、画面はそれなりにぶれるが、見られないほどではない。

『前回の配信で述べたとおり、ラジオマーダーの殺人部分はT地方のダムのある山間部で収録された可能性が高い。そしてT地方にあるダムは多目的ダムだけでも四十三ヶ所。中々の数です。けれど、ホームランが放たれた時間に放流を行った場所となれば限られる。僕は四十三ヶ所全部に問い合わせました、ここ最近放流を行ったのはいつなのかと。どこの担当者も丁寧に教えてくれましたよ。そして僕が辿り着いたのがここ。Uダムです』

男の視線の先にコンクリート造の大きな建造物が現れる。カメラもダムの全体像を映し出そうと、しきりに倍率を変え、視点を動かしている。

『このUダムは総貯水量約三千万立方メートルを誇るかなり大きなダムです。ですが、僕はダムマニアではないので、これ以上の説明はやめておきましょう。僕も話したくないし、多分皆さんも聞きたくない。皆さんが期待しているのはラジオマーダーのことです』

薬師を名乗る男はカメラに向かって、人畜無害そうな声で言う。

声色から、早く自分の推理を披露したくて堪らないという気配が漂っている。

『さて、基本的な絞り込みから始めましょう。まず目的の場所がダムの川上にあるのか川下にあるのか。ダムの放流が行われて水が流れてくるのはどちらか。もちろん川下ですね。そしてこのダムからもっとも近くの集落までは幸運なことに一本道でした』

薬師はそう言うと、カメラを引き連れて今まで歩いてきた道を引き返していく。

『僕の推理では、ヴェノムはアパートでRと呼ばれる女性を殺害し、その様子をラジオマーダーの殺人実況として流すために収録した。そして、その際に野球中継とサイレンの音がノイズとして混入してしまった。漏れ聞こえてきたサイレンの音の大きさから推察する限り、建物はスピーカーからはそれなりに距離があると考えられます』

ですが、と薬師は目の前を見据えながら話を繋ぐ。

『当てはまりそうな物件に片っ端から問い合わせてみても、どこからも女性の叫び声を聞いたというような証言は得られませんでした。よくよく考えてみれば当然のことです。隣の部屋のラジオの音が漏れ聞こえてくるような壁の薄い部屋で、あれだけの叫び声を上げれば、必ず誰かが不審に思うはず。なのに事件は表面化していない。それはなぜか。考えられることは二つ。一つはラジオマーダーがすべてヴェノムという謎の人物によって作られたまったくの嘘偽《うそ》りであるという可能性。そしてもう一つは、かつてアパートとして使われていたが今は放棄されている建物を使っている可能性です。この二択をどちらかに絞り込む方法はない』

カメラはずっと薬師の横顔を映し続けている。

『でもいいんです。二つを一つに絞る必要はない。仮にラジオマーダーが偽物だと僕が証明できれば、それは喜ばしいことです。やがてラジオマーダーは人々の記憶からも消えてなくなるでしょう。たとえ、すべてが本当のことだったとしても問題ない。それは私がヴェノムをこの手で捕まえるからです。結局、僕がやるべきことは変わらない』

薬師が足を止めた。

『さあ行きましょう、ここで真実がわかるはずです』

一旦、画面がブラックアウトする。

場面が切り替わり、次にカメラが映し出したのは、切り立った崖に沿うようにして建てられた二階建てのアパート。壁一面にツタが這《は》っており、窓ガラスはほとんど割れていて、一瞬見ただけでもその建物は放棄されてから相当時間が経っていることが予想できた。

薬師が画面の内側に入り込み、レンズに向かって説明を始める。

『ここが、僕の推理に一致する唯一の物件です。地元住民の話では、元々のオーナーが建物を手放してからはホームレスなどが無断で住み着いていたようです。おそらく、ラジオマーダーでノイズとして聞こえた野球中継もホームレスが持っていたラジオから漏れ聞こえてきたものなのでしょう』

　すると突然、誰かが背後から俺の肩を叩いた。振り向くと、これまで見たことのないくらいに緊張した面持ちで俺のことを見下ろす名城の姿があった。

「東山係長……このアパートって……」

「ああ、幽霊アパートだろうな」

　俺は今この画面に映る、この建物のことを以前から知っていた。元々どんな名前で呼ばれていたのかは知らないが、本物が出るスポットとして地元では有名な場所だ。

　ただ、このあたりに勤務する警察官にとってはそれ以上に有名な場所でもある。

　なぜこのアパートが幽霊アパートなどと呼ばれるようになったのか、それはここでかつて一家全員死亡の無理心中が行われたからだ。それ以来、幼い子供や、夫に殺された無念を抱き続ける妻の霊がアパートの中をさまよい続けていると噂されている。

　事件以来、持ち主は転々としていて取り壊しの話もあったようだが、今では取り壊しの費用の方がかさむということで、この有様というわけだ。

　しかしそれ以上に問題なのは、

「幽霊アパートだとしたらうちの管轄だな」

「ですよね」

　名城がどのような気持ちでその言葉を吐いたのか、想像が付かなかった。

　そんな会話を続けているうちに、画面の向こうにいる薬師はアパートの前まで来ていた。

　そして一言、

『臭いますね。今まで嗅いだことのないような腐臭です』

　少々不謹慎だが、きっと名城は画面を凝視しながら願っているのだろう。その腐臭の正体が自分達の嗅ぎ慣れたアレであることを。ホームレスが溜めた生ゴミや住み着いた野良猫の糞尿の臭いではないことを。

薬師は躊躇《ためら》う様子も見せずにアパートの廊下を進んでいく。

そして、突き当たりの部屋の前で立ち止まり、

『ここです、ここから臭います』

錆《さび》の浮いた鉄製の扉を指差す。

そして、あまり躊躇《ちゅうちょ》することなくドアノブに手をかけ、薬師はそのまま部屋の中へと入っていった。いや、正確に言えば入ろうとしたが、すぐに何かに気づき身体を硬直させた。

仮面の隙間から見える男の横顔に、狂気の滲んだ笑みが浮かぶ。

『やっぱりここだった……』

カメラが移動し部屋の中を映す。

『皆さん、やはりこの部屋でした。この部屋でヴェノムは被害者を殺害し、ラジオマーダーという冒《ぼう》瀆《とく》的なラジオを収録したのです』

幽霊アパートはワンルーム。扉を開ければ部屋の全貌が見える。

今にも落ちてきそうな裸電球、ひび割れた土壁。

部屋の奥には既に腐敗が始まっているのか、虫のたかった華奢な女の死体が力なく壁にもたれ掛かった状態で佇んでいた。

ナイフは確かに眼球に突き刺さっていた。

第二章

1

「まさか、本当にうちの管轄内でこんな事件が起こるなんて」

刑事課の自分の椅子に腰を下ろすと、名城はうわごとのように言った。

けれど、その声には熱が籠もっていた。自分が大事件の中心近くにいることに興奮しているのだろう。浮かれているといった方が正しいかもしれない。

ラジオディテクティブを見終わった俺達は、すぐさま幽霊アパートに向かった。そしてそこで画面に映し出されていたとおりの光景を見つけたのだ。

その後は息を吐く暇もなかった。署に報告を入れ、立ち入り禁止の規制線を張って、鑑識を呼び……正規の手順を手抜かりなくこなした。捜査の下地を整えるために。

死体を発見したのが昨日、八月一日火曜日の夕方の四時頃。そこから不眠不休だ。

「確かにまさかだな」

名城と比べると俺の心は冷めていた。興奮していないわけではない、ただ冷静な部分がしっかりと残っているというだけだ。これから何が自分の周りで起こるのか、それに対して何をすればいいのか。ちゃんと道筋は見えている。

名城のように熱に浮かされるわけにはいかないのだ。

「これは特捜設置もあながち夢物語じゃないんじゃないですか?」

あまりの喜びように少し注意をしようかと思ったところで、背後から俺とは別の人物が名城の言動を窘《たしな》めるように声を発した。

「ああ、夢物語じゃない。だが、実際に市民が殺されていて、もしかすると他にも何人も殺されてるかもしれないのに、そんな風に喜ぶんじゃない」

俺達二人は驚いて声の方に目線をやると、捜査一課の刑事である飯田さんが厳しい視線をこちら側に向けていた。

飯田さんは警察官としては小柄で、定年間近な歳《とし》のせいかどことなく衰えを感じさせる。その上、身形《みなり》も適当だ。皺の取れていないカッターシャツに、古くさい幅広の褪《あ》せたスラックス。いつ見ても小学生の頃に見ていたドラマに出てくる老刑事にそっくりだ。あの刑事もドラマの中で「昭和から抜け出せていない」と揶揄《やゆ》されていた。

ただ、飯田さんが放つ眼光の威圧感は小柄な体軀《たいく》とは違い身がすくむほどで、俺も名城もすぐに立ち上がり姿勢を正した。

「名城。てめぇは本当に心構えがなってないな」

飯田さんは俺達のところに歩み寄ってきた。

濁った低く重苦しい声は、自然と俺の身体を強《こわ》ばらせる。今、飯田さんが話しかけているのは名城であって俺ではないのに、どうにも自然にしていられないのだ。

「すいませんッ!　軽率な発言をしました!」

名城に至っては教官の前に立たされた配属前の新人のようになってしまっている。

だが、俺達の目の前まで来た飯田さんはすぐに厳しい表情を和らげて、

「しかし警察官として一旗揚げてやろうというその志やよし！　喜べ名城巡査。先程ラジオマーダーと称するネットラジオに関連した一連の殺人事件について、特別捜査本部が設置されることが正式に決定した。手柄を立てるチャンスだぞ」

と満面の笑みで名城の肩を力強く何度も叩いた。

「ほ、本当ですか？」

「こんなことで嘘をついてどうする？　だから俺もここにわざわざ来たんじゃないか」

なるほど、どうして飯田さんがこんなところにいるのだろうと思っていたが、俺の認識以上にお偉いさん達はこの事件のことを重く受け止めているようだ。

「東山も元気そうだな。少し老けたか？」

そう言って笑う老刑事に俺は苦笑で返した。

「前に会ったときも同じこと言ってましたよ」

まあ俺もそろそろ三十路《みそじ》だ。いつまでも若ぶってはいられない。

「それで、あの仮面の男は？　何か手がかりは見つかったのか？」

飯田さんが急に真剣な声で尋ねてくる。

「残念ながら自分達が現場に到着したときには既に立ち去った後でした。そもそも、動画を撮影したのも、おそらく昨日ではないでしょう。軽く聞き込みもしてみたんですが、いかんせんあのあたりは人の目がありませんから」

「しかし仮面を着けた探偵ねぇ。あとは少なくとももう一人撮影係がいるのか」

何か引っかかるところがあるのか、飯田さんは目を閉じて黙り込んでしまった。

けれど、すぐにまぶたを上げ、

「今回限りの悪戯《いたずら》みたいなもので済んでくれればいいが……。東山はどう思う？」

俺にそう問いかけてきた。

「あの動画自体、あの男の自作自演の可能性は否定できません。今の時代、ネットに動画を上げて金を稼ぐなんて誰でもできますし、どんな過激なことをしでかすやつが出てきても不思議じゃない。強盗殺人なんて、被害額にしてみれば、ほとんどが数万円かそこら。それに比べて今回の動画を上げることによる広告収入は……少し想像できませんね」

「ですが、ラジオマーダーのサイトには広告のリンクはありません」

名城が話に割り込むように付け足したが、俺は手でそれを制した。

ちょうど、その話を今からしようとしていたところだ。

「今、名城が言ったとおり殺人ラジオの方は出所も金の流れも摑めませんし、そんなわかりやすい繋がりがあればすぐに誰が儲《もう》けているかわかってしまうということくらい犯人も理解しているでしょう。つまり、殺人ラジオは餌で本命の探偵ラジオで儲けようとしているって線も捨てきれませんね。ラジオディテクティブには惜しげもなく広告がペタペタ貼られていますから。無論、現状では確証は何もありませんが」

俺の話に二回ほど深く頷いた飯田さんは、

「二つのラジオが繋がってるって可能性はありえるな。だが、それは今後もあの男がこの事件に関わってきた場合の話だ。もしかすると子供の宝探し感覚で死体を見つけてしまった可能性もある」

そう言った。

それに対して思うところがあったのだろう。隣に立つ名城が、

「差し出がましいかもしれませんが、あの薬師ってやつはあの動画を撮ることが悪いことだなんて微《み》

塵《じん》も思っていないはずです」

そんな持論を述べた。

「仮にやつらが犯人じゃなかったとしても、かなり入念に下調べをして、動画の撮影に取りかかったことは明白。つまり、やつらは死体を見つけてから、小躍りしながらカメラのセッティングやなんかをやってたってことですよ」

俺も名城の意見に同意した。実際に小躍りしたかどうかはわからないが、きっとあの探偵もどきは死体を見つけて有頂天だったに違いない。

それに対し飯田さんは、

「ああそうだな。お前達の言うとおりだ。普通、死体を見つけたらすぐに警察に連絡する。子供の頃に学校で習うだろう」

破顔しながら反応しにくい冗談を大声でかました。

「少なくとも俺は習ってないですね」

「同じく」

飯田さんが急に冗談なんて言うものだから俺達は返しに困り、そこで会話は途切れた。

まあ、無駄話を続ける必要はない。飯田さんは一つ大きく息を吐くと、先程まで名城が座っていた椅子に腰を下ろし、鑑識から渡されたらしい資料に視線を落とした。

「被害者の名前は佐宗利香《さそうりか》。県内のN大学に通う二十歳。死因は眼球をナイフで突き刺され、刃先が脳髄に達したことによるショック死と推測。死体は損傷が激しく、死亡時刻の推定は難しいが、腐敗の進行具合などから、少なくともここ数日の間に殺害されたものではないと考えられる。凶器に使われたナイフは死体に突き刺さったまま放置されており、犯行に使われたもので間違いないと思われるが、犯人の指紋らしきものは検出されず。犯人と争った形跡はなく、性的暴行を加えられた痕跡もなし……か。犯人は中々に用意周到だな。きっちり殺すために殺してる」

その資料は俺も受け取っており、既に一通りの情報は頭に入っている。

被害者はN市内に一人暮らしで、五月の終わり頃から連絡が付かず、行方不明者届が出されていたため死体の身元はすぐに判明した。

「失踪したのは五月ですか。その間、どこにいたんでしょうね？」

名城があまり力の籠もっていない声で言う。

「犯人が拉致監禁していた可能性もあるし、被害者が知り合いの家に自発的に隠れていた可能性もある。もしくは……。まあ、その辺のことはこれから調べていく必要があるな」

言い終わると、飯田さんは背中を反らせるようにして天井を見上げ、俺もつられて視線を上げた。

蛍光灯が不規則な明滅を繰り返していた。

眩《まぶ》しさと疲労で思わず目を閉じる。

資料などいくら読んだところで意味がない。犯人には繋がらない。

「しかし、犯人はどうして死体を残していったりしたんだろうな」

飯田さんの問いかけに、俺は目を開けて答える。

「皆目見当がつきませんね。この資料にあるように、犯人はしっかり証拠を隠蔽《いんぺい》している。けれど、そんな手間をかけるくらいなら死体自体を隠した方がずっと楽なのに」

俺と飯田さんが話を続けていると、横からぶつぶつと呟く声が聞こえてきた。声の方に視線をやると、そこには頭の中を整理しようとしているのか、逐一考えを声に出しながら飯田さんと同じように資料を食い入るように見つめる名城の姿があった。

「現場は山奥の廃アパート『竜馬荘《りょうまそう》』。当然人など寄り付く場所ではなく、近くに防犯カメラの類《たぐい》もなかった。ラジオの音声から犯行のおおよその時間がわかっているとは言っても、そもそもの目撃者がいなければ意味がない。当然、あのあたりのホームレスへの聞き込みは行うとして。まずは遺留物を調べるべきなのか……。だが、あそこは不特定多数の人間が出入りできる状況にあった。たとえ髪の毛などを見つけても、それは絶対的な物証とはなりえない。放流時間についてのダム管理事務所への問い合わせがどこからのものなのか照会してはいるが、よもや自分の携帯から電話を掛けるようなことをするはずがない……」

一人でぶつぶつと喋《しゃべ》り続ける名城に向かって飯田さんが問いかける。

「ならどうするべきか」

すると名城はハッと気がついたように顔を上げて訊き返す。

「何か良い案でも？」

答える代わりに飯田さんはどうしてか俺に視線を向けた。

どうやら俺に考えさせようとしているようだ。もしかしたら、少しでも手柄を立てさせてやろうという親心かもしれない。

俺はどうしようかと一瞬逡巡した後に答える。

「素人の真似《まね》をするようなことはしたくありませんが、手元の証拠が少ないのなら増やせばいい。ラジオマーダーの他の配信で扱われている、別の他殺死体の発見を急ぐべきでしょう。現場に死体が残されているのは少し釈然としませんが、第四回配信分の死体が現場に残されていたのなら、他の死体も同じように放置されている可能性はあります。今回の手がかりだけで一足飛びに犯人を特定するのは難しい。けれどそれが四回繰り返されたとなれば話は別。どこかで、ボロを出しているはずです」

その言葉に納得したのか、飯田さんは頷き、

「さあ二人とも働いて貰うぞ」

そう発破をかけた。

2

「――んせい。起きて下さい、先生」

心地よい音程の声に誘われて目を覚ますと、吐息が頬を撫でるほどの距離から、ライラくんが僕の顔を覗《のぞ》き込んでいた。彼女の金と青の瞳に反射した自分の間抜け面《づら》を見て、ようやくハッキリと目が覚めた。

僕が起きるのに時間がかかったことが不満なのか、肩を出した黒いワンピースに黒いエプロン姿の彼女は、不機嫌そうに柳眉《りゅうび》の端をほんの数ミリほど吊《つ》り上げていた。

「朝食の時間です。あと十秒で起きなければ、これを耳元で鳴らすつもりでした」

そう言い放つ彼女は右手にはフライパン、左手にはお玉を持っていた。フライパンを鳴らして主人公を起こすヒロインなど今日日《きょうび》ライトノベルでもそうそう見ないが、ライラくんはこういうベタなシチュエーションが好きなのだろうか。

僕は好きだ。

改めて自分が今置かれている状況を把握しようとあたりを見回してみる。

どうやらあれこれと考え事をしているうちに事務所のソファで寝てしまったようだ。

身体に目を向けると用意した覚えのないブランケットが掛けられていた。どうやらシャツ一枚でソ

ファに転がっていた僕を見つけたライラくんが気を利かせてくれたらしい。

初めは妙になれなれしいライラくんのことを警戒していたのだが、彼女が物取りのようなことをするとは思えなかったし、一度僕が昼まで寝過ごして、彼女を扉の外で待たせてしまったことがあったので合鍵を渡すことにしたのだ。

それに気をよくしたのか、ライラくんは鍵を受け取って以来、事務所に色々なものを持ち込んでいる。取材用の専門機材や資料。あとは食材や日用品も多い。

中でも度肝を抜かれたのは、僕が中にすっぽり収まりそうなほど巨大な冷凍庫だ。

現在、リビングの端で存在感を放っているそれは「鶴舞先生は食習慣が崩壊していそうなので、私がここに来られない日も飢えて死なないよう、この中に作り置きの料理を凍らせておきますので、しっかり三食食べて下さいね」とライラくんが設置していったものだ。中には宣言どおり作り置きの料理と冷凍食品が隙間なく詰められている。

ライラくんは他にも部屋の中に手を入れたが、それによって以前にも増して事務所が混沌としているなんてことはなく、むしろ居心地がよい。

無造作に床に積み上げられた本に躓《つまず》いて転びそうにもならないし、資料を広げる場所が見つからず苛つくなんてこともない。

ライラくんと出会ってから僕のクオリティ・オブ・ライフは爆騰《ばくとう》を続けている。

「とりあえず顔を洗ったらどうですか？」

そう言うと、ライラくんは柔軟剤の香りのするタオルを僕の顔に押しつけた。

僕はそれを持って洗面所へと向かった。

最低限の身形を整えてリビング兼事務所に戻ってくると、ライラくんがローテーブルの上に二人分の朝食を用意していた。見たところ卵サンドとサラダのようだ。おそらく、僕にも作れる簡単なものだとは思うが、僕ならこんな丁寧に盛り付けたりしない。

しかし、こうしてせっせと二人分の朝食を用意する彼女の姿はあまりに刺激的だ。気味悪がられるのも嫌なので口にはしないが僕は一人で新婚気分である。ライラくんほどの女性が新妻役をしてくれるなんて、こちらが代金を支払っても普通なら実現しなさそうなものであるのに、現実は僕がお金を貰ってライラくんが僕の世話を焼いているのだからおかしな話だ。

逆に事件が解決した後も、対価を支払えば同じようにしてくれるのだろうか？

そんな愚にも付かない妄想を広げていると、ライラくんがこちらを振り向いて、

「何を呆《ほう》けているんですか、先生がそうされていると私も食べられません」

夏を感じさせない冷え冷えとした声でソファに座るように促した。

もしかすると考えていることが顔に出ていたのだろうか。当たりが強い気がする。

僕はテーブルを挟み彼女と向き合うようにソファに腰を下ろし、卵サンドを口に運ぶ。

「コーヒーいりますか？」

「うん……貰えるかな……」

彼女は僕の答えを聞いて立ち上がると、壁際に置かれた接客用のコーヒーメーカーの電源を入れた。すぐに芳《かぐわ》しいコーヒーの香りが漂ってきた。

「今更だけれど、ライラくんはどうしてこんなに僕の世話を焼いてくれるのかな？」

僕は不意に彼女の後ろ姿に声を掛ける。

「先生に推理に集中して貰うためです」

ライラくんはわざわざ振り返ったりはせず、素っ気なく返してきた。

「確かにそれは前にも聞いたけど。普通の依頼主はこんなことはしない」

むしろ、こちらの事情など無視して早く成果を報告しろと喚《わめ》き、僕の集中を乱すのが常だ。数少ないこれまでの依頼主は一人残らずそうだった。

すると彼女は観念したかのように、大きく息を吐いて振り返ると、

「迷惑でしたらすぐに出て行きます」

ぐずる子供を突き放すような口調で言った。

僕は慌てて陳謝する。

「いや、そんなことはない。ライラくんがいると毎日が新鮮で楽しい」

僕はそれ以上、追及することはできなかった。

「楽しい……ですか」

ライラくんはその答えに何か思うところがあったのか、考えるような素振りを見せたが、すぐにいつもどおりの起伏のない表情に戻った。

彼女には彼女なりの理由があるのだろうし、ライラくんが事務所にいることで僕が損をしているわけではないのだから、やぶ蛇になりたくないので今は放っておこう。

「そ、それはそうと……まさか、警察がここまでスピーディに成果を上げてくるとはね」

気まずさを誤魔化すため、僕は無理矢理、話題を切り替えた。

ライラくんもわざわざ先程の話を蒸し返したりはしない。

それに今、僕達にとってはこちらが主題なのだ。

ラジオディテクティブの第二回配信から二日足らず。警察は早くもラジオマーダー第三回で殺人が行われた現場と殺された女性を捜し当てていた。

被害者の名前は工藤香里奈《くどうかりな》。九月九日生まれの二十三歳。遺体の発見場所は県境にある廃業したラブホテルの一室。死因は縊死。当然だがラジオマーダーで放送されたとおりの内容だ。

彼女は第四回の被害者である佐宗利香と同様に、五月に消息を絶っており、家族から行方不明者届が出されていた。しかし、当時の警察は彼女の失踪に事件性があるとは判断せず、大々的な捜索は行われていなかった。

ターゲットとなった理由は、食に関することらしいが、正直ヴェノムがラジオ内で発した証言だけではなんとも言いがたい。

「相手は犯罪捜査のエリート集団です。対するこちらは素人が二人。健闘している方かと。それにまだ二ヶ所。すべての犯行現場が判明したわけではありません」

コーヒーをマグカップに注ぎながら、ライラくんが慰めともとれる言葉を口にする。

先程のやりとりなど既になかったかのように、声音も揺れる黒いワンピースの端もどこか楽しげで、踊っているようにすら見える。もちろん、見えるだけかもしれないが僕はそんな彼女の態度がどうにも気になった。

「随分と余裕そうだね」

「騒ぎ立てても事態が好転するわけではありませんから」

それはそうなのだが。先程ライラくんが述べたとおり、そもそもの人数が違うし、機材だって天と地だろう。勝てる要素を見つける方が難しい。けれど、彼女は最初にこの事務所に依頼を持ち込んだとき、誰よりも早く犯人を見つけ出すと息巻いていたのだ。

ハッキリ言ってしまえば状況は絶望的。それなのにこの余裕はなんだ？

まだ何か、ここから巻き返すだけの秘策があるというのか？

無論、ただ強がってみせているだけということも充分に考えられるが。

「それに警察は先生の真似をしたらしいですよ？」

「僕の真似？」

一体、どういうことだろうか。

「どうやら警察もラジオマーダーの音声を解析して、先生と同じようにノイズの中から場所を特定するに足る情報を集めたらしいんです」

なるほど。確かに僕の真似をしたと言うこともできなくはないだろう。

だが、あの手の音声解析は昔からある手法だ。別に僕のオリジナルというわけではない。

ヴェノムにしたって、ある程度、ノイズを削除していたことから考えても、そこから犯行現場を割り出される可能性を考えていたことが窺える。しかし、意に反してノイズから現場を発見されてしまった。これは明らかにヴェノムのミスだ。

ただし、少なくとも僕が調べた限り、第三回配信から場所を特定できるだけの情報は得られなかった。第四回と同じように微かに何かしらのサイレンのような音が混ざっていることはわかったが、そこから先へ進むことは敵《かな》わなかった。

仕方がない、警察と僕らでは、機材も知識も、元々持っているものがまるで違うのだ。

それでも今の話を聞く限り、少なくとも警察は僕らが作ったラジオディテクティブを認識している。容疑をかけられる危険と隣り合わせではあるが、やはり悪い気はしない。

「けれど、まだ犯人に繋がりそうな重要な手がかりは見つかってはいないみたいですね。今は遺体の身元の確認と、被害者達がどうやってヴェノムと知り合ったか、という線から調べを進めているそうです。ただ、こんな時代ですから、誰かと誰かが知り合う方法なんて、それこそ無限にあって、どれだけ調べてもきりがありません。ですから警察も歯がゆい思いをしているというのが現状のようです」

すらすらと情報を語るライラくん。そんな彼女の姿を見て、僕はふとあることを思いついた。大した意味はない、ちょっとした確認だ。

「今更なんだが、君が喋っている警察の動向はどこから漏れてきているものなんだい？」

すると彼女は僕の顔を一瞥《いちべつ》すると、

「私とてジャーナリストの端くれ、情報源の秘匿は基本中の基本です。こればかりは先生にも教えることはできません。それに、ここで私が情報元となっている警察官の名前を挙げたとしましょう。そしてもし、その警察官の名前が何らかの偶然で誰かに伝わってしまったら、私は貴重なリーク元を失うことになります」

そうやって滔々《とうとう》と論じてみせた。

こんなことを訊いたのは何も好奇心が湧き出たからなんていう単純な理由ではない。ジャーナリストが情報元を親しい相手であっても容易に明かさないことくらいは知っている。僕はそれを承知の上でこんなことを尋ねたのだ。彼女にとって今の僕はどの程度信頼に値するのか確認するために。結果はそれほど芳《かんば》しいものではなかった。

当然と言えば当然だが、だからこそ彼女の甲斐甲斐《かいがい》しさの理由がわからなかった。

このまま一緒に過ごす時間が増えていけば、いつかはわかるのだろうか。

「それもそうか。変なことを訊いて申し訳なかったね」

「いえ、お気になさらず」

そう言うと、ライラくんはこれ以上、情報元に関する話が続くのは好ましくないと考えたのか、すぐに別の話題に切り替えた。

「しかし、予想の範疇《はんちゅう》とはいえ、被害者はまた若い女性でしたね」

「ヴェノムなりの信念があるんだろうね」

「ただ、今ある情報だけでは全員若い女性というだけでほとんど共通点は見いだせません。職業も経歴もバラバラ。殺された方法もまるで違います」

「そうだね、一応ラジオの中で動機の説明はされていたけれど、同じような条件に当てはまる女性ならいくらでもいそうだ。というより、普通に考えればあんなのは適当にでっち上げたでまかせに決まっている。もしかしたら、ラジオの音声からではわからない外見的な特徴に類似点があるのかもしれないけど、まだ全部の死体が見つかっていないからね」

唯一僕が目にした被害者も、そこまで特徴的な外見をしていたわけではなかった。

ライラくんのような女性ばかりを狙っているというのならわかりやすいのだが。

「でまかせである可能性は私も否定しません。けれど、それは完全な思考放棄です。ラジオマーダーのような劇場型犯罪は、犯人側に何らかの思想があって行われるものが多く、被害者に共通点があることもしばしば。最初からここに真実はないと投げ出してしまうというのは、いささか早計かと思います」

「つまりライラくんは彼女達に何かしらのミッシングリンクがあると?」

彼女は静かに、けれども確かに、力強く頷いた。

ミッシングリンク――欠落した共通点。

「ええ。それに被害者全員が若い女性というのは現代のジャック・ザ・リッパーを気取ってのことかもしれません。そういう思考の転換が名探偵には必要です」

ライラくんは無感動な声で言った。ここでウィンクの一つでもしてくれる愛嬌《あいきょう》があれば……いや、それでは彼女本来の魅力がなくなってしまう。

「まあいいさ、時間が経てば視点も変わってくるだろうしね」

僕はすっかり冷めてしまったコーヒーに口を付けた。

沈黙を嫌った僕はとりとめのない話を続けることにした。

「そもそもヴェノムはどうしてこんなことをしているんだろうね。ネットラジオなんかで流さなければ、完全犯罪だってありえたかもしれないのに」

なんてことのない呟きに、ライラくんは律儀に持論を述べ始めた。

「理由ですか。考えるだけならいくらでも考えられますよ。例えばお金儲け。仮にそうだとするとヴェノムはシリアルキラーではないということになりますが。私達も実際ラジオディテクティブという媒体を使って、広告収入を得ようとしているわけですし、ヴェノムだってラジオマーダーで同じことをやっていないとは限らない。ラジオマーダーのサイトに広告は貼られていませんが、他の動画サイトに転載して、ということも考えられます」

「お金ね。だがそれならもっと簡単で手っ取り早い方法がある。強盗だ。世の中の犯罪者は大抵そっちを選んでるしね。正直、警察に捕まるリスクを天秤《てんびん》にかけたとして、ラジオマーダーと単純な強盗。そこまで差はないと思うよ」

「金額の問題かもしれません。私は専門家ではありませんのでよく知りませんが、世の中にはダークウェブというものがあって、一般的なインターネットでは流通していないような情報やサービスが取引されているそうです。もしかするとヴェノムはそのダークウェブを利用して、ラジオマーダーによる儲けの仕組みを構築しているのかも」

ライラくんはうっすらと声のトーンを落として呟く。

「例えば……ヴェノムは依頼に沿って殺人を実行するプロの殺し屋である……とか」

仮説としては真っ当ではある。他にも交換殺人や自殺幇助《ほうじょ》、同じようなケースを挙げ始めればきりがないだろう。けれど、僕には今回の一連の事件がライラくんの言うようなものだとは思えなかった。

「つまりライラくんの考えに沿うと、あのラジオマーダーという意味不明な配信は依頼者への報告だということになるね。もしくは依頼者が望んだことなのかもしれない、死んでいくところをしっかりと自分で確認したい、と。違うかい？」

「いいえ。先生のおっしゃるとおりです」

ライラくんは大袈裟に首を左右に振りながら答えた。

「まあ、実際なさそうな話じゃないんだ。でもそれだと流石に仮定に無理が生じてしまう。何かわかるかな？」

「無理……ですか？」

思い当たる節がないのか、ライラくんは小さなうなり声を漏らしながら首を傾げている。

「そうだよ。思い出してごらん、どうして僕達がこうしてこの一連の事件を追えているのか。どうして警察の捜査本部がT警察署に置かれることになったのか」

ここまで言えば、流石に誰でもわかるだろう。無論、それはライラくんも例外ではない。

「なるほど。ヴェノムに殺人を依頼している人物が他にいるのなら範囲が狭すぎるんですね。身近な人を殺したいと思う輩は多くいても、実際に実行に移す人間は少ない。それなのに、現状身元が判明している二人は同じT市内で発見されている。こんな限られたエリアに依頼が連続するわけがない」

僕は頷き、肯定する。

「そういうこと。加えて被害者が若い女性ばかりってのも引っかかるね。もし今議論している仮説が正しいとすれば、ヴェノムは若い女性を専門にした殺し屋ということになるんだろうけど……そんなやつが現実にいると思うかい？」

「絶対にいないとは言い切れませんが、無理な仮定に更に無理がついた感じがしますね。今は時間的に細かな可能性を一つ一つ潰す余裕はないので、考慮に入れなくてもいいかもしれません」

ライラくんはなんとも思慮深い言い方をした。

このレベルなら、いない、と言い切ってもいい気がするが、まあいいだろう。

「以上の二つのことに加えて、音声だけでは本当に殺しているか判別がつかないという点からも、僕はヴェノムがプロの殺し屋だという説を否定するね。交換殺人でこのあたりの担当をしているというのも考えたけれど、やはり被害者が若い女性ばかりという点が引っかかる。自殺幇助だとしたら聞かせる相手が既に死んでいるのだからラジオの意味がわからない」

「やはり、どんな仮説にも穴はあるものですね」

「それはそうだろう。まったく穴のない仮説というのは、すなわち答えだ」

そう簡単に誰もが答えに辿り着けるのなら、最初から警察なんて大がかりな組織はいらなくなってしまう。市民が市民同士で犯罪を防ぐシステムが作り上げられるはずだ。

「でも、思考の出発点としてはよかったかもしれない」

まだ完全に判明したわけではないが、同じ犯人の手で行われた殺人の四件中二件が同じ地域内で行われたのなら、おそらくまだ発見されていない二つの犯行現場も同じエリア内だと考える方が自然だ。おそらく警察もそう考えている。

近場で連続殺人を起こす理由は単純に、それが楽だからだ。けれど、楽な分だけ捜査網が狭まってしまう。もし犯人が本気で捕まりたくないと考えているのならば、死体はなるべく分散させて隠すべきだし、そもそもあんなラジオは流すべきじゃない。

そうなると考えられる可能性は……。

「もしかすると、ラジオマーダーは殺人それ自体が目的ではなく、むしろラジオマーダーというラジオを流すことに目的があるんじゃないかな」

僕は視線をどこに留めるでもなく、さまよわせたまま話を続ける。

そしてヴェノムが発した言葉を思い出して結論として着地させる。

「ラジオマーダーは挑戦状。そしてこれはルールの整備されたゲームなのかもしれない」

僕が言ったことをライラくんは言葉を換えて反復する。

「ヴェノムは誰かに自分を捜させようとしているということですか？」

僕は頷く。

「そう考えると現場に死体を置いていったことに説明がつくんだ。逆を言えば、それ以外の仮説だと、どうしたって理屈が通らない」

ラジオディテクティブではさも死体が見つかって当然であるかのように振る舞ったが、最初に死体を発見したとき、僕は心の底から驚いた。仮に犯行現場が見つかるとしても、ラジオマーダーの収録の痕跡から推定される、くらいのものだと思っていた。

しかし、実際には現場には被害者の死体が放置されていた。

偶々、これまで誰にも見つからなかったからいいものの、あまりにリスキーな行動だ。

チラリとライラくんの方に視線を向ける。彼女は目を閉じて、僕が今語っている内容に綻びがないか、頭の中で思考を巡らせているようだった。

「ただの目立ちたがり、という可能性はありませんか？」

「それなら実際に殺人を行う必要はない。それらしい音声をくっつけて同じようにラジオをネットで配信すればいい。実際に死体がなければ、警察は延々とありもしない死体を捜さなければいけなくなるからね」

「言われてみると、そう思えますね」

「もしかするとヴェノムはリスナーに死体を発見させたがっているんじゃないか？」

ダメ押しとして僕は付け加える。

「何よりそんな風に考える一番の理由はヴェノム自身が残した挑発だ」

ライラくんはすぐには思い当たらなかったようで、腕を組み首をひねっている。

「第四回配信の最後にね、自分は正々堂々とこのラジオを続けるから精々頑張ってくれ、ヴェノムはそう言っていたんだよ。これがいくら考えてもしっくりこなかったんだ。殺人に正々堂々なんて言葉は似つかわしくない。だとすると正々堂々というのは何にかかる言葉なのか。ヴェノムはその言葉の前で僕達のラジオディテクティブのように、この事件のことを推理している人間について話していた。そこから導き出される答えは……」

ライラくんは目を開け、いつもよりも幾分か低い声で、

「……ゲームに乗ってこいと挑発している？」

僕は黙って頷いた。

「しかし、どうしてそんなことをする必要が？」

「それはわからない。けれど、もしそうだとしたらヴェノムの正々堂々という言葉も意味が通るんだ。俺のことを見つけられるものなら見つけてみろ、そのための公平なルールは用意した、といった具合

にね」

確証はないが、一つ一つの言葉を辿り、導き出した推論だった。

しばらく、視線をきょろきょろさせたり、指を唇に押し当てたりと、よくわからない動作を繰り返しながら、悩ましげな声を出していたライラくんだったが、

「なるほど。可能性はあるかもしれないですね」

数分で得心が行ったのか通常よりも幾分、柔らかい声で言った。もちろん、表情はあまり変わっていないが、言葉に棘がなかった。

ただ、僕は彼女ほど朗らかな気持ちではいられなかった。

「けれど、今のところ被害者達にそれらしい共通点はない。ヴェノムの犯行で決まっていることはただ一つ、犯行を録音したラジオを二週間毎の月曜日にネットで配信していることだけだ。これだけの情報ではどうしようもないよ」

僕は椅子から立ち上がり、すっかり冷め切ったコーヒーをカップに注ぎながら言う。

「いえ、そんなことはありませんよ。仮に先生の言うようにラジオマーダーが挑戦状だとしたら、ラジオをしっかり聞けば自然と答えは出るということです。実際、私達はラジオの音声から犯行現場を特定したではありませんか?」

「確かにそのとおりだけど、僕達が利用したノイズを除いてしまうと、あとラジオで聞くことができるのは被害者達の微かな声とヴェノムの語る動機だけだからね。そのノイズだって第一回と第二回にはほとんど混ざっていなかった。おそらくヴェノムは編集で後から自分の声を足してる。あのノイズが混ざったのは本当に偶然だったんだ。ヴェノムが意図してノイズを残していないとすると、そこに活路を見いだすのは難しいかもしれない」

するとライラくんは無感動な声で、

「ならその動機に共通点があると考えましょう」

そう言った。

「動機に共通点？」

「先程、先生はヴェノムがラジオ内で語る動機についてデタラメだろうと言われましたが、もしこれが誰かに犯人捜しをさせることが目的なら話が違ってきます。本来なら言う必要のないことに相当な時間を割いて事細かに説明をしている。つまりあれは問題を解く上で必要な情報だという風には考えられませんか？」

「なるほど。ラジオ内で語られる言葉に無意味な部分はないということだね」

「はい」

僕は今の議論を前提に改めて思考を巡らせる。

ラジオマーダーは与えられたヒントを使って犯人を捜すゲームである。

そしてヒントはすべてラジオ内で語られていて、そのヒントをしっかりと読み解くことができれば犯人に辿り着くように作られている。

「ラジオの構成は極めて単純。毎回同じようにタイトルコールがあって、被害者のごく簡単なプロフィール、犯行の動機、殺害時の音声、次回予告の五つの要素で成り立っている」

「一つ一つ分析していきましょう。時間がないといっても、丁寧にやるべきところは丁寧にやらないと大事なことを見逃してしまう可能性があります」

ライラくんの提案に僕は頷く。

「まずタイトルコール。これはラジオの内容の端的な説明。ヒント云々《うんぬん》というよりも、ラジオという形式の体裁を整えるための部分だと思うんだけど、どうかな？」

「私もそう思います」

「次に被害者のプロフィール紹介。自然に考えれば、もっとも犯人捜しのヒントとなりうるのはこの部分だと思うんだけど……」

「何か問題がありますか？」

本当にわかっていないのか、僕を試そうとしているのかわからないが、ライラくんは黙って僕が話しはじめるのを待っている。

僕はライラくんを納得させられそうなロジックを頭の中で組み立て言葉に変える。

「いかんせん、この部分で語られる情報の密度が薄すぎるんだ。名前の頭文字と性別、誕生日、そして職業。この程度では何かを見つけるというのはほぼ不可能だよ」

「なら、どうして被害者のプロフィールを語る必要が？」

「これも仮説にすぎないけど、死体が見つかったときに、その死体がラジオマーダーでヴェノムによって殺された人間であることを証明するためなんじゃないかな。もしそうでなければ、その死体がこのラジオと関係があるものか、それともまったく別の事件の死体なのか、判断が付かなくなってしまうからね。犯行証明みたいなものかな」

「なるほど」

ここまではいい。問題はこの次だ。

「犯行の動機――これが一番の謎だね。犯行の音声を流さなければ、殺人ラジオというコンセプトが成り立たなくなってしまうし、次回予告というのもタイトルコールと同じく、ラジオ番組の構成に不可欠な部分だと思う」

こうなってくると、やはり動機を語る部分の不自然さが際立つ。

「もちろん犯行の動機は重要だ。けれど、ラジオマーダーではそこまで時間を割いて語るようなことじゃない。しかもヴェノムがラジオ内で語ってる内容は普通なら殺人の理由たりえないものばかりで、もし本当のことだとしても誰からも共感を得られないことは明白じゃないか。もし、それをヴェノムが意図してやっているのだとしたら、やはりヒントはここだ。ゲームを成立させるため、実際の動機とは関係のないことを語っている」

ライラくんは大きく頷いた。

「確かに。ありえるかもしれません」

「ただ、その前提に立ったとしてもやっぱり共通点らしい共通点はないんだ」

もちろん、こじつけようとすれば何かしら似通った部分は見つかるだろう。

けれど、それでは先に進めない。

「どれも感情論ではあるけど、動機なんだから感情が絡むのは至極当然だ。やっぱり被害者が若い女性ばかりだということも考慮に入れた方が——」

無意識のうちに考えが声に出てしまう。ライラくんは自分に向けられた声でないことを承知しているのか、黙って僕の様子を見ている。

考えては否定し、否定してはまた考えて、思考が堂々巡りを始める。

結局、何も思いつかず、物は試しにとライラくんに声を掛けてみる。他人に話すという行為は、自分の考えを整理し直したいときにはうってつけの方法だ。

「ライラくん、僕の考えに何か見落としはあるかな？」

すると彼女は悩ましげなうめきを小さく漏らす。

「実際にそれに意味があるかないかは別として。私はなぜラジオが全部で七回だと最初から決めてあるのかが気になります。もし犯人が注目を集めるためにこんなことをしているのなら、最初から上限を決めておくのはナンセンスです。それに回を追うごとにヒントは増やせるはずですから、もしこれがゲームなのだとしても最初に七回だと公言するメリットはないはずなんです」

「七に意味がある……ということか」

ライラくんは意味ありげに頷き、

「あくまで、そういう可能性もあるという話ですが」

そう付け加えた。

「いや、もしかしたら正解かもしれない」

数字に限った話ではないが、自らの考えや思想に拘泥するというのはシリアルキラーにありがちなことのように思えた。

七から連想されること……。

例えば一週間は七日。虹は七色。一オクターブは七音。あとは七福神。春の七草。

いや、七という数字を単独で考えても答えには一向に辿り着きそうにない、ラジオ内で語られている他のことに関連して考えるべきだ。

今、判明しているのは動機。主観的で感情的な動機。

感情……七つの……感情。

パーソナリティの名前はヴェノム……意味は……恨み……感情。

七つの悪徳的な感情。

つまり……七つの大罪。

あまりにバカらしい考えに僕は思わず笑ってしまう。

七つの大罪はキリスト教において死に至る罪と言われている『暴食』『色欲』『強欲』『憤怒《ふんぬ》』『怠惰』『傲慢《ごうまん》』『嫉妬』という七つの感情の総称だ。

そしてラジオマーダーで殺害されるのは七人だと予告されている。

「ライラくん、ラジオマーダーの第一回から第四回の動機を語っている部分だけを抜き取って聞かせて貰えないかな？」

「わかりました。少し待って下さい」

僕が何かを察したことに気がついたのか、ライラくんは手早くパソコンを操作する。

そして、数分と経たないうちに、

「準備できました。連続で流しますね」

「うん。よろしく頼むよ」

そしてスピーカーからすっかり聞き慣れた、加工されたヴェノムの声が流れてくる。

『Sちゃん。君は自分を取り巻く現状を嘆くことばかり。しかも、それを全部他人や環境のせいにして自分自身ではなんの努力もしようとしなかったね。そのくせ周りには、まるでものすごい努力をしたかのように見せかけて、同情を買おうとする。でも結局、現実に背を向けて逃げ出したね。親のコネを使って入った会社も自分勝手な理由で辞めた。でも、逃げ出した先でも文句ばかり口にしている。きっと君はこの世界が嫌いなんだろうね。なら僕が逃げ出す手伝いをしてあげるよ』

第一の事件。これは『怠惰』であったからと言い換えられないだろうか。

続いて、継ぎ目なく第二回のヴェノムの語りが聞こえてくる。

『僕は君みたいにふしだらな女性が嫌いなんだ。誰彼構わず、節操なく男に媚《こ》びを売って、恥ずかしくならないのかな。どんな男にもいい顔をするくせに、逆にアプローチをかけられたらこっぴどく振る。そんな君の態度に泣いてきた男も多いんじゃないかな。でも僕にはわかるよ。君はそうやって他人から自分の価値を証明して貰わないと、自分自身を信じられないんだ。辛《つら》いだろうね。苦しいだろうね。だから殺してあげる』

第二の事件は言うまでもない。『色欲』だ。これを『色欲』としなかったら他の誰が『色欲』の項目に当てはまるというのだろうか。

『この子は食べるのが好きらしいんだけど、なんだか醜いんだ。この前、僕が外食したときに入った店で初めて彼女を見かけたんだけど、僕は凄く嫌な気分になった。他人を見下したような表情とか、独善的な態度とか、見ていて不愉快だった。隣の席で楽しそうに食事をしている家族を横目で睨み付けたり、一つ一つは些細なことかもしれないけど、色んなところに少しずつ嫌なところがあって、それが積もり積もって僕を苛立たせた。だからこの子にした』

第三回でヴェノムは食に言及している。つまりこれは『暴食』に当てはまる。

『――君は浪人して今の大学に入ったね。志望していたところよりも大分偏差値が下の、ネットでバカにされるような二流大学だ。君は常々不満を抱いていた。この大学は自分にふさわしくない。こんなところに入ってしまったら人生は終わりだ。どの口が言うんだい？　浪人している時点で君は周りより劣っているんだ。そんなことくらい君もわかっていただろう。ただ認めたくなかっただけだ。実際、君はバイト先にいる第一志望だった大学の学生に理不尽に当たり散らしている』

そして第四の事件。これは少し難しい。自身のことを過大評価しているという点では『傲慢』に当てはまる気もする。もしくは自分の行きたかった大学に通う学生達へ『嫉妬』していた、とも考えられる。

「鶴舞先生、何かひらめいたんですか？」

ライラくんが僕の顔を覗き込むようにして尋ねてくる。

「ああ、現段階ではまだ可能性の一つとしか言いようがないけれどね」

「それは……一体どのような仮説ですか？」

僕は彼女の瞳を見つめながら、もったいぶった口調で言う。

「ライラくんは七つの大罪を知っているかな？」

「もちろん」

「犯人は、七つの大罪に沿って殺人を行っている可能性がある」

しかし、ライラくんの反応は僕の期待していたものと比べるとささやかなものだった。

「七つの大罪ですか。確かにミステリ小説……というよりも、日本の創作物ではポピュラーなネタですし、私も好きなモチーフですが、どうしてそう思われるんですか？」

やはり、彼女も七つの大罪という概念にロマンを感じていないわけではないらしい。ただそれでも、人の生死を左右するかもしれないこの場面では、自分の好みに合っているという理由だけでは簡単に受け入れられないようだ。

しかし、それは当たり前のことだ。

他人に自分の意見を受け入れて貰いたければ言葉を尽くして説明するしかない。

僕は自分の頭の中で組み立てた仮説をライラくんに語り聞かせるために言語化する。

「まず、ヴェノムがラジオマーダーで語る動機がヴェノム自身の感情にフォーカスされているということ。そして七という数字。この二つの要素が、僕が七つの大罪に沿って殺人を犯しているかもしれないと思いついた切っ掛けだ」

「なるほど。その連想はわかります。ですが、それだけでは……」

「もちろんそれだけじゃないよ。僕は前からヴェノムがどんな人物なのか考えていたんだ。どんな人間ならこんな犯罪を実行するだろうか、ってね」

ライラくんは黙って僕の話に耳を傾けている。

「今時、七つの大罪を題材にした劇場型犯罪だなんて、チープすぎて笑ってしまう。けれど、だからこそ僕はその可能性を捨て切れなかったんだ」

「なんだか逆説的ですね。どういうことでしょうか?」

「これはあくまで現時点での僕の推察でしかないが、ヴェノムはかなり幼稚な人物だ」

理由はいくらでも挙げられるが、まずはわかりやすいところから始めよう。

「まず名前からして幼稚だ。ヴェノムというのは殺人鬼が名乗る通称としては妥当なのかもしれない。アメコミには同じ名前の有名なアンチヒーローもいるし、元々の英単語の意味だって『恨み』や『毒』といったネガティブなものだ。けれど、そのせいもあって一層チープな印象が拭えなくなっている」

ライラくんは感情を表に出すことなく、沈黙を続けている。

「幼稚だと感じられるのはラジオマーダーで語る殺害動機についても同じだし、自らが人を殺す瞬間をネットで配信する、という承認欲求を満たそうとする行動もそうだ。今わかっているラジオマーダーを構成する要素のすべてが幼稚なんだ。だからこそ、これから見つかるものも幼稚であるはず。そうでないと辻褄《つじつま》が合わない」

そうだろう、と僕が問いかけても、ライラくんから返事はなかった。

彼女は黒く塗った自分の爪を自分の唇に軽く押し当てて思案に暮れている。

僕の話に一理あると感じているようだが、確信には至っていないらしい。

けれど、こんなところで足踏みを続けているわけにはいかない。

既に前回のラジオマーダーの配信日から一週間以上が経過している。ヴェノムがいつラジオの収録を行っているのかはわからないが、今この瞬間に犠牲者が増えていてもおかしくはない。

「七つの大罪というのはただの仮説だ。間違っている可能性は充分にある。けれど、現状では他に思い当たることはない。なら、まずはその仮説に基づいて考えを広げていくのが最善策だと思うんだ。もちろん、途中でその仮説を否定しうる要素が出てきたなら考えを改めなければならないけど、何もしないでいるよりは、低い可能性でも動いてみる方が、よほど有意義なんじゃないかな？」

僕は拙い論理と言葉を尽くす。

「そうですね。先生のおっしゃるとおりかもしれません。まずは七つの大罪説に基づいて動いてみましょう」

ほどなくして、ライラくんはそう言って頷いてくれた。

3

「係長は飯田さんの話って聞きました？」

油が染みつき、テカテカと光るカウンター席でラーメンをすすりながら名城が唐突にそんなことを切り出してきた。

「何のことだ？」

「飯田さん……この事件を最後に引退するらしいですよ」

全国どこの警察でもそうなのかはわからないが、少なくともA県警では特捜——帳場が立っている間は麺類を食べてはいけないというのが暗黙の了解だ。

そのことを名城に告げると、この生意気な後輩は若者らしく不合理な伝統などくそ食らえと言わんばかりの口調で「麺類は伸びるから、そんなものばかり食べてると事件が解決するまでの時間も伸びるかもっていうただの験担ぎ——というか言葉遊びでしょう？　手早く食べられて楽じゃないですか。楽な食事方法を捨てて、それで捜査に悪影響がある方が問題でしょ」とバッサリと俺のアドバイスを無視してラーメンを注文した。

結局、俺は名城に言いくるめられて今は隣で同じようにラーメンを食べている。

周りの席は近くにある大学の学生やサラリーマンらしきスーツ姿の男達で埋まっていて、店内はかなり騒がしい。だが、囁《ささや》くような名城の声はハッキリと俺の耳に届いた。

「引退ってどういうことだ？」

「言葉どおりの意味ですよ。この事件が終わったら警官を辞めて地元に戻るそうです」

あまりに唐突な報《しら》せに俺の手が止まる。

にわかには信じがたい。飯田さんは刑事になるために生まれてきたと言われてもまったく違和感がないほどの、根っからの刑事だ。刑事でない飯田さんなど想像もできない。それに、この前はあれほど犯人逮捕に意気込んでいたのに。いや、自分にとっての最後の事件だと決めていたからこそ、絶対に迷宮入りなどにはさせないと意気込んでいたのだろうか。

「でもまだ定年じゃないだろ？　というか、その話をお前はどこで聞いたんだ？」

「一課の連中が噂してたんですよ。どうやら奥さんが重い病気らしくて……」

名城の口ぶりは、その噂がどんなものであったかを如実に物語っていた。

飯田さんは数々の難事件を解決に導いた名刑事ではあるものの、癖が強く、昔ながらの頑固者であることはA県警の刑事ならば誰もが知るところだった。

きっと今、前線で身体を張っている刑事達には、あの人を疎ましく思っているやつも少なくない。それこそ、いなくなってくれれば清々するとあけすけに言う輩もいるだろう。

俺と飯田さんはそれほど親しい仲というわけではない。数回、共に仕事をしただけ。けれど、その数回で、俺は刑事のなんたるかを教えて貰ったのだ。周囲に敵を作ってばかりだった俺のことを本当の刑事にしてくれたのは間違いなくあの人なのだ。

その飯田さんの最後の事件を未解決で終わらせるなど、あってはならない。

割り箸が軋む音で、俺はようやく自分の身体が強《こわ》ばっていることに気がついた。感情的になりすぎてはいけない。正常な判断ができなくなる。俺は大きく息を吐き出した。

それでもやはり、飯田さんの引退という事実は俺の肩に重くのし掛かった。

だからといってやることは変わらない。

それこそ今の俺を見たら飯田さんは怒鳴るだろう、刑事たるもの私情などに流されることなく目の前の事件に愚直に向き合え、と。

そんなことを考えていると背後から、

「俺は前々からこのラジオは怪しいって思ってたんだよ。こんなうさんくさい探偵なんて出し抜いて俺が犯人を捕まえてやるよ！」

威勢の良い声が聞こえてきた。

首をひねって肩越しに見ると、テーブル席を囲んだ大学生らしき一団がラーメンや炒飯《チャーハン》を片手に今回の事件について好き勝手なことを言い合っている。

ただ全員が全員この事件に興味があるわけではないらしく、

「それ言い出した時点でお前も探偵も同類だよ。そんなことより割の良いバイトが——」

醒《さ》めた口調で苦笑している学生もいる。

「ロマンがないなお前は。見ろよ、ネットでもこんなに盛り上がってるんだ」

先程から一人気合いの入れ方が違う学生がスマートフォンの画面を周りに向ける。

「七つの大罪？　なんだこれ？」

学生の一人があからさまに興味のなさそうな声で応じた。

「なあ名城、あいつらが話してるのって」

「多分、これですね」

すると俺と同じように話を聞いていたのか素早く、名城がスマートフォンの液晶画面を見せつけてきた。

表示されていたのは、殺人予告、爆破予告でお馴染みの巨大匿名掲示板だ。

——七つの大罪を題材にしたミステリ小説求む！

「あいつらが鼻で笑いたくなるのもわかるな」

「まあ与太話の類なんですけど。今回の事件が七つの大罪を元にして行われてるんじゃないかって書き込みがあって。そしたら同じようなスレッドが乱立し始めたんです」

俺は名城からスマートフォンを受け取り、内容をチェックする。

一度、この手の掲示板で行われた爆破予告の捜査にかり出されたことがあるので、雰囲気は知っているが、一見しただけでは特に問題になりそうな書き込みは見受けられない。平日の昼間にしては書き込み数が多く、盛り上がっている様子だった。

「別に気にするようなことは何もないと思うけどな。こういう連続殺人が起こると、俺が探偵になってこの事件を解決してやる、なんて考えるやつはわんさか出てくる。そこにいる大学生もそうだろうな。なんなら、お前もそうだったんじゃないか?」

するど名城は照れくさそうに頭をかきながら、弁明するように言う。

「いや本当に中学生の頃の話ですよ。実は昔はミステリに出てくるような名探偵に憧れてまして。あっ、でもその後はどっぷり刑事物にハマりました!」

意気揚々と宣言する名城に俺は思わず噴き出してしまう。

「それは何に対する言い訳だよ」

「刑事課でミステリ小説が好きだなんて公言すると怒る人もいるじゃないですか」

「まあ飯田さんあたりには浮つくなとは言われるかもしれないな」

俺達警察官はミステリ小説に出てくる探偵のような推理は一切しない。するのは、ひたすら地味で地道な捜査だ。現場に証拠は落ちていないか、目撃情報はないか。被害者に殺されるだけの理由があるか。必要なのは発想力ではなく、ひたすらに折れない精神力だ。

名探偵に憧れていたらできない仕事だ。

「それで掲示板に面白そうなミステリは上がってるのか?」

「えっ、東山係長も興味あるんですか?」

名城は心底意外そうな表情をする。

「詳しくはないが、名探偵も名刑事も好きだな。変か?」

「いえいえ。係長は青島《あおしま》刑事にも似てますから!」

「それは褒めてるのか?」

「褒めてるに決まってるじゃないですか」

俺はあれほどの熱血漢ではないが、名城は本気で褒めているようなので気にしないことにする。

「ああでも、同じ青なら『踊る』の青島刑事よりも『孤高《ここう》』の青波《あおなみ》刑事の方が似てるか」

どうやらマニア心に火が付いたらしく、名城は楽しそうに続ける。

『孤高』は港《みなと》譲司《じょうじ》演じる一匹狼《おおかみ》の刑事青波が主人公の連続ドラマだ。かなりの人気シリーズで先日、主演だった港譲司が亡くなるまで通算十五シーズンにわたって放送された。俺も子供の頃から欠かさず見ていた。

実を言うと、俺が警察官を志したのは青波刑事に憧れていたからだった。けれど、それを言うと話がややこしくなりそうだったので口に出したりはしない。

「俺はあんなに老けてないだろ？」

「もちろん若い頃の話ですよ。言われたことありません？」

「ないことはないが、俺より飯田さんの方が渥美《あつみ》刑事に似てないか？」

渥美は『孤高』に登場する老刑事で、捜査一課の重鎮だ。ドラマでは常に組織の方針に背き自分勝手な捜査を進め、疎まれがちな青波の唯一の理解者として描かれている。

するとと名城は、

「確かに。雰囲気から出で立ちまでそっくりですね」

と嬉しそうに頷いた。

「話が逸れたな。それで面白そうなものはあったか？」

俺は無理矢理話を軌道修正して、元の話題へと誘導する。

もちろん、これはラジオマーダーに関係がありそうかどうかを尋ねているのだが、果たして名城に伝わっているかどうか。今の様子だけでは判断しかねる。

「有名どころの名前はほとんど出てますね。『SE7EN』とか、『鋼の錬金術師』とか」

名城が口にした二つの作品は知っていたし、前者は二時間を超える長編映画だが、ちょうど一ヶ月くらい前にノーカット版をテレビで放映していたので内容も覚えている。

「あとは個人が書いた二次創作なんかもいくつか上がってますね。多分、売名でしょう」

「二次創作って何だ？」

「ああ、そこから説明しないといけないんですね」

この口ぶりからすると名城は結構サブカル方面の知識が豊富なようだ。

意外と言うほどではないが、これまで知らなかった一面だ。

「えっと、二次創作っていうのは、オリジナルの作品があって、その設定やキャラを流用して新しい物語を書いたりすることです。わかりやすい例だと、主人公だけは既にあるものを使って事件だけ自分で考えるって感じですね」

なるほど、世の中にはそんなものがあるのか。知らなかった。

「これなんか典型例ですね。『ABC殺人事件』まんまです」

「『ABC殺人事件』……コナン・ドイルだったか？」

「……アガサ・クリスティですね。読んだことありませんか？」

「名前は聞いたことがあるが、内容までは知らないな」

すると、すっかり饒舌になった名城が捲し立てるような口調で説明を始める。

「ものすごく簡単に話の筋を説明すると、イニシャルがAで始まる人物がAから始まる名前の町で殺されます。そして死体の横にはABC鉄道案内——アルファベット順に駅名が載ってる時刻表です

——が置かれているんです。そして次は名前の頭にBの付く人物が、Bの付く町で、更にCの付く人物が、Cの付く町で殺されます。もちろん、二番目と三番目の死体の横にも同じようにABC鉄道案内が置かれています。つまりABC鉄道案内は殺人予告だったわけです。しかし、犯人はどうして、そんな面倒な予告をした上で殺人を行ったのか。それを名探偵ポアロが解き明かすって感じなんですけど、イメージできます？」

俺は頷く。

なるほど、それで『ABC殺人事件』なのか。

「結局、犯人はどうしてABCの順番に殺さなくちゃいけないんだ？」

「それはネタバレになるのでご自身で読んで下さい」

名城による『ABC殺人事件』の説明を聞き終わった俺は改めてネットに上げられていた二次創作小説のあらすじに目を通す。

つまり『ABC殺人事件』のアルファベットの部分を七つの大罪に置き換えて、事件が起こるという話らしい。正直、まったく面白そうではない。

「なるほどね。まあ、どこにでも転がっていそうな話だな。残念ながら、ここに上がってる話が事件の解決に繋がるとはとても思えないけどな」

そう言って俺が笑うと、名城も苦笑いを浮かべた。

「また時間があったらいくつか読んでみますかね」

「俺は別にいいな。世の中にはもっとマシな暇つぶしはいくらでもある」

喋っている間にラーメンは既になくなっていて、俺はグラスに入った水を一気に飲み干すと、そのままの勢いで立ち上がった。

ふと視線を向けると、大学生達はもうラジオマーダーに興味を失ったのか、割の良い臨時バイトの話や旅行計画の話で盛り上がっているようだった。

4

何か手がかりになるものはないかと事務所の蔵書を端から読みあさっていると、背後から声が上がる。何事かと顔を向けると、パソコンで調べ物をしていたらしいライラくんがいつもどおりの無味乾燥な表情を浮かべたまま、キーボードの上で指を飛び跳ねさせたり、しきりに黒い髪の先端を弄《いじ》ったりと、どこか楽しげな雰囲気を漂わせていた。

そして急に僕の方を向くと、こう尋ねてきた。

「もし先生のおっしゃるとおり、この一連の殺人事件がゲームだとすれば、私達の勝利条件はどのようなものになると思いますか？」

「どのようなって……犯人を捕まえることじゃないのかい？」

「そうです。では私達が自らの手で犯人を捕まえることができるのは、どんなときでしょう？」

手を止め、質問の正しい答えを頭の中で作り出していく。

犯人が捕まるのは犯罪の証拠が揃い、他の人間には不可能だと立証されたときだ。けれど、僕達にその権利があるのはどんなときだろう。

僕は探偵を名乗っているけれど、実体はただの一般人に他ならない。例えばこれから先、確たる証拠をもってヴェノムの正体を突き止めたとして、そこから何ができるか。

答えは何もできない、だ。

どれだけ証拠を揃えようとも、実際に犯人を逮捕できるのは警察だけ。そして、警察が僕達の言葉を信じて犯人を捕まえてくれるかというと……微妙なところだ。

証拠が完璧に揃っていれば最終的には動いてくれるかもしれないが、説明に相当な手間がかかるのは間違いない。もしかすると、ライラくんには何かしらのコネがあるかもしれないが、おそらくそれを使ってしまえば僕達の功績は闇に葬られてしまうだろう。

だからといって、一般人である僕達が私的に犯人を逮捕すれば、どれだけ理屈をこねくり回そうともそれは不当な拉致監禁に他ならない。

むしろ僕達が捕まってしまう。

ではそうならないためにはどうすべきか。

答えは一つしかない。

「現行犯で殺人現場を押さえたとき」

ライラくんは何も言わなかったが、代わりに満足げに頷いた。

相当昔に習ったことなので詳しいことは忘れてしまったが、刑事訴訟法には重大な犯罪の現行犯であれば、通常逮捕権を持たない私人であっても犯人を捕まえることができるという規定があったはずだ。無論、逮捕後は警察に引き渡す必要があるが、重要なのは自分達の手で犯人を捕まえることができるという点だ。

「つまりライラくんはヴェノムが殺人を行うであろう場所を特定して、実際に殺人が行われる前にヴェノムを捕まえようと言いたいんだね？」

「そのとおりです。ヴェノムがゲーム感覚で一連の事件を起こしているのだとしたら、可能だと思います。捕まるリスクについてどう考えているかはともかく、犯人は相当に計画を練って今回の事件を進めているはずなので、その緻密な計画を逆手に取りましょう」

ライラくんは最初から、ヴェノムを捕まえたいのだと言っていた。

彼女が初めてこの事務所を訪ねてきた日には夢物語のような漠然としたものだと感じたけれど、今は現実的な目標を語っているように思える。

「けど、そんなに上手くいくかな？」

「容易ではないでしょう。ですが、不可能ではないと思います」

ライラくんは一度会話を切って、改めて考えを丁寧に言葉に変えていく。

「今回の犯人はネットラジオを使って犯人捜しをさせようとしています。これが前提ですが、この前提で重要なのは、相手をゲームに乗せるには少なくとも途中までは公平なルールのもとに殺人が行われていなければならないということです」

今話している内容は、まだ彼女の中でも完全に考えが纏まり切っていないのだろう。いつものような淀みのない話し方ではなく、ところどころつっかえていることから、そのことが窺える。

「途中までは、というのはどういうことだい？」

「最終的に捕まりたくないという気持ちが上回って犯人がゲームを放棄する可能性があるからです。なら私達はどうするべきだと思いますか？」

「ヴェノムに気がつかれないように推理を進めればいいんじゃないか？」

「それだけではダメです。もしヴェノムがギリギリのスリルを楽しんでいるのだとしたら、ある程度はこちら側がゲームを攻略していることを伝えなければいけません。相手側はゲームの相手であると同時に、ルールを決めることができる存在です。ならば、ルールを変えられないようにちょうど良い距離を保っていると演じなければいけないのです」

彼女の声に熱が籠もる。

「幸い私達には相手を上手くコントロールできるツールがあります」

「……ラジオディテクティブか」

「はい。ただし、そのためには最低限やらなければいけないことがあります」

残念ながら、僕には即座に彼女の考えを予測することはできなかった。

「次のラジオマーダー第五回配信までに、今までの犯行現場からヴェノムの法則性を解き明かすことです。そして次のラジオディテクティブでヴェノムへ挑戦状を叩きつけるんです」

彼女の主張は理解できる。しかし、いくつか気になるところがあった。

「ちょっと待ってくれないか。確かに僕は被害者に共通点があるだろうという予測はしたけれど、犯行現場にも同じような法則性があるとは言っていないよ」

「いえ、犯行現場にも法則性はあってしかるべきだと思われます。そうでないと、警察をはじめとする行政機関以外には犯人を特定することが不可能になるからです。もしヴェノムがラジオマーダーを警察という特定の相手に向けて発信していたとしたら、もっと他にやり方があったと思います。そもそもネットラジオという形態を取る必要がない。それこそ手紙などを直接送りつけた方が効率的です。これは警察に限らず新聞社などでも同じ。わざわざラジオという形態を取ったのは広く意見を集めるためです。つまりヴェノムは誰でもゲームに参加できるようにしたのです。そして、どれだけ状況証拠を積み上げたとしても私人は通常逮捕はできません。逮捕権を持たない私達がヴェノムを捕まえることができるのは現行犯のみ。そのためには犯行現場に先回りしなければいけません。そして先回りするには、相手が次にどこで犯行に及ぶかを予測できなければいけない。つまり犯行現場にも法則性がなければゲームそのものが成り立たないのです」

なるほど、ライラくんの言っていることが完全に正しいかどうかはわからないが、それなりに説得力はある。それに、彼女の推察が当たっていようがいまいが、僕達は何らかの可能性を選んで動かなければならないのだから、次の選択肢としてはありだ。

「仮にライラくんの推察が正しいとするのなら、被害者と犯行現場の法則性は同じものになるはずだ。つまり七つの大罪に関連する場所で、七つの大罪に関連する人物が殺される。なんだか聞いたことがあるような筋立てになったね」

それも、とびきり有名で、ミステリの世界では必修科目とも言えるような内容だ。

ライラくんもそれなりにミステリに造詣が深いらしく、ほとんどノータイムで僕が思い浮かべていた小説のタイトルを口にする。

「クリスティの『ＡＢＣ殺人事件』ですね」

僕は頷き肯定する。

「幼稚な動機、幼稚な行為、幼稚な連想……果てはＡＢＣか……これまた幼稚だね」

ただ、ありそうな話ではある。

「もちろん現時点では、ヴェノムが『ＡＢＣ殺人事件』を参考に事件を起こしているのかはわからない。けれど、もしそうだとすれば僕らはＡＢＣ鉄道案内さえ手に入れられれば、ヴェノムの次の犯行がどこで行われるかわかるはずだ」

けれど、元ネタ探しの前にやらなければいけないことがある。

「まずは今わかっている犯行現場が本当に七つの大罪とリンクしているのかどうか確かめよう。ただ、キリスト教圏の国ならまだしも、この日本で七つの大罪に関係あるような場所がそんなにあるかな？　それこそ、この前のアパートなんて、どうやっても七つの大罪とは結びつかないと思うんだけれど」

「それぞれの漢字一文字ずつくらいならありそうですけど」

ライラくんは口元に手を当て、目をつぶる。けれどそれは一瞬のことで、

「そういえば七つの大罪にはそれぞれに対応する悪魔や動物があったはずです。動物の名前が付いている場所なら、T市内に限ってもいくつかあるでしょう。建物の名前とか」

何だかんだ言いながら、そんな知識がすらすらと出てくるあたり、彼女も七つの大罪に傾倒していた時期があったようだ。

「それは知らなかったな。事件があったアパートの名前はどうだった？」

ライラくんは資料を手にとって、無感情にその名を口にする。

「竜馬荘ですね。竜とウマが名前に入ってます。ただ今はその名前で呼ばれることは少なくて、もっぱら幽霊アパートという俗称で呼ばれているそうです」

「それで？　七つの大罪に竜とウマは関係があるの？」

ライラくんはスリープ状態になっていたノートパソコンを再び起動させて、素早くキーボードを打ち込んでいく。

そして待つこと、数分。

「竜がありますね。出典が曖昧ですが『憤怒』を象徴するそうです。西洋のドラゴンと東洋の竜は本来違うものではありますが、一般的なイメージで言えば同一視していいかと」

ただ、それは僕が期待したものとは違っていた。

「『憤怒』か。僕の予想では第四の事件は『嫉妬』か『傲慢』なんだ。あくまで予想だから間違っている可能性も否定できないんだが、どう解釈しても被害者に対するヴェノムの殺人動機が『憤怒』に繋がるとは思えないな」

例えば、浪人しても希望の大学に入れなかった自分に対する憤怒と考えれば、当てはまらないこともないが、それならばもっとわかりやすい言い方をするだろうし、もっと適した人物はいただろう。やはりこの仮説自体が間違っているのだろうか。

「『嫉妬』に『傲慢』ですか。ちなみにウィキペディアの情報では『嫉妬』に対応する動物は、想像上のものも含めるとマーメイド、ヘビ、イヌ、ネコ、モグラ。『傲慢』に対応するのはグリフォン、ライオン、クジャク、コウモリですね。確かにこの中には当てはまりそうな動物はいませんね」

ライラくんが落胆したような声を漏らす。

けれど僕の頭の中には一つ答えとなりそうな仮説が浮かんでいた。

「そういえば、あのアパートの一階にはかなりの数のネコが住み着いていたな」

撮影の邪魔になっても困るし、そもそも危険なのでなるべく刺激しないように注意は払っていたが、今思うと、あれだけの数のネコがいる場所は流石に珍しい。

「大量にいましたね。でも、そんな場所はどこにでもありますよ」

確かに彼女の言うとおりだ。けれど、あのアパートのネコは曰く付きなのだ。

「今の今まで忘れていたんだけどね。僕は一度、あのアパートについて調べたことがあるんだよ。確か、まだ資料も残っているんじゃないかな」

僕は立ち上がり、壁一面の本棚の中から目当てのものを探す。

整理整頓が得意ではないので、かつて大学のレポートで使うために調べた資料なんてどこにあるか想像もつかなかったが、ライラくんのおかげで本棚はきっちりと判型や出版社別になっており、お目当てのものは思っていたよりもすぐに見つかった。

ちょうど目の高さのところに『地元の怪奇譚《たん》について』と手書きでタイトルのつけられたファイル

が、大学時代に読んだ他の資料と共に置かれていたのだ。

段ボール箱の底にでもしまわれているものを掘り起こさなければいけないかと思っていたので、好都合だった。

ファイルを開いてみると、そこには僕の記憶どおり、例のアパートのことが記された資料が纏められていた。確か社会学か何かのレポートだったと思う。

「あのアパートが幽霊アパートという俗称で呼ばれているってことはさっきライラくんも言っていたけれど、それには由来があるんだ。もちろん、外観が寂れていて不気味というのもあるんだが、幽霊が出ると噂されるだけの理由はあるのさ」

僕はファイルに挟まれた新聞の切り抜きをライラくんに見せた。

「……無理心中ですか」

彼女は、さもありなん、といった調子で言う。

同じようにファイリングされた週刊誌の記事には事件の概要が詳しく書かれている。

「理由は借金苦。家族は全員死亡。だけど外に出ていた飼いネコだけは難を逃れた。そして今あのアパートに住み着いているネコはその飼いネコの子孫かもしれない」

僕はわざと芝居がかった口調で言った。

「なるほど。つまりあのアパートのネコはただのネコではないということですね。しかも、大学生が調べられる程度のことなら、ヴェノムだって知っている可能性は充分にある」

少し頬を上気させた彼女の様子に僕は得意げになって、話を続ける。

「こんな調子で考えると、四つ目の事件は『嫉妬』に当てはまるかもしれないね。僕としては『傲慢』の方が合っているんじゃないかと思ったけれど、それほど的外れな考えでもないだろう。まあ七つの大罪説が正しいとするならだけど」

「はい。まだ四回目の事件が符合したように見えるというだけで、すべての事件にこの法則が当てはまっているわけではありませんが、幸先《さいさき》はいいですね」

ライラくんは、資料を手元に置いて、視線をパソコンと資料の間で行ったり来たりさせている。

その様子を見た僕も、流石に何かしなければ、とライラくんのものと比べると明らかに古いデスクトップパソコンの電源を入れた。

そして、二人してネットやこれまで集めた資料と格闘すること一時間弱。

「ありませんね……共通点」

「そうだね。わかりやすい地名や建物名に動物の名前らしきものはなかった」

やはり、偶々四回目の事件が七つの大罪と符合しただけで七つの大罪とは何の関係もないのか？

それとも、何か見落としがあるのだろうか。

そんな風に考えながら、言葉にもならない声を漏らしていると、しびれを切らしたのだろうか、ライラくんが突然ソファから立ち上がって、

「一度、第三の死体が見つかった場所を実際に確認しに行くのもありかもしれませんね」

と形のいい眉を吊り上げ、僕を見下ろしながらそう言い放った。

「現地調査か。でも、実際の現場はもう警察によって封鎖されているんじゃないかな？」

「建物内に入れなくても、遠くから建物を確認することはできるはずです。それに現地の人の話を聞くことは決して無駄にはなりません。それとも先生は安楽椅子探偵を気取って、この部屋から出ないで事件を解決するおつもりですか？」

それは明らかな挑発で、かわすこともできたのだろうが、僕はあえて彼女の提案に乗ることにした。

別に探偵としての矜持《きょうじ》がどうとかではない。そもそも、そんなものは持ち合わせていない。今のところは、現地調査以外に選択肢がないのだ。ならば、それで新しい証拠が見つかる可能性がどれだけ小さくても、やらないわけにはいかない。なにせ、ここでこうやって椅子に座っていても僕のもとに有力な情報が入ってくることはないのだから。

「わかった。少し遠いけど行ってみることにしようか。仮にハズレだったとしても、ちょっとしたドライブに行ったと思えばなんでもないさ。それに自慢じゃないが、僕は灰色の脳細胞を持ち合わせているわけでもないから、足で稼ぐしか方法がないわけだしね」

「いい心がけです。それでは早速出かけましょう」

そう言うと、ライラくんはいそいそと準備を始めた。

「あれ、ライラくんも行くの？」

僕は彼女の後ろ姿に声を掛ける。

「もちろんです。最初にも言いましたが、私はこの事件をジャーナリストとして扱うつもりなんです。そのためには先生がどのようなことを見聞きして、どのようにして推理を組み立てていったか、自分の目で確かめる必要があるんです」

なるほど、そういうものか。

熱の籠もったライラくんの主張に納得した僕は口を閉じた。

ただ、もう一つ気になったことがあったので、それだけは尋ねておく。

「ちなみに僕の車は隠れて行動するには向いてないんだけどいいかな？」

「わかってます。けれど、今回は先生の車で問題ありません」

どうやらライラくんには何か考えがあるらしく、これ以上は何も訊いてくれるなといったような態度で、すぐに意識を準備に戻してしまった。

僕も何かしようと思ったが、特に持っていくべきものもないし、結局は車の鍵を机の引き出しから取り出して、彼女の準備が終わるのをぼうっと待つことしかできなかった。

自らを鼓舞するため、新入社員のときに中古で買った青いマセラティ・ギブリ。ローンは払い終わっているが、売っても大した金額にはならないだろう。

色々な苦労を共にした車だから、ただの延命資金にしてしまうには惜しい。

この事件が終わったら、色々とガタがきているところも直せるといいのだが。

5

今回、ラジオマーダーにまつわる一連の事件が起こっているT市は、僕が事務所を構えているN市から高速道路に乗って二時間ほどのところにある、人口三十万人ほどの地方都市だ。一応、M地方の中心都市という位置づけではあるが、特に観光名所があるわけでもないので、同じ県に住んでいる僕も目的地として足を踏み入れるのは初めてだった。

近くのインターチェンジで高速道路を降りた僕らは、大型のトラックに挟まれながら国道を進む。

駅周辺には真新しく背の高いビルもいくつか建っていて、それなりに栄えている印象だったが、そこから少し離れると途端に街全体がくたびれているように感じられた。

国道沿いにはシャッターが下りたままの店ばかりの小さな商店街や、レトロな雰囲気の店もあるのだが、繁盛している様子はまるでない。賑《にぎ》わいを見せているのは全国チェーンのファミレスやスーパーくらいのものだ。

更に郊外に進むと建物自体も少なくなってきて、商店や民家よりも農業用のビニールハウスや外壁に錆の浮いた工場の方が多く目に付くようになる。

第三の事件現場である放置されたラブホテルは、駅から更に一時間ほど車を走らせた山間《やまあい》にぽつんと存在していた。

周りの景観にまるで溶け込めていないコンクリート造りのビルだ。

ホテルの傍《そば》を通っている道は、山頂付近のトンネルで隣の県へ繋がっているらしいのだが、近くにバイパスが通っているためか、車通りはほとんどない。

僕達はホテルから少し山道を上ったところにある待避所に車を駐《と》めて、現場を観察している。

ライラくんはぬかりなく小ぶりな双眼鏡まで用意していた。

「やっぱり規制線が張られていますね。見張りは正面に二人だけ。古い建物なので防犯カメラがあったとしても生きていないでしょうけど、裏手の崖の傾斜がきつそうですし、忍び込むのは難しそうですね。どうしますか？」

「普通に考えるのなら聞き込みというところだが、いかんせんこのあたりには民家がないからね。通ってきた道にあった一番近い家でも車で五分はかかる」

ただ、これは仕方のないことだ。法則に合致する場所があったとしても、それが繁華街の中心だったら犯行の難度は跳ね上がる。ヴェノムも想定外の目撃者の証言で捕まるなんて間抜けな結末は望んでいないはずだ。

「ここなら被害者を連れてくるのも難しくなかっただろうね」

「ですね。それに人間というのは意外とコンパクトに収納できるという話ですからね。キャリーバッグに入れて持ち運ぶことだって可能ですよ」

ライラくんが冷え冷えとした口調で述べると、随分と猟奇的に聞こえるが、実際にヴェノムがそうやって被害者達を殺害現場まで運んでいる可能性は充分にあった。

「死体だったらもっと楽なんだろうけどね」

「ラジオマーダーに偶然混ざったノイズから犯行現場が特定できたんですから、被害者を生きたまま運んだ後に犯行に至っていることは疑いようがありませんよ」

「もちろんわかってるよ。あくまでも仮定の話だ」

そう言って、僕は改めてこれといって特徴のない田舎のラブホテルらしい佇まいの建物を見る。

「そもそもヴェノムは七つの大罪とどの程度の関連性を必要としているんだろう？」

ちなみにウィキペディア調べによると『暴食』に関連する動物はケルベロス、ブタ、トラ、ハエ。象徴する悪魔はベルゼバブだ。引用元が怪しいので、近いうちに県立図書館にでも出向いてしっかりとした資料で裏取りをする必要がありそうだ。

「そうですね……名前が関連している場合はわかりやすいですけれど、それほど都合の良い場所がこの市内に多数存在するとは思えません。もう少し多角的に考えた方がいいとは思います」

ちなみにホテルの名前は『ホテル・ラブ』というひねりも何もないものだった。

「だろうね。パッと思いつくのは土地の名前、建物の名前、あとは建物の形状くらいかな。ただ、今のところ、あの建物はどれにも当てはまらなそうだ。もし目の前のあれが旅館だったら、部屋の名前が虎の間って可能性はあっただろうけどね。中に入ってみないことにはわからないけどステンドグラスに描かれているものが関連しているなんてこともありそうだ」

「遺体の傍に何かが置かれているというのではダメですか？　推理小説などでは犯人がメッセージとして何かを残していく、というパターンも多いと思いますが」

それは僕も考えたことだが、少し頭を働かせればすぐに否定できることがわかる。

「ダメだ。それは同一犯であることをアピールするには有効な手段ではあるけれど、今回の場合は使えない。それは事後に改変できるからね。極端な話、いついかなる場所でも犯人の都合で条件を満たせることになる。それだと、こちらは予測ができない。関連性を示すものはある程度その状態が維持されていなければならない。個人では動かしようのない、完全に固定された銅像とかはありかな。玄関近くにそれっぽいものは置いてないよね？　あってもおかしくないと思うけど」

そこまで言って、途中のコンビニで買ったスポーツドリンクを口に含む。

今立っている場所は木陰で、太陽の光はある程度遮られてはいるけれど、それでも不快指数は高く、立っているだけでも額に汗が滲んで止まらなかった。

「何かのオブジェのようなものはありますが。ドラゴンに見えますね」

改めて双眼鏡をホテルの方に向けたライラくんがそう漏らした。

彼女も暑いのか、胸元に少しでも風を送り込もうと、空いた方の手で襟元をパタパタと扇《あお》いでいる。

隙間からチラリと黒の下着が見えて僕はパッと目を逸らした。

事故だ、事故。故意じゃない。

幸い、ライラくんは気がついていないようだし黙っておこう。

それに彼女は真剣そのもの。雇い主にここまでさせておいて、僕が煩悩に振り回されて事件に集中できないなんて事態はあってはならない。

僕はすぐさま邪《よこしま》な考えを捨て、目の前の問題に没頭しようと試みる。

確かドラゴンは『憤怒』に対応する動物だ。

第三回配信でヴェノムが語った工藤香里奈殺害の動機は、確か食事中の彼女の言動だったと思うが、あれに『憤怒』に該当しそうなものは含まれていただろうか。

普通に考えれば『暴食』だが、ドラゴンの像が置かれているうえに人目に付かない場所なんて、T市内に他にもあるだろうか。

「時間は考慮に入れなくてもいいのでしょうか？」

するとライラくんが呟くようにそんなことを言った。

「時間？」

僕はライラくんの言葉の意図がくみ取れず、訊き返してしまう。

「つまり犯行時にはその条件を満たしていたものの、今こうして私達が足を運んだ時点では条件を満たしていないので何も見つからないという可能性はありませんか？」

なるほど、ありえなくもない話だった。

「例えばマヤの太陽ピラミッドは春分と秋分の日に時間帯によっては影がヘビの形に見えますよね」

良いアイデアを思いついて上機嫌なのか、それとも照りつける太陽のせいか。ライラくんの頰はほんのりと赤く染まっていて、表情こそ変わらないものの、どこか楽しげだ。

「ただ、それだとこちらでは基準がいつなのかわからない」

「そうですね。仮に基準があるとすれば、それがフェアに示されているかどうかが問題になってくる気がしますね。これが犯人当てゲームなのだとすれば、そうでなければクリアできない。例えば先程の毎日一定の時間にのみ条件を満たすというのは、それが通常予見できる範囲だとしたらありかと。ただ、この通常予見できる範囲というのは極めて主観的なものなので」

「そうだね。なら可能性として否定し切ることはできないけど、今は考えないでおこう」

可能性を自分達で狭めすぎるのも問題だが、広げすぎても情報の多さに混乱してしまう。けれど、公平性を基準にするのは正しい判断だと思う。

すると、他に良い案を思いついたのかライラくんはわざとらしく指を鳴らして、

「犯行時に条件を満たしているというのなら、時間的制限はヴェノムが犯行に及んだ時間に限定すればいいんじゃないでしょうか。実際の犯行時に条件を満たしていない場所で殺人を行っても見立てになりませんから」

「なるほど。確かにそれならフェアと言えるかもしれないね」

ただし、その条件にも反論の余地がある。

「けど、どうやって犯行時刻を割り出すのかな？　四回目の事件に関してはノイズもあったし、一番初めに死体を発見できたから不可能ではないんだろうけど、残念なことに僕達は専門家じゃない。一般のミステリ小説で使われる程度の知識は持っているけど、それだけだ。この炎天下で死体がどのように腐敗していくかなんて予想もつかない」

ただ、警察から情報を引き出せるのならありだ。死亡推定時刻は大まかになら報道されることはある。一応検討の余地はあるだろう。

「ちなみにあのホテルで殺された女性の死亡推定時刻は？　もしかして、ラジオマーダーの配信時刻と同じく午後八時とか？」

ライラくんはいつも事務所で使っているノートパソコンではなく、それよりも二回りほど小さいタブレットを鞄から取り出し、資料を検索している。

ただ返ってきた答えは、

「不明だそうです。理由はわかりませんが、警察でもまだ摑めていないようですね」

という少し不可解なものだった。

殺害時刻とラジオマーダーの配信時刻が一緒というのは悪くないアイデアだと思えたので、肩透かしを食らった気分だ。

「釈然としないね。夏場の密閉された空間だから腐敗の具合が通常とは異なるといっても、今時の科学捜査なら何日の何時何分とまではいかなくとも、おおよその時間くらいは割り出すことができるんじゃないのかい?」

真夏の腐乱死体なんて珍しいものじゃないのだから、これまで積み重ねてきた経験値というものもあるはずだ。

「もしかして、警察にもわからないわけじゃなく、単に機密的な問題でライラくんには教えられないということなんじゃないのかい?」

「その可能性は否定しませんが、リーク先からは、まだ判明していない、という文面でメールが来ています。嘘かどうかを判断する方法はありません」

僕はライラくんと繋がっている相手の情報を何も知らない。おそらくは警察官だろうが、もしかすると警察官と近い別のジャーナリストという可能性もある。とりあえず、ライラくん経由のリーク情報はあまり頼りにしない方がいいだろう。

お互い考えが行き詰まり、しばらく沈黙が続く。蟬《せみ》達の大合唱がいつにも増して、大きく耳に響いてくる。

「それにしても、流石に夏の山……虫が多い」

沈黙が続くのを嫌った僕は、少し強引ながら話題を無理矢理別のものへと変えた。

「確かにそうですね」

ライラくんは珍しく眉をひそめながら、周りにたかった虫を追い払っている。

種類はわからないが、鬱陶しいことこの上ない。僕も彼女と同じように顔の周辺を飛び回る虫を掌でなんとかできないかと模索してみるが、量が多すぎてどうしようもない。こうなることは充分に予想できたのだし、虫除《よ》けスプレーを持ってくるべきだったな。

この感じだと、ヴェノムも相当虫に苛立ったに違いない。

いや待てよ……虫か……。

だとしたら虫でいいんじゃないか？

「ライラくん。『暴食』の罪に関連する動物に虫がいなかったかな？」

「確かハエは該当します。『暴食』を象徴する悪魔であるベルゼバブもハエの姿をしてますから。もしかしてハエですか？」

「ダメかな？　今の季節とこの山の状態からしても、犯行時あのホテルの中にも相当な数のハエがいたことは間違いないと思うんだけど」

けれど、それに対するライラくんの反応は淡泊だった。

「先生がそれで本当に納得できるのなら私はそれでも構いませんが、その理屈が通用するなら、ハエが常時いる場所ならどこでもいいことになります。ハエなんて夏なら世界中どこにでも湧いてきます。予測不可能です」

心底幻滅したような顔で僕の方を見ている。

「暑さで大分やられているみたいだね。一旦車に戻ろうか」

「……そうですね」

そうしてホテルに背を向けたとき、山の斜面に沿ってぬるい風が吹いてきて、ライラくんの細い髪をさらっていった。直後に、なんともいえない悪臭が鼻をついた。

みるみるうちにライラくんの表情が曇っていく。

「何の臭いですかね……これ……」

「このあたりは畜産が盛んだからね。山の向こう側に農場か何かあるのかもしれない」

そう答えると、彼女は何気なく、

「農場ですか。ならブタもいる可能性がありますね」

6

結論から言うと、僕らの推察は当たっていた。

ライラくんが調べたところ、あの廃ホテルが建っている場所にはかつて大きな養豚場があったそうだ。なんでも以前このあたりの畜産農家が団結してブランド豚を作ろうとしていたとのことで、その農場も参加していたはずだと近隣住民は語っていたらしい。

なぜそんなところがラブホテルに、とも思ったが、おそらく土壌が柔らかく建築に向いていない土地を業者が安く買い叩いたのだろう。

ただそんなことは本当にどうでもいい話で、重要なのはこれからのことだ。

嫉妬――曰く付きのネコが住み着いたアパート。

暴食――かつて養豚場があった場所に建てられたラブホテル。

犯行が行われた四つの場所のうち二ヶ所で七つの大罪に符合するものが見つかった。

絶対とはとても言いがたい状況だが、よほどの否定材料が出てこない限りは、今の仮説を元にして推理を進めていくのがベターな選択だろう。

僕とライラくんはT駅近くにある、ライラくんがオススメだという中華料理店で早めの夕食を摂《と》りながら今後の方針について話し合うことにした。

犯行現場に向かう道すがら、遠目に観察したときは駅周辺はそれなりに栄えている印象だったが、実際に街中に足を踏み入れてみると、再開発の一環で建てられたであろう真新しいビル以外はどの建物もコンクリートの外壁がひび割れていたり、落書きが放置されたままになっていたりして、金曜日の夜にもかかわらず街には退廃した空気が漂っていた。

ビルとビルの隙間にある狭いコインパーキングに車を置いた僕らは、そこから徒歩で店へと向かう。ライラくんが紹介してくれたその中華料理店は駅のすぐ傍のアーケード街の一角にあって、店構えからして、いわゆる町中華とは雰囲気を異にしていた。

店内はどのテーブルからも厨房が見える造りとなっており、シックで高級感の溢れる雰囲気に僕は若干気圧《けお》されてしまった。ただ、メニュー表を見ると、想像していたよりもずっとリーズナブルな価格帯だった。

周りの客も至ってカジュアルな格好をしており、真っ黒なワンピースドレスのライラくんも枯れ葉色をした探偵ルックの僕もそれほど浮いてはいなかった。

「ついでに夕食も済ましていこうかと提案されて、咄嗟にこういう店が選択肢として浮かぶのは流石はライラくんといった感じだよね」

褒められて気をよくしたのか、彼女はどことなく嬉しげに金と青の目を輝かせて、

「私がチェーンの中華屋で二百二十円の餃子《ギョーザ》を食べているところなんて誰も見たくないでしょうから、周囲の期待に応えてあげているんです」

と冗談めかして言った。

確かに、彼女がそんな店にいたら違和感でいたたまれなくなってしまうだろう。黒一色で揃えられた彼女が身に着けているものは一見しただけでも高価だとわかるものばかりだ。そうでなくとも彼女の容姿そのものが一流の細工物のようなのだから、見合う場所というのは自然と限られる。

ただ最初にライラくんが事務所を訪ねてきたときと比べると、僕は彼女がそれほど奇抜な存在でないことを理解できているような気がする。意識して格好を付けようとしてはいるけれど、結局彼女は目の色以外は普通の延長線上にいる。

「昔はこの街にも色々な店があったんですが、こんなご時世ですから潰れてしまったところも少なくありませんね。見てのとおり、この通りもシャッターが閉まっている店の方が多い。中には業態を変えて上手くやっている店もあるんでしょうけど……」

「なるほど。というか、ライラくんはこの街に来るのは初めてじゃないんだね」

「……ええ、知り合いが住んでいるので」

少し言い淀んだところから察するに、その知り合いのことはあまり深掘りされたくないのだろう。直感的に元恋人か何かかと思ったが、僕には無関係なことだ。

なんとなく気まずく、僕はまったく別の話題を彼女に振る。

「ライラくんは、そうやって意識して振る舞うのは苦じゃないのかな?」

そう問いかけると、ライラくんはどこか遠い目をして答えた。

「先生は何か勘違いをされているようですね。私は何か無理をしてキャラを演じているわけではありません。それに、私はこの目のことだって気に入っているんです」

彼女の口ぶりにはまったく揺らぎが感じられない。

だからこそ、僕は彼女の振る舞いが少しだけ不自然に感じられた。

「ならどうして」

　僕が言い終わるより先にライラくんは答えを口にした。

「私はアイドルやタレントになりたいわけではないんです」

「それは流石に極端な例だと思うけど、ジャーナリストとして生きていくにしたって、自分のキャラクターを前面に押し出した方が断然有利なんじゃないのかな？」

　その言葉にライラくんは手を止め、目を伏せ、

「多分、先生のおっしゃっていることは間違っていません」

　滔々と語り始めた。

「私は元々、新卒で入社した出版社で芸能関係のゴシップ記事を扱っていました。でも、そういうジャンルには全然興味が持てず、どこか古くささの残る会社の雰囲気も好きになれなかったんです。なので基本的なスキルを身に付けたら、反対する周りの意見を無視して独立することにしました」

　なんだか聞き覚えがある話に気がつかないうちに肩が強ばる。

「私の元々の志望は政治や経済分野ですけど、そのあたりはジャーナリストにとって花形ですから、どれだけ記事を書いても採用されることはありませんでした。そして、それはどんなジャンルに手を広げても同じだったんです」

　だけど、と彼女はしっとりとしたか細い声で続ける。

「単発で書いたネットの記事に私の顔写真が添えられたことがありました。記事自体は地域の学生ボランティアについて書いた当たり障りのないコラムだったんですが、その記事が載った次の日から記事の依頼が急に舞い込んでくるようになったんです」

　真っ黒な服を着た彼女の周りが、声のトーンに合わせて暗くなったような気がした。

「私は自分の能力に自信がありました。何かをなせば、誰もが認めてくれた」

ライラくんは、そのなしたことの内容を詳しく言おうとはしなかった。

僕も尋ねたりはせず、よどみなく動く発色の良い彼女の唇を見つめている。

彼女の目を真っ直《す》ぐ見つめることは難しかった。

「こんな私ではありますが、学生時代には私を慕ってくれる子が沢山いました。実を言うと、X大は第一志望ではなく浪人もしたんですが、自分が今いる場所でできる限りのことをしようと色んな企画やイベントに携わったりして、そこで懐いてくれる後輩も沢山いました。大学を卒業してからも、頼ってくれる子もいました。けれどそれは私の容姿が普通ではなかったからなのではないかと思うようになりました。実際は自分がやってきたことなんて他人と比べたら大したものじゃないのかもしれないと……そんなことを思うようになりました」

僕は容姿を含めてライラくんの実力だと思うが、今僕が何を言ったとしても慰めにならないだろう。だから、僕は黙って耳を傾ける。

「実際、『見た目で得していることに気づいてなかったのか？』なんて呆れられたこともありました。流石にショックでしたね」

中々辛辣な言葉だ。

相当に深い関係でなければ言えないことだろう。

ただ、もちろんあまり良好な関係ではなかったに違いない。

ふと頭の中で、とある考えが浮かぶ。

「答えたくなければ答えなくてもいいんだけど、もしかして今のは、さっき言ってたこの街に住んでる知り合いに言われたのかな？」

ライラくんはわかりやすく目を丸くすると、しばらくしてから口を開いた。

「どうしてそう思われるんですか？」

「確信があったわけじゃないんだ。ただ、さっきライラくんが言ったことは、必ずしも今の話の流れでは言わなくてもいいことだったからね。この場所がライラくんにその言葉を投げかけた相手を想起させる場所だったからこそ、口をついて出てしまったってことじゃないかと思ってね。当たってたかな？」

「なるほど……ご慧眼ですね」

そしてライラくんは観念したといった感じで吐き出した。

「弟に言われたんです」

「弟さんに？」

「はい……やっぱり、それほど思い出したい記憶ではありませんね」

その弟がどういう経緯から、そんな辛辣な言葉を彼女に浴びせかけたのかはわからない。けれど、よほどの理由があったのだろう。流石に経緯まで根掘り葉掘り尋ねる権利も勇気も僕にはなかった。

「だから私は確かめたいんです。外見なんて関係なく自分自身が本当に何ができるかを」

彼女は精一杯の笑みをたたえ宣言する。

「そのためのラジオディテクティブです」

今僕が感じている胸の高鳴りは、もしかしたら彼女の金と青の瞳がキレイだからなのかもしれない。でももしかすると、それとはまったく関係なく、ただ単に彼女の志の高さに心惹《ひ》かれているのかもしれない。どちらが真実かを確かめる方法はない。

「だから先生には頑張って貰いたいんですが……付いてます」

彼女は僕の唇の傍の汚れを流れるような自然な手つきでナプキンを近づけて拭った。

気がつくとライラくんの顔が近くにあった。彼女の瞳の動きがハッキリと見えた。

「えっ……。あ、ありがとう」

まるで中学生のように狼狽《うろた》える自分がみっともなくて恥ずかしかった。

そんな僕とは違い、彼女は平然としていて、居住まいを正すと、

「いえ、どういたしまして。さて、身の上話はこのあたりでやめておきましょう」

「そうだね」

もう少しライラくんの話を聞きたいような気もしたが、これ以上は喋りたくないだろう。

僕も気持ちを切り替え、声のトーンを落として答える。

するとライラくんは鞄からタブレットを取り出し、目線を画面に落としながら淡々とした口調で切り出した。

「現時点でヴェノムとラジオマーダーについてわかっていることを整理してみましょう」

「いいかもね。今回の事件はかなり複雑だし、思い違いがあるといけない」

僕の返答を聞いたライラくんは、手元のタブレットを操作しながら話を続ける。

「ヴェノムを名乗る謎の人物は二週間に一度、隔週の月曜、午後八時にラジオマーダーというネットラジオで自らが殺人を行う様子を音声データで公開しています。これまでの被害者は全員女性で、どのような基準で選定されているかはわかっていません。ヴェノムがいつ被害者達を殺害しているかは不明ですが、ラジオマーダー第四回配信の殺害パートに混ざったノイズは配信日の四日前に行われた高校野球の試合のものでしたから、殺害は配信と配信の間の二週の間に行われていると推察されます」

ノイズはソフトを使って復元できたが、配信された音声からは削除されていた。つまり、ヴェノムはノイズを調べられたくなかったということになる。偽の手がかりとは考えられない。

「殺害場所に関しても、ラジオのノイズから死体を発見できたことから死体が放置されていた場所が殺害現場と考えて間違いないでしょう。また、現時点で判明している被害者二名はどちらも五月に失踪しています。つまり、ヴェノムはどこかに拉致監禁している被害者達をクスリで眠らせるなりして、七つの大罪に符合する場所に連れて行き、そこで殺害。その様子を録音し、その後、ネットラジオとしての体裁を整えて、ネット上に公開している」

ライラくんはここまでで何かあるか、と視線で訴えてくる。

「問題ないよ、続けて」

僕が答えると、彼女は再び口を開いた。

「ヴェノムがラジオマーダーを使いネット上で殺害音声を公開する理由は、現在のところ、ラジオ内でのヴェノムの発言から、聴衆に自分を見つけさせるためのゲームではないかと推測されています。ゲームを成立させることによってヴェノムにどのような利益があるのかは不明ですが、単に自分が楽しみたいだけという可能性も否定できません。そして、今回の現地調査で七つの大罪説を補強する事実が見つかり、ヴェノムが聴衆に向けてゲームを仕掛けているという仮説はより一層、現実味を帯びてきました」

「改めて確認すると、わかっていることは少ないね」

「それでも、ラジオマーダーという僅《わず》かなヒントのみでここまで辿り着けたのは快挙です。鶴舞先生はもっと誇っていいと思います」

「ありがとう。でも、実際にヴェノムを捕まえるまでは慎むよ」

僕がそう言うと、ライラくんは、そうですか、と小さく呟いた。

「それで……これからどうしますか？」

「どうするもこうするも、ヴェノムが犯行の下敷きにしているであろう元ネタを探すしかないと思うよ。それさえ見つかれば犯行現場の予測が可能になる」

僕はレンゲの中の小籠包《ショーロンポー》を箸で割り、スープが溢れる様子を眺めながら続けた。

「それにこれまではラジオの雑音を拾うという、少し変則的な方法を使ってきた。けど、これからはＡＢＣ仮説を中心に調査を進めていこう。ＡＢＣだとすれば必ず鉄道案内のような参照元があるはずだ。七つの大罪に言及したものは多いだろうけど、少なくとも三、四回目に対応する大罪は確定しているし、一回目と二回目も予想はつくからそれなりに絞り込める」

「ただ、その前にやるべきことがあります」

「なんだい？」

「忘れてしまいましたか？」

するとライラくんは鞄の中から念のために持ってきたであろうカメラを取り出し、

「ヴェノムに挑戦状を叩きつけるんです」

7

捜査会議後、自分のデスクに戻った名城は捜査本部長や一課の刑事達の姿が見えないことを確認して、ぼさぼさの髪をかきむしりながら吐き捨てるように言った。

「流石に我慢の限界ですよ。なんなんすかあの言い方」

寝不足で相当ストレスも溜まっているのだろう。それでもそれだけなら、ここまで荒れたりはしなかっただろうが、今回は少し事情が違う。

早朝に行われた捜査会議で名城はラジオマーダーの内容から犯行現場を割り出せると報告した。それはＩＱテストの問題のように、被害者の生年月日と放送回を七で割った数字から犯行現場を割り出せる、というものであった。

例えば四回目の被害者は十二月二十日生まれなのでこれを一二二〇に変換し、七分の四を掛ける。答えは六九七・一であり、幽霊アパートの住所はＴ市Ｕ町六十九番地の七。部屋は一号室だったため符合する。けれど今回の捜査本部長を任されているキャリアの警視監から「そんな公務員試験の適性検査のようなものに沿って犯罪を行うのは小説の登場人物だけだ」と一蹴されてしまったのだ。

名城からすれば他の地道な捜査の合間を使って見つけ出したものだっただけに、苛立ちも大きいのだろう。そうでなくとも、あの警視監の見下したような喋り方は鼻につく。

すると飯田さんが慰めるように、

「俺は悪くない考えだとは思ったがな。なにせ今回の犯人は明らかに小説の登場人物のような犯罪をやっているんだ。ただ、あの偏屈な連中にそれを納得させようと思ったら、やっぱりそれなりの事実が必要だな。サンプルも少ないから偶然だって言われちまえばそれまでだ。第三回の事件には同じような符合はなかったのか？」

「同じような方法で誕生日を四則演算しても現場には結びつきません……」

「厳しいな。現時点で少なくとも被害者は四人。あと数日で五人になることが危惧される状況で突飛な仮説を受け入れさせるのは中々難しいさ。それに聞いた話じゃ、あの警視監殿は昨日上から呼び出されて相当な圧力を掛けられたらしいぜ」

この老年の刑事は捜査本部が立ち上がってから、主に俺達と行動を共にしている。

「これだけの大事件だと、選挙にも影響を及ぼしかねないからな」

一介の警部補ごときには想像もつかない世界だ。

それにしても、飯田さんは一体どこから、そんな情報を仕入れてくるのだろう。

「考え方は間違ってないと思うんです。ただ元になる数字が違うだけで」

名城はそんな雲の上の話には興味がないのか、本気で悔しそうに歯を食いしばり、今にも握りしめた拳をそのままデスクに叩きつけそうだった。

「せめてまだ判明してない残り二ヶ所の犯行現場のうち一ヶ所でも、さっき言っていた法則で見つけ出せればいいんだけどな。ただ犯人は俺達の事情なんてお構いなしだ。もしお前が本当に自分の考えが正しいと思ってるなら、それを貫き通せばいいさ」

俺はその助言に乗っかるようにして、

「俺は成果が出ているやり方をもう少し試すかな」

語気を強め、そう宣言した。

「成果が出ているやり方って……まだあのうさんくさい探偵の真似事をするんですか？」

名城は不満を隠そうとはしなかった。

俺がやったのは例の探偵と同じラジオマーダーの音声解析だ。

「しかし、A県下全域の救急車の出動照会なんてよくやったな」

飯田さんの口調は呆れ混じりだが、どこか満足げなニュアンスも感じられた。

あの殺人実況には救急車のサイレンが二つ同時に聞こえた。救急車がどの時間にどの経路を辿ったかはすべて記録に残っている。なので、二台の救急車がニアミスした場所から死体を隠すのに適した場所を探せばいいということになる。

「おおよその日程と場所はわかっていましたから」

そう言いながらチラリと名城の表情を窺うと、やはり不満そうな表情を浮かべている。

元々手垢《てあか》の付いた手法で、オリジナルではないとは言え、今回の事件で最初にその手法を使い犯行現場を見つけ出したのは一般人だ。躊躇いたくなる気持ちも理解できなくはない。

「別にこだわりなんてないさ。ただ一ヶ所でも自分で見つけられたってのは自信になる。だからといって一つの方法に拘泥するつもりはないし、犯人に繋がるなら俺はどんな泥くさい方法でもいいと思ってるよ。九分九厘空振りだとわかってる聞き込みでも、延々と田舎の風景を映し続ける防犯カメラのチェックでも」

ただ、それは捜査の常道であって、おそらく名城が求めているものとは違うのだろう。

こいつは自分一人の力で事件を解決して、手柄が欲しいのだ。

突飛な方法で成果を上げるやつが特別な人間として認められる、なんてことはないのだが。大学を出て四年、交番勤務を経てすぐ刑事課配属となったこいつにはまだわからないのだろう。けれど、それは俺の口から言うことではない。

飯田さんは、そのあたりはさっぱりとしていて、

「手法なんてどうでもいい。問題なのは結果だ。結果が出るなら俺はどんな方法でも使う。逆に結果に繋がらないなら、どんなに使われてる方法でも使わねぇよ」

徹底した成果主義を標榜《ひょうぼう》していた。おそらく、こうして所轄の刑事である俺達とつるんでいるのも、主流派から外れたはみ出し者からも手広く情報を集めて、何か切っ掛けになりそうなネタがあればそれを手がかりに真っ先に犯人へ飛びつこうという考えがあるからだろう。

実際、飯田さんは聞き込み捜査なんかは俺達以外の刑事と組んでいる。それも、手当たり次第に人を替えて。

これが長年、捜査一課で凶悪犯と対峙してきた刑事が辿り着いた、もっとも効率的なやり方なのだろう。ある意味、他人の成果を横から奪い取るやり方だが、実際に事件を解決して、それが誰の手柄か、なんてことを損得で考えるのは警察官としては最低だ。

それに、噂が本当ならばこれが飯田さんにとっては最後の事件だ。花道を飾るためにも自分の手で犯人を捕まえたいという気持ちが少なからずあるのだろう。

だとすれば、俺だってその助けくらいにはなりたいと思う。

「まあでも、東山は方向転換が必要になるだろうな」

ただ、俺の内心を知ってか知らずか、飯田さんはそんなことを告げる。

「どうしてですか?」

すると、俺が訊き返したこと自体に呆れているのか、

「一課の連中もバカじゃない。ここまで見つかった死体は二つともラジオの音声に混ざっていたノイズから発見に至ってるんだ。当然、残ってる分の配信にも同様の手がかりが残されていないか既に捜査を終えてる。もっとも、第一回と第二回の配信にはノイズ自体が見つからなかったらしいがな」

飯田さんは溜息交じりにそう言った。

なるほど、言われてみれば一課の連中が現状で一番可能性のある方法を採用するのは当然のことだ。けれど、そうした動きが俺の耳に入ってこなかったのは、既に俺達がこの捜査本部ではぐれものの集まりになり始めているからだろう。

ただ、俺達が一課の連中にどう思われているかなんて、今更気にする必要はない。

飯田さんも同じように考えているらしい。

「まあいいさ、まだ試すべきことはいくらでもあるからな。ただ俺はパソコンとかは苦手だからな、どうしてもそっち方面は他人に任せることしかできねぇ。そもそも、俺は今回の事件そのものに現実味がないように感じてるんだよ。何をどうしたら、人を殺して、その声を誰かに聞かせようなんて思うんだ？」

それは飯田さんの純粋な疑問だったのだろう。

「これまで見てきた殺人犯にも色んなやつはいたさ。被害者を心底恨んでるやつ。追い込まれて仕方がなく人を殺してしまったやつ。まあ純粋な変態もいたがね……。そういうやつらには色があるし、現場にも感情が残るもんだ。それなのに今回の事件ときたら、現場からは何の感情も感じないんだ。気味が悪くて仕方がねぇ」

そういう刑事の勘のようなものは俺にはまだ理解できなかった。

「金のためとかならわかりやすいんですけどね」

「もしそうなら本命はあの探偵だな。ただあれ以来大人しくしてるんだろ？　もちろん、俺達と同じように考えても答えが見つからないだけって可能性もあるが……もしかすると、事件が大きくなりすぎて怖くなったのかもしれねぇな。俺は今回の殺人ラジオはちょくちょくニュースになるいたずら動画の延長線上にあるように感じるんだよ」

飯田さんは腹立たしそうに、固く口を結んだ。少し前までならタバコを取り出して苦々しそうに煙をくゆらせる場面なのだろうが、あいにく今はどの警察署も勤務中は禁煙だ。

「目立ちたいだけってことですか？　でもそれなら顔を出すんじゃ……」

眠たそうにあくびを噛み殺しながら、名城が言った。

「まあ、そうだな。ヴェノムって殺人犯はそういう動画を仲間内のノリとか勢いでネットに上げる連中と違って用心深い。証拠はほぼ完璧に消し去られてるし、何より事前の計画性が感じられる。名城が会議で言った法則とは違うかもしれないが、犯行現場もかなり念入りに調べて、ここって場所を選び出してるように思える。それでも、何か信念のようなものに支えられた殺人とは明らかに雰囲気が違うんだよ。それこそ、どこかの推理小説に感化されて、ってのは当たってるかもな」

推理小説か。法則は、名城が言ったようなＩＱテストのようなものでも、何でもいいのかもしれない。必要なのは万人に通じる説得力ではないだろうか。

そんなことを考えていると、いつの間にそんな時間になったのか、日勤や三交代の番が巡ってきた連中が気怠《けだる》そうに署に向かって歩いてくる姿が見えた。しばらくすれば、署内は喧騒《けんそう》に包まれ、とても落ち着いて考え事ができるような状況ではなくなるだろう。

緊張の糸が切れたのか、名城は力なくデスクの上で腕を枕にした。

そんな様子を見た飯田さんも、

「俺も少し休んでくるわ」

そう言って背を向け、階段の方へと行ってしまった。

一人取り残され、俺は改めてデスクの椅子に腰を掛け直すが、どうにも集中できなかった。まだまだ考えなければいけないことは大量に残されているのに。

名城には見栄《みえ》を張って偉そうなことを言ったが、俺も現状に何の不安もないかと言えば嘘になる。とは言え、できることは少ない。

ここ数日、ロクに睡眠も取っていない。一課の連中が、さもそこが自分達の場所であるかのように陣取っているため、仮眠室も使えない。

仕方がない。大した休息にはならないだろうが、名城と同じように机で寝るか。

俺はデスクの上の書類を端に寄せ、できたスペースに突っ伏した。


「東山係長！」

耳元で名城が叫ぶ声が聞こえる。

コンタクトをしたままデスクに突っ伏して寝たのがマズかったのか、眼球の奥が周りの音に合わせて鈍痛を発している。

医者から処方された目薬はデスクに置いてあっただろうか。

俺はのそりと身体を起こし声のする方へと顔を向けた。そこには名城だけではなく、疲労を感じさせない飯田さんの顔もあった。

「なんだ？　新証拠でも出てきたのか？」

「そうとも言えますが……とにかくこれを見て下さい」

そう言うと名城はデスクの上のノートパソコンを開いた。黒い液晶が鏡のように光を反射させ、充血した俺の目を映し出している。

名城がキーボードを操作するとスリープモードが解除され、液晶がパッと明るくなる。画面には既に見慣れたRとDのロゴが浮かんでいた。

「探偵ラジオの方か。あいつら、懲りずに続けてたんだな」

「ああ、そういうことらしい。やっぱり、このラジオをやってるやつらはかなり怪しいな」

「とりあえず、内容を確認して下さい。そうすればわかりますから」

何がわかるのだろう、と疑問に感じたがとにかく見ればいいとのことだったので俺はとりあえず名城の言葉に従うことにした。まだ頭が完璧に回りきっていない。

画面は一度ブラックアウトし、続いて例の探偵を映し出した。

出で立ちは前回と同じく焦げ茶の名探偵ルックに怪しい仮面とサングラスだ。

探偵が被った仮面はカメラに向かって不敵な笑みを浮かべている。

『こんばんは。ラジオディテクティブ第三回配信です』

映像の中の探偵は顔こそ仮面で隠され見ることができないが、この前見たときから、それほど経っていないにもかかわらず、全体的にやつれているようにも感じられた。

もしかすると、寝る間も惜しんで推理に打ち込んでいたのだろうか。

『しかし申し訳ない。今回の放送は一般の視聴者の方に向けたものではありません。私がメッセージを届けたい相手はただ一人……』

探偵は溜めを作って、カメラの方を指差し、

『ラジオマーダー事件の犯人、ヴェノム、お前だ！』

強い口調で断言した。

『僕はこの数日間でお前の犯行の法則性に辿り着いた。しかし、模倣犯を生まないためにもここではそれが何かは言わない。けれど、それではお前は信用しないだろう。だから一つ、三回目はブタ、とだけ言っておこう。これで充分だろう？』

今の発言が気になったのか、背後に立っていた名城が呟く。

「三回目はブタ……何かの暗号ですかね？」

「まあ、犯人ならこれだけでわかるって言っているし、そうかもしれないな。傍《はた》から聞いてる分には随分と間抜けに聞こえるが」

俺はもう一度、画面に視線を集中させる。

『これだけでも僕がお前の正体に迫っていることがわかるだろう？　けれど、僕はこの程度では満足しない。絶対に、お前をこの手で捕まえてみせる！』

そのセリフを最後に動画は終了した。

「東山係長、この探偵が言ってることは本当ですかね？　犯行の法則性に気がついたって」

名城は今の動画に随分と動揺しているようだった。それはそうだろう、一民間人が警察がまだ辿り着いていない事実を摑んだなんて、簡単に信じられることではない。

「現時点ではなんとも言えないな。この動画は短すぎるし、あの探偵の早とちりだとも考えられる。ただ……三回目はブタ。意味深なのは確かだな」

「一課の連中には、こんなのは戯《ざ》れ言《ごと》だって取り合って貰えなかったんですよ」

「まともな感覚を持ってればそう言うだろうな。飯田さんはどう思いますか？」

「普通なら上で寝てる連中と同じことを言うが……」

その言葉を補足するように名城が言う。

「でも、この探偵には一度出し抜かれてるんですよ？」

「まあ少し落ち着け。まだ何も決まったわけじゃない」

それにしても、これからどうしたものか。

第三章

1

八月六日、日曜日。ラジオマーダーの次回の更新まで残り一日を切った。にもかかわらず僕達はヴェノムが次、どこで犯行に及ぶのか、その手がかりすら摑めていなかった。

いや、もしかするともう既に次の被害者は殺されてしまっているかもしれない。

もはや僕にできることは、うなだれることくらいだった。

「鶴舞先生……夕食……どうされますか？」

流石のライラくんも疲れた様子で、表情こそ変わっていないが、元々希薄な生気が一層感じられなかった。ただ、それもしょうがないことだろう。僕達はラジオディテクティブの第三回配信を行ってから、毎日深夜までこうやって頭を悩ませているのだ。

一応彼女は毎日家には帰っているが、明らかに休息時間が不足している。とはいえ、今は丸一日休むなんてことができるような状況ではないことも確かだった。

ライラくんには僕の世話などせず、少しでも長く休んで欲しいと言っているのだが、彼女はそれだけは譲れないと首を縦に振ろうとはしなかった。

「いや偶には僕が作るよ」

ただ彼女に甘えてばかりというのも居心地が悪かった。ライラくんだって人脈を駆使したりして調査を進めているのだ。それに、僕自身、少し気分転換もしたい。

僕がそんな風に答えるとは予想していなかったのか、彼女は戸惑いを隠せずにいる。

「ですが、ラジオマーダーの配信は明日です。先生には無駄なことに労力を使わず、少しでもヴェノムの正体に近づいて欲しいんです。今、犯人に囚《とら》われた被害者達を救える可能性が一番高いのは鶴舞先生なんです。このまま予定どおりにラジオマーダーが配信されれば、九月中に七回の殺人が完遂されてしまいます」

付け加えるようにして、

「それに、初めてこの部屋に来たときの様子からすると先生は料理があまり得意ではないのでは？」

ライラくんはそう言った。

強くは言い返しにくいが、僕には僕の言い分があった。

「少し別のことを……いや、まったく別のことを考えて、頭の中をすっきりさせたいんだ。あと料理に関しても、他人に振る舞うことなんてなかったからライラくんみたいに洒落《しゃれ》たものは作れないけど、一人暮らし歴は長いから普通に食べられるレベルだとは思うよ」

そう言って僕は立ち上がると、事務所の一角に置かれたライラくんが持ち込んだ巨大冷凍庫を開いた。中身のほとんどはライラくんが作った料理だが、市販の冷凍食品もそれなりにストックしてある。僕はその中から適当なものをピックアップする。

どれだけ信用がないのか、ライラくんは終始心配そうな目で僕のことを見つめていたが、意地を張るのも面倒になったのか、膝の上に置かれたパソコンに視線を落とした。

結局、簡単に作れるパスタでお茶を濁そうと、戸棚から乾麺を取り出し、いつの間にか、すっかりライラくん仕様に模様替えされたキッチンに立つ。ただ、やはり料理をしていても頭の中から事件に関する思索が消えることはなかった。

ラジオディテクティブを使ってヴェノムに挑戦状を叩きつけたところまではよかったが、まだ次の犯行現場を探すためのＡＢＣ鉄道案内のような元ネタは見つかっていない。

それに、第一回と第二回の犯行現場も放置していていいわけではない。ただ、やはり優先すべきは、次がどこなのかを突き止めることだ。

やるべきことはそれほど複雑ではないが情報量が多すぎる。

今は、誰もが発信者になれる時代。世の中は誰が言い出したかもわからない情報で溢れ返っている。それが毎日際限なく増え続けているのだから、端から端まで調べることは物理的に不可能だ。だから考えるしかない。ラジオマーダーでの言動からヴェノムの思考の癖を見抜き、どういった内容のものを好む傾向にあるのかを導き出す。

もちろん論理だけで推理を進めるには限界がある。

けれど、ライラくんが先程述べていたように、この事件にはタイムリミットがある。既に殺されてしまった女性達を生き返らせる術《すべ》はないとしても、まだ殺されていない残りの被害者を救う機会が僕には与えられているのだ。

その機会をみすみすふいにするわけにはいかない。

悔しいが、とにかく蓋然性の高い仮説から総当たりで潰していくのが現状ではベストだ。

それに、どんなに泥くさい方法を用いたとしてもヴェノムのＡＢＣ鉄道案内を見つけ出し、やつの犯行を未然に防ぐことに成功すれば僕の勝ちであることに変わりはない。

最初に考えるべきは、媒体は何かということ。

ラジオマーダーはラジオと称してはいるが実体は個人運営のサイトに掲載された音声のみの動画。

なら元ネタもインターネット上にある可能性は高い。

インターネットに掲載できるもので七つの大罪に関連し、更に大罪に順番があるもの。この条件だと膨大な情報がヒットしそうに思えるが、とりあえずは小説のような物語に絞って調査を進めよう。

この事件はどこか古めかしいミステリ小説のような趣が端々から感じられる。もしかするとこの事件自体が何かの見立てなのかもしれない。

そのまま七つの大罪に関するミステリ小説が発見されるなら単純でいいのだが。

僕は最初その可能性を信じて色々な方法で当てはまるものがないか探した。

該当するものはいくつかあったが、『怠惰』『色欲』『暴食』『嫉妬』の順番で殺人が行われるものは見つからなかった。

高校で習う順列と組み合わせ、そして確率の問題を思い出す。

感覚的には、それほど膨大な数にはならないように思えるが、実際に七つの大罪の中から、四つを取り出し、並べたときの順列の総数を計算してみると八百四十通り。結構な数だ。

次に考えるべきはヴェノムが今回の一連の殺人の元ネタに使っているものが既存のものなのか、ヴェノム自身が作ったものなのかということ。

アガサ・クリスティが『そして誰もいなくなった』で引用したのはマザーグースの童謡だが、世の中には犯人自身が描いたシナリオを元にした筋書き殺人を扱った物語もいくらでもある。

この事件が『ABC殺人事件』に似ているから、きっとヴェノムはクリスティから多大な影響を受けており、マザーグースやABC鉄道案内のような既存のものを使っている、と断定してしまうのはもはや推理とは言えない。ただの妄言だ。

可能性は無限にあるように思えた。

「ダメだ……まったく絞り込めない……」

どれだけ考えてもとっかかりが摑めない。けれど、ずっと心ここにあらずだったにもかかわらず、自分でも気がつかないうちに手元の料理は完成していた。

すると匂いにつられたのか、いつの間にか僕の横にいたライラくんが、流れるような自然な仕草で僕の手元を覗き込んでくる。

「これはなんですか？」

金と青の瞳を訝しげに光らせながら、そう尋ねてきた。

「冷食のカニクリームコロッケの中身を流用したクリームパスタだよ」

「冷凍食品にそんな使い方があったんですね。でもわざわざ、冷凍食品をアレンジしたりしないで普通にパスタソースで作った方が楽だと思いますよ」

まだ食べてもいないのに容赦のない評価を下された。

「まあ……そうかもしれないんだけどね……」

「先生は無駄なことがお好きなんですね」

しばらく一緒に過ごしている間に、彼女は僕がどういった人種なのか概《おおむ》ね把握していたらしくからかうように言って、僕の顔を見た。

「なんだか嬉しそうだね」

「ええ。なんだか普段は料理なんてしない新婚の夫が、急に料理をすると張り切りだしたときのような気分だったので。時代錯誤なイメージでしょうか？」

そんな明らかに狙っているとしか思えないセリフにも、僕は不覚にも狼狽《うろた》えてしまう。僕のリアクションがお望みのものだったのか、どこか跳ねるような声で、

「冗談です。でも、これを見たら先生はもっと嬉しい気持ちになると思いますよ」

そう言って、ライラくんはソファに置かれたパソコンを取りに戻る。

「もしかすると、私達は難しく考えすぎていたのかもしれませんね」

「どういう意味かな？」

「ヴェノムは七つの大罪に関連する場所で七つの大罪を犯している人間を殺す。私はこれを見立て殺人だと予想します。ならその見立ての元となったものも、七つの大罪に関連する場所で七つの大罪を犯している人物が殺される話だと考えるのが一番納得できます」

「流石に単純すぎないかい？」

それに僕だって最初にその可能性を信じて色々と探したが、見つからなかったのだ。

けれど、ライラくんはしたり顔で自分の持ったノートパソコンの画面を僕に突きつけた。

そこにはどこか懐かしさを感じさせるテンプレートをそのまま使ったブログが映し出されていて、ごく普通の明朝体《みんちようたい》で大きくタイトルが掲げられている。

——七罪村の殺人

タイトルだけで判断するなら、どうやらミステリ小説らしい。

「内容は？」

「七つの大罪に関連のある場所で、七つの大罪に関係のある人物が殺されます」

「順番は？」

「今回の事件の順番どおりです」

僕はライラくんからノートパソコンを受け取ると、早速その小説に目を通した。

物語はイギリスらしき国に滞在しているモナミ・セイジという探偵が差出人不明の手紙を受け取るところから始まる。手紙の内容は「『怠惰』に気を付けろ」。もちろん、これだけでは何のことかわからないモナミだったが、そこに殺人事件の報《しら》せが届く。

現場に赴くと、死体の傍で私家版のミステリ小説『七罪村の殺人』が発見される。

最初の事件ではその意図にモナミは気づくことができなかったが、またしても同じように「『色欲』に気を付けろ」という手紙が届き、続いて起こった殺人事件でも死体の傍に『七罪村の殺人』が置かれていたため、モナミは事件がこの小説に関係があるのではと疑い、調査を始める、というのが大体のあらすじだ。

どうしてモナミのもとに都合良く事件の情報が集まってくるのかが最後までわからないし、犯人が七つの大罪というモチーフを採用した理由もわからないなどミステリ小説として不出来な部分に目をつぶれば、この小説の基本的な話の筋は『ＡＢＣ殺人事件』に似ている。

真相に至ってはほとんど同じだと言っていいだろう。

もしかするとクイーンにも影響されているのかもしれないが、探偵の名前がモナミであることからも、これの作者がクリスティを意識しているのは明白だった。

作中作の『七罪村の殺人』の内容には直接触れられておらず、ただ単に殺人事件を取り巻く環境が似通っているとモナミが言及しているだけだった。

文章は読みやすいとはお世辞にも言えず、内容もちぐはぐ。事件に関わりがあるとわかっていなければ、数ページどころか数行で読むのをやめただろう。

ただ確かなのは、この小説で起こる最初の四つの事件の被害者は『怠惰』『色欲』『暴食』『嫉妬』

に該当する人物だということだ。間違いないと断定できるわけではないが、これがヴェノムが行っている今回の事件の元ネタである可能性は極めて高い。

おそらくヴェノムは自分でこの小説を書き、これを元に殺人を実行しているのだろう。

「ありがとうライラくん。ようやくヴェノムの正体に一歩近づけた気がするよ」

そう言うと、彼女は少しだけ視線を泳がせてから、

「いえ、これは私のためでもありますから。それでは一番の懸案事項もどうにかなったのですから、先生の作ったパスタでもいただきましょう。私は悪食《あくじき》なので大丈夫です」

そう答えた。

僕は苦笑しながら、パスタの盛られた皿を持ってテーブルに向かう。

さて、この小説によると次の被害者は『憤怒』に当てはまるはずだが……それが正解かどうかは次のラジオマーダーを待たねばわからない。

しかし、こんなにあからさまな、言ってしまえば安直で最初に見つかっても良さそうな小説をどうして僕は見落としていたのだろう？

2

『ラジオマーダー』

もう何度聞いたかわからないほど耳に馴染んでしまったタイトルコール。液晶画面にはこれもまた見慣れたRとMのモノグラムが映し出されている。

『皆さんこんばんは、パーソナリティのヴェノムです。この番組は日々漫然と平和を享受し、退屈な

日々を送っている国民の皆さんにひとときの娯楽を提供しようというネットラジオ、ラジオマーダー全七回中五回目の配信です』

ナンバリング以外の口上はこれまでと変わらない。

いつもなら、ここでヴェノムがオープニングトークでラジオマーダーに対する反響に簡単なコメントを述べるはずだ。もしヴェノムが僕達のラジオを聞いていて、あの挑発に何らかの反応を示すとしたらこのタイミングしかない。

僕は自然と拳を握りしめ、ロゴマークを映し出したまま変わらない画面を凝視する。

『このラジオもだいぶ有名になってきて、今ではテレビや新聞も、ちらほらこのラジオについて取り上げるようになったみたいですね。でも、ほとんどは的外れで、正直失笑ものなんですよ。犯罪心理学に基づいた考察とかを、勉強でしか犯罪を知らない頭の良い学者達がしたり顔で語っているのを見ていると、本当にバカなんだなって……』

ライラくんはどんな顔をしているだろうかと、一瞬だけ視線を横にやると、偶々彼女と視線がバッティングした。彼女はすぐに気がついて、視線を画面に向けた。僕も同じように何も言わず、意識をパソコンの画面に戻した。

『SNSでも、色んな人間が好き勝手なことを言っています。でも、やっぱりどれも的外れ。誰もこのラジオの意味を理解していない……』

一瞬の静寂。そして、次に聞こえてきたのは、

『ただ一人、このラジオに真っ向から勝負を挑んできた探偵を除いて』

僕の待ち望んでいた言葉だった。

だが、ガッツポーズも雄叫《おたけ》びもまだ必要ない。それはこの画面の奥にいる犯人をこの手で捕まえた

ときにすべきもので、僕はまだ何も成し遂げてはいない。

『見つけたのは偶々だったけれど、ラジオディテクティブ……安直ではあるもののいいタイトルですね。このラジオに勝負を挑むものとしてこれ以上のネーミングはないでしょう。だけど褒めるべきはそんなところじゃない。三回目はブタ。すばらしい』

それでも、心臓の高鳴りは止まらない。

『薬師、君からの挑戦状は受け取った。今、君がどこまで推理を進めているかはわからないけれど、こちらはやり方を変えるつもりはない』

ヴェノムも気分を昂らせているらしく、スピーカーから聞こえる声はこれまでのものよりもずっと感情的だ。

『それでは、今回の被害者を紹介しましょう。会社員のYちゃんです』

けれど、重要なのはここから。

Yという頭文字はどうでもいい。問題はヴェノムが語る動機が『憤怒』に当てはまるかどうか。僕の推理が当たっているのか、間違っているのかだ。

『彼女は醜い。外見はいいんですけどね。とにかく生き方が醜い。自分の気に入らないことがあるとすぐに怒鳴り散らして物や人に当たる。現実でもインターネットでも、人が見ていようがいまいがお構いなしです。この前も自分の誤りを認めようとせず、極めて善良な人を傷つけていた。これは言うまでもなく大罪です』

それは意図したことなのか、今回ヴェノムが語った内容はこれまでのものよりもずっと直接的で、Yという女性が『憤怒』に当てはまったから被害者に選ばれたことは明白だった。それだけでなくヴェノムはわざとらしく大罪という言葉を強調して言った。

これは僕の推理が正しかったことの証明に他ならない。

『では彼女に今の気持ちを訊いてみましょう。これから殺されるっていうのはどんな気持ちなのかな？　まあ喋れるような状態じゃないのはわかっているんですけど』

ヴェノムが言い終わると、唐突に今まで聞こえてこなかった女性のくぐもった叫び声が大きくなる。

正直なところ、今から彼女を助けられるわけではないし、どのような殺害方法をヴェノムが選択しても推理には関係ないので、ここから先の音声はできれば聞きたくないのだが、流石にここで耳を塞ぐことはできない。

Yと呼ばれた女性は自らに迫る死に怯え、ただ叫び続けている。

しばらく、同じような調子の女性の叫び声がスピーカーから流れ続ける。

三十秒ほどが経ち、Yの叫び声が小さくなるとヴェノムが語りを再開する。

『それでは皆さんお待ちかねの時間です。僕は二週間考えに考えました。どうしたら音だけでリアルな死をリスナーに感じさせることができるだろうかと。前回はあまりにあっけなかったですからね。

ですから今回は、一番僕がされたくないことをしようと思います』

聴取者の期待を煽《あお》るようにヴェノムは一拍、間を置いて。

『今持ってるナイフでYちゃんの心臓を串刺しにします』

そう宣言した。

ただし、その後は意外にもあっさりとコトは進行していった。

音だけでリアルな死を伝えたいと言っていた割には、あまりにあっけない内容だった。

何の躊躇もなく刃物で心臓を一刺しして終わり。被害者の声も小さく、ヴェノムの解説がなければ、何が起こっているのか音声だけでは想像することもできない。

もちろん、それは言うほど生やさしいものではなく、被害者本人からすればとてつもない恐怖だっただろうが……前回の放送、生きたまま人間の眼球を串刺しにしたあの衝撃的な音声と比べると、どこか拙ささえ感じさせる内容だった。

もしかするとヴェノムも予想外にあっけない死に様に落胆しているかとも思ったが、聞こえてくる声は、不満を感じているようには思えなかった。

『さて今回の放送はこれで終わりですが、最後に一つお報せがあります。これまで二週間ごとに配信してきたこのラジオマーダーですが、折角真正面からこのラジオに挑むと宣言した探偵も現れたことですし、更新頻度を早めようと思います。次の配信は一週間後。謎を解くには充分な時間ですね。さて薬師、君は次の被害者を殺すまでの間に僕を捕まえられるかな？』

明らかな挑発。

ただ、僕はその声にも違和感を覚えずにはいられなかった。

3

推理が当たっていたことを喜ぶか、あるいはヴェノムの挑発に対してこれまで以上のやる気を見せる。おそらくライラくんは僕の行動をそんな風に予想していただろうし、僕もそう思っていた。けれど実際には配信が終わり、サイトを閉じて以降、僕は何も言わずただじっと考えを巡らせていた。

「鶴舞先生？　どうかしましたか？」

じれったくなったのか、ライラくんが声を掛けてくる。

僕はそんな彼女に対して、今のラジオマーダーで感じたことを率直に述べることにした。

「ライラくん、僕は今の放送でのヴェノムの行動が不思議でならないんだ」

「何か妙なことがありましたか？　確かにこれまでのものと比べると動機はより明確に述べられていましたけど、それ以外は特に変わったところはなかったと思いますが」

　そうだ、変わったところはなかった。だからおかしいんだ。

「ヴェノムのこれまでの殺害方法には、これといった類似点や規則性はなかった。わかりやすさを求めるのなら、殺害方法も七つの大罪から類推できるようなものを選ぶこともできたはずだ。けれど、実際ヴェノムはそういった趣向を凝らすことをしなかった。おそらくそうするとゲームがやさしくなりすぎると考えたのか、もしくは音声でそれを伝えることが難しいと考えたのか、この二つのどちらかの理由からだと思う」

　ライラくんはとりあえず聞き手に徹しようと思ったのか、何も言い返してはこない。

「実際に七つの大罪を想起させるような殺害方法は行われていないのだから、あまり真剣に検討する必要はないんだけど、少し頭を捻ればそれらしい理由は考えられる。前者はそのままゲームバランスの問題。Aという人物がAという地名の場所で殺されるというのと、Aという人物がAという地名の場所で、Aに関連する方法で殺されるというのでは、類似点が三つある場合の方が圧倒的にAという共通点に気がつきやすいし、すぐに見つけられてしまう。だからヴェノムはそれを避けたかったのかもしれないと考えることができる」

　僕は一旦、言葉を区切って、すぐに次の仮説を披露する。

「後者の場合、例えば『暴食』の罪に対して内臓が張り裂けるまで流動食を流し込み続ける、なんて方法を実行したとする。実際にできるかどうかはわからないけれど、音声でその様子を伝えるのは正直難しいと思う。聞こえるのは基本的に叫び声だけだから、ヴェノム自身が今被害者がどんな状況なのかを逐一実況しないとリスナーには何も伝わらないし、いささか臨場感に欠ける」

それに、僕は今喩《たと》えで『暴食』の罪に相当しそうな殺害方法を適当に考えたけれど、『嫉妬』の罪にふさわしい殺害方法なんてまるで思いつかない。やはり実現可能性という面から見ても、七つの大罪に相当する殺害方法を採用するというのは難しそうだ。

けれど、今重要なのはそこではない。

「ライラくんはどうして僕がこんな回りくどい話をしているのか不思議そうにしているけど、結局僕が言いたいのは、ヴェノムがラジオマーダーにおいて臨場感を重要視している節があるということだ。エンターテインメント性と言い換えてもいいかもしれない」

その言葉で何かひらめいたのか、彼女は一言、

「確かに毎回オープニングで言っていましたね」

そう呟いた。

「そのとおり。ヴェノムという殺人犯はラジオマーダーをゲームの問題文であると同時に、娯楽性に富んだものである必要があると考えている。けれど、それは考えてみれば当然のことで、ゲームの相手を広く募集するためには多くの注目を集めなければいけない。ただ殺人の瞬間の音声を流すだけでは足りず、本職の放送作家が知恵を絞るように、どうしたらそれを達成することができるかをしっかりと考えて作られているんだ」

「つまり、先生はたった今配信されたラジオマーダー第五回がヴェノムのその思想から若干乖離《かいり》しているように感じられたんですね？」

僕は黙って頷いた。

「第一回から第四回までのラジオマーダーで行われた殺人に傾向があるとしたら、それはエンターテ

インメント性を念頭に置いたリスナーを飽きさせないための工夫」

僕は何度も聞き、頭にこびりついたラジオマーダーの音声を脳内で再生させながら、慎重に言葉を紡いでいく。ライラくんだけでなく、自分自身もしっかりと納得させることのできる論理を作り出すために、思考を言葉へ変化させていく。

「第一回放送はナイフで頸動脈を切断するというシンプルな方法を用いた。これは、最初にあまり複雑なことをすると、リスナーの想像力だけでは実際の殺人のシーンを思い描くことができなくなってしまう、というリスクを避けるためだったと考えることができる」

刃物での殺害シーンというのは映画などでもよく見られるものだし、実際、被害者の絶望感の漂う叫び声が、頸動脈を切られたと思われる瞬間からまったく別の、感情的でない無機質な呼吸音に変わったあの音声はシンプルかつリアルで、どんなことが画面の奥で行われているか、僕は容易に頭の中で映像化できた。

「第二回はハンマーを用いた撲殺。これも一回目と同じくシンプルなものだ。ただ一つ決定的に違うのは、切るという行為と違って、殴るという行為は暴力をイメージさせる音声がしっかりと聞こえることだ。それに加えて、被害者の声はどんどんと弱々しいものへと変化していく。これもリスナーに音だけでリアルな状況を想像させることができるんだ」

今の自分の思考パターンが相当危険なものになっていることは自分でも理解できた。

今僕がしているのは、もしも自分自身がヴェノムで、何もない状態からラジオマーダーというものを思いついて実行するとしたら、きっとこういう演出をするだろうという予測。それは僕自身にもヴェノムと同じような猟奇性や残虐性があることの証明のような気がした。ただ、そんなものは誰しもが普遍的に持っていて、普段は隠れているものが、今のようなあまりに特殊な状況で顕在化してくるのだと自分を納得させる。

「第三回はよりリアリティを重視した、ロープによる絞殺。これの肝は、やろうと思えば簡単にラジオから聞こえてくる被害者の声と同じものを自分で聞くことができるという点だ。ただ単純に自分の手で思い切り自分の首を絞めてみればいい。そして気がつくんだよ。ラジオマーダーから聞こえてくる音は本当に人間が苦しんでいるときの音だってね」

ある意味、これまでのラジオマーダーの中で一番重要だったのは、この回かもしれない。

それまでの配信は、普通の人間にはリアルな映画やドラマを見ているような感覚を抱かせるが、第三回はそれが実際の殺人だと思わせられるだけの説得力があった。

そして、この第三回の説得力があったからこそ第四回の異常性が際立つ。

「第一回から第三回は一般的な殺害方法を実践して、上手く音声に乗せたという印象が強い。それと比べると第四回は明らかに異質だった」

流石のライラくんも、あの強烈な音声には嫌悪感を覚えるのか、それまで浮かべていた澄ました笑みが消え、どこか苦々しさを感じさせる表情に変わる。

「生きた人間の眼球をナイフで貫くなんて正気の沙汰じゃない」

「……ですね」

「けど驚くべきはそれ自体よりも、そこまでに至る過程だ。もしあれを第一回でやっていたとしても、あれほどの衝撃はなかったはずだ。第一回から第三回で、リスナーにこれは実際の殺人だと思わせる仕込みがあったからこそ、あんな現実味のない行為ですら、被害者の叫び声だけでリスナーにリアルな殺人現場を想像させることができたんだ」

不謹慎だが、本当に見事と言う他ない。

このラジオの構成だけで考えるなら、僕は間違いなくヴェノムの正体はテレビ関係者だと予想するだろう。ただ、それはあまりに安直な発想で、ある特定の分野で理に適《かな》った行動をする人間はプロである、という乱暴な推察だ。

それに、もし仮にその推察が成り立ったとしても、第五回ですべてが崩れる。

「随分と遠回りをしたけれど、結局僕が主張するのはこの第四回までの見事な手腕に比べると第五回の配信はどうにもお粗末な内容だったということだ」

「確かに、実況がなければ何をしているかわからなかったですね。被害者は闇雲に叫ぶだけでしたし、ヴェノムもそれに対して何の反応も示さず淡々とナイフを刺した」

「これまでの傾向から考えるなら、ヴェノムはより残虐な方法で被害者を殺害するか、もしくはもっと突飛な方法をとると僕は予想していた。それこそ、さっき言った流動食を流し込み続けるなんてことも、今のタイミングなら実行しても作り物めいた印象を与えないだろうね。もちろん、時間がかかる方法だから間延びはするだろうけど」

なのに実際に流れた音声はあれだ。どういう意図があってのものかまるでわからない。

七つの大罪の推理は当たっていたが、それ以外の部分で予想外のことが起きた。どうにも納得できない。ただ、人間の行動にいつも一貫性があるわけではない。特に相手は猟奇殺人鬼、あまり論理に縛られすぎてもいけないのか。

そんな風に、いつの間にか自分が抱いていた先入観を振り払おうとしていると、

「ですが、私は先程の内容が別にそれほどおかしいとは思えませんでしたね」

とライラくんが、キッパリとした声で言い放った。

顔を上げて彼女の顔を見ると、彼女はしなやかな指を唇に押し当てながら、

「先生の推理には間違いなく説得力がありますし、ヴェノムがエンターテインメント性を重視しているという意見にも同意します。ですが、先程の配信にそれが完全になかったかと言われると、私は反論せざるをえません。今回のラジオマーダーも娯楽としては充分すぎるほど多くの要素が詰め込まれていました」

　僕を見つめ言った。

「……いや……でも」

　ライラくんは僕の反論など聞き入れるつもりはないといった感じで、乱れのない所作でカップにコーヒーを注ぎながら話を続ける。

「私も報道に関わる人間の端くれとして、情報のエンターテインメント性というものに対して一定の知識は持ち合わせているつもりです。それなりに勉強もしましたし、これまでそれを実践して、ある程度は成功しています」

　ラジオディテクティブもその一環だ、と彼女は得意げに語る。

「先生には少し柔軟さが足りませんね。ヴェノムがエンターテインメント性をラジオマーダーにおける殺人音声の部分だけで確保しようとしている、という考えに固執しています」

「しかし、ラジオマーダーはそういう趣向のものだろう？」

　するとライラくんは大袈裟に頭を振り、一言で僕の思考の欠陥を指摘した。

「違いますよ。ラジオマーダーの主題はあくまで犯人捜しゲームなんです」

　彼女はコーヒーカップに口を付け、ゆったりとしたテンポで語ってみせた。

「先生は当事者ですから、わからなかったかもしれませんが、第五回配信は極めて優秀な娯楽作品でした。なんと言っても正体不明の殺人鬼とどこからともなく現れた探偵の勝負が始まったと宣言されんです。殺人実況は一部の屈折した嗜好の持ち主にしか受け入れられません。普通の神経の持ち主からすれば、ただグロテスクで不気味な音声ですから。けれど、殺人鬼と探偵の公開対決となれば話は違ってくる。これは一般に受け入れられるコンテンツです。これまでとは逆。探偵なんていうフィクションの世界から現れたような存在の介入がリアリティを破壊し、ラジオマーダーは大衆の興味を惹く娯楽に変わったんです」

「いや、確かに注目はされるだろうけど。それじゃあヴェノムがこれまでラジオマーダーで積み上げたことが台無しになってしまうじゃないか」

そう僕が反論するとライラくんは、大きな溜息を吐いて、

「目的と手段が入れ替わってます」

窘めるような口調で言った。

「事実がどうであるかはわかりませんが、先生の推理に沿って考えるならラジオマーダーは注目を集めるための舞台装置です。それは何のためか。自分の用意したゲームの対戦相手にふさわしい人物を見つけるためです。エンターテインメント性の追求は注目を集める過程で用いた手段であって、それ自体は目的ではありません。それこそ、ヴェノムはこれから凝った内容の殺人をネットラジオで流す必要はない。どころか、究極的には先生のところにメールを送りつければそれで済むんです。それでもゲームは成立しますから。ですが、流石にそれはヴェノムも本意ではないでしょう。わざわざネットラジオで人々の注目を集めるような人物であることは間違いないですから。自分の勝利を誇示したいという欲求は持っていると考えるのが自然です」

何も言い返すことができず、僕は衝動的に自分の額を握った拳で何度も叩いた。

ライラくんの言うとおりだ、僕はいつの間にかヴェノムのことをある種の芸術家のように信念を持

って殺人を表現する異常者だと思い込んでしまっていた。

画面の奥で二週間に一度殺人を犯しているのがどんな人物なのか、それを確実に知るには、実際にヴェノムと対峙する以外に方法はないというのに。ラジオマーダーという欠片《かけら》から勝手に想像した全体像が、所詮はイメージであることを忘れてしまっていた。

なんて初歩的なミスだろう……。

また拳を額にぶつけようとしたとき、自分の拳が当たる前に軽い衝撃が僕の額を襲った。

視線を上げるとライラくんがその異色の目を鋭くし、二発目のデコピンを準備していた。

「次は鼻がいいですか？」

力の込められた細い指が僕の鼻頭《はながしら》を狙っている。

「何を？」

「いえ、とりあえず気を逸らせられれば何でもいいかと思いまして」

そう言って、ライラくんは指から力を抜いて僕の鼻をつついた。

「先生は充分優秀ですよ。正しい道を進んでいます。気を落とさず前を向いて下さい」

わざとらしい仕草だが、彼女がすると様《さま》になってしまうので質《たち》が悪い。

ハンドクリームだろうか甘い匂いがした。

「頑張って下さい名探偵。まだ先生には救える人がいるんですよ」

僕は拳を引っこめ、大きく息を吐き出し、すっかり冷め切ったコーヒーを一気に呷る。

「……やっぱり名探偵は難しいな」

けれど、今僕に望まれている役はそれであって、ヴェノムを捕まえるために、その役を演じる必要がある。ならば僕は名探偵でなければならない。

それに僕は、ずっとその役を演じることを望んでいたのだ。

4

ラジオマーダー第五回配信の後、会議が開かれ情報共有や科捜研《かそうけん》からの報告などが行われた。動画の配信元を辿ろうと試みたものの、犯人は複数の国のサーバーを経由しておりフィリピンとエストニアのサーバー以降は不明になってしまったこと、動画の音声は別に収録された音源が後から加えられている形跡があること、現場に残された凶器はすべて一般流通品であり販売元の特定は難しいということ。

様々な報告が行われたが、犯人に繋がる有益な情報がもたらされることはなかった。

そして俺はその会議で、これまでに見つかった被害者について報告を行った。

「第一回の被害者の名前は石田沙也佳《いしださやか》。二十一歳。高校を卒業後、地場のN証券に就職、だが今年の初めに退職。未婚。発見場所はT港付近の廃倉庫。死体は長時間風雨にさらされていたため、その他の被害者のものと違い損壊が激しかったが、死因はラジオの内容どおり、頸動脈を鋭利な刃物で切られたことによる出血性ショック死と推測される」

ラジオでは、彼女がターゲットとなった理由は現状を嘆くばかりで、それを打ち破ろうという努力をせず、挙げ句の果てに背中を向けて逃げたから、となっていた。

「第二回の被害者は吉岡留美子《よしおかるみこ》。二十四歳。H市内の総合病院に勤める看護師。未婚。こちらも死体はT市内で見つかっており、発見場所は、T市内の廃屋。死因はラジオどおり、頭部が原形を留《とど》めないほど、ハンマーで殴打されたことによるくも膜下出血」

ヴェノムがラジオで語ったところによると、吉岡留美子は男好きだったことが理由で被害者の一人となってしまった。

他の被害者と比べると、彼女が殺された理由は常人にも比較的理解しやすいだろう。ただ、現状ヴェノムの発言が真実であったことを証明するに足る証拠は集まっていない。

「第三回の被害者は工藤香里奈。二十三歳。未婚。T市内の自動車部品メーカーで事務員として勤務していたが三ヶ月前から無断欠勤。死体の発見場所は県境にある廃業したラブホテルの一室で、死因はロープで首を絞められたことによる窒息死。現場に残されたロープと死体の索条痕《さくじょうこん》は一致」

ラジオマーダーで語られた動機は食べ方が気に入らないというだけ。

こんなものは証明のしようがない。

「第四回の被害者は佐宗利香。二十歳。N大学の学生。未婚。死体の発見場所は、T市内Uダム近くの廃アパート。死因は眼球をナイフで突き刺され、刃先が脳髄に達したことによるショック死と推測。殺害に使用されたナイフが石田沙也佳殺害に使用されたものと同じものであるかは現在確認中ですが、指紋などは検出されていません」

彼女も、希望していた大学に進学できず周りに文句ばかり言っていたからなんて信じがたい理由でヴェノムの餌食になってしまった。

「被害者は全員二十代前半の女性で、揃って身長が百五十センチ前後と小柄。髪型も薄いブラウン系のロングヘアと似通っています。このことから犯人は被害女性らに何らかの性的嗜好を抱いていた可能性がありますが、発見された死体に性的暴行の形跡はありません。またこれまでの被害者達の失踪時期がすべてラジオマーダー第一回配信より前であることを考慮すると、第五回の被害者と残りの二人についても既に殺害されている可能性は充分に考えられます」

報告を終え、俺が席に戻ると、代わりにホワイトボードの前に立った捜査一課長が今後の方針についての説明を始めた。そして、今回の放送でラジオマーダーとラジオディテクティブという二つのネット動画が繋がっている可能性が非常に高いと判断されたため、あの薬師という男を最重要人物として徹底的にマークする旨が伝えられた。ただし、犯人がまったく無関係の一般人が投稿した動画を利用し、捜査を攪乱《かくらん》しようとしている可能性もあるため、そのことに留意して捜査をするようにと付け加えられた。

会議室は熱気に包まれている。特に一課の刑事達は目を吊り上げ、額に青筋を浮かべるやつもいるほどだった。それはそうだろう、先程俺が報告した被害者に関する情報のほとんどは名城が摑んだものだからだ。

名城は、

「聞き込みをしていたら変な臭いがするって話が聞けて、実際に行ってみたら死体があったってだけですけどね。まさか遺体を二つも見つけられるなんてミラクルっすよ」

と照れくさそうに言っていたが、一課の精鋭が所轄の若造一人に出し抜かれているという事実は、やつらからしてみれば中々に受け入れがたいことなのだろう。

最後に捜査本部長が活を入れ、散会となった。

俺達は会議室を離れ、刑事課のフロアで額を突き合わせている。

「犯人は探偵の挑発に乗りましたね」

名城は神妙な面持ちでそう言った。まさかこうなるとは予想もしていなかったという口ぶりだが、それは飯田さんも同感だったようだ。

「三回目はブタ……ね。何かの符牒《ふちょう》らしいが、どうもきな臭いな」

「素直には受け取れませんね」

「今現在、二つのラジオに関する仮説は三つ考えられる。なんだと思う？」

挑発にも似た問いかけに、俺と名城は一瞬視線を交えさせてから答える。

「まず最初は上の連中が言っているように、犯人が素人の適当な推理を利用して警察の捜査を攪乱しようとしている可能性。つまり薬師とヴェノムはまったく無関係」

「ああ、そうだな。ただ、その可能性に関しては考えなくていい。あらゆる可能性に対処できるわけがないんだ。ある程度は割り切ることも大切だぞ」

ここで頷く以外の選択肢はない。無論、名城もそうした。

俺達の反応を確認した飯田さんは、次はどうだ、といった風に名城を見つめる。

「えっと……考えられるのは、今回の事件には法則性があり、本当にあの薬師って男がそれを解き明かしている場合。つまりブタ云々ってのをわざわざ明かしたのは、自分には真実がわかっているぞ、お前を追い詰めているぞ、っていう挑発で、ヴェノムがそれにきっちり乗っかったってこと……ですかね？」

たどたどしさはあったが、筋道の立った考えだ。飯田さんも満足げに口元を緩めている。

「まあでも、それはあまり現実的じゃねぇな。警察が百人態勢で捜査しても、ほとんど進展しない事件を素人が当然のように真実を言い当てるなんて都合が良すぎる」

「そうですね。一応あのホテルのことを調べてみましたけど、ブタに関連することは何もありませんでした。近くに養鶏場はありましたけど、ブタはいなかったみたいですし」

俺は飯田さんの考えを先読みして言葉に変える。

「となると考えるべきは残されたもう一つの場合、すなわち薬師とヴェノムが同一人物で、すべてが自作自演だという可能性。そして、その場合ブタがどうかなんてのはすべてデタラメということになる。正直、この可能性は大いにありえると俺は思う。これならこの事件に関するいくつかの不可解な出来事にも説明がつく」

言い終わると、二人は黙り込んで、しばらく不思議な空白の時間が生まれた。

沈黙を破ったのは名城だった。

「でも、事実がどうであってもやることは変わりませんよね？」

名城は疲れの滲んだ笑みを浮かべながら言い切る。ただ声は力強かった。自分の手で犯人を捕まえてやるんだ、という気概に満ちあふれていた。

その声を聞いて、飯田さんは満足そうに頷き、

「そのとおりだ。俺達がやるべきは徹底的に薬師って男のことを調べること。もし仮にあの探偵が本当に犯人の手がかりを持っていたとしても、犯人そのものだったとしても結果は同じだ。やつを調べていれば必ずヴェノムに辿り着く」

ハッキリとした口調で、俺達二人に語り聞かせるように言った。

熱い視線に親心めいた期待が混ざっているように見えるのは考えすぎだろうか。

結局、飯田さん本人の口から、この事件を最後に引退という言葉は聞いていない。けれどその話は今捜査本部にいる刑事なら誰もが知るところで、本人も否定はしていない。

この伝説的な刑事の最後の事件のパートナーに俺達は選ばれたのだ。

何が理由かはわからない。きっと俺達なんかよりも、ずっと付き合いの長い刑事は捜査一課の中にだっているだろう。それでも実際にこの事件で飯田さんは俺達と共にいる。

期待をされているのなら、それに応えたいというのは当然のことだ。

張り詰めた空気を誤魔化すように名城がおちゃらけた口調で言う。

「空振りじゃなかった場合の話ですけどね」

そのときは犯人を捕まえたやつから一杯奢《おご》って貰え、と飯田さんは笑った。

俺の知っている飯田さんは犯人逮捕のためならどんな手段を用いることも辞さないという強硬派だったはずだ。今回の事件でもそのスタンスを表明していた。けれど、今現在の飯田さんの言動はそれとは程遠いものであるように感じる。

もちろん本心はわからない。もしかすると本当にこの不可思議な事件の犯人が捕まるのなら自分の手でなくてもいいと考えているのかもしれない。それでもやはり、俺はこの人の花道を少しでも華やかなものにしたいと思った。

そのためにやるべきことは……。

5

ライラくんは昔馴染みの新聞記者から何か情報を聞き出せるかもしれない、と出かけてしまったため今事務所にいるのは僕一人だけだった。

耳に入ってくるのはエアコンの稼働音や窓の外を走る車の音や小さな人の声。集中して考えを纏めるには良い環境だ。

僕はローテーブルの上に地図を広げ、これまで事件が起こった場所にペンで印を付けていく。

ラジオマーダーに関する一連の事件はすべてT市内で起こっている。

既に警察は不明だった第一回と第二回の犯行現場と被害者の死体を見つけ出していた。

当然のことなのかもしれないが、事件現場となったのはすべて人気《ひとけ》のほとんどない辺鄙《へんぴ》な場所にある建物で、第一回は湾岸地区の放棄された倉庫、第二回に使われたのは過疎地区にある誰も住んでいない民家だった。

前者は元々倉庫を所有していた会社の名前が『熊田組《くまだぐみ》』という建築会社でクマ、後者は町名が『S町字山羊沼《ちょうあざやぎぬま》』でヤギ、と七つの大罪に対応していた。

ラジオでヴェノムが応じた時点でもはや疑いようはなかったが、やはりわずかでも残っていた可能性を排除できたことは喜ばしい。これで第五回の事件に集中できる。

今はどこにでもカメラがある世の中だが、もちろんこんな寂れた片田舎の全域がカバーされているわけではない。盲点となる場所は必ずある。それに、ヴェノムは犯行現場をT市内に限定してしまっているため、自分で自分の首を絞めてしまっている。

今、T市では数分に一回はパトカーを見かけるし、住民も自分の周りに不審人物はいないかと目を光らせている。もはや残されているのは完全に人から忘れられた地区しかない。

そして一度現場になった地区の警戒は一層強まる。そのことはヴェノムも推測しているだろう。今でも多くの人が、犯人は現場に戻る、という経験則を信じているからだ。

地図に付けられた印は、見事に分散していて、そこに法則性はないように思える。

街の中心からの距離も方角もバラバラだ。けれどこれは予測できたこと。

ヴェノムが自らにかけた縛りは中々に面倒なもので、七つの大罪に対応する場所を見つけるだけでもかなりの労力がいるはずだ。だからわざわざ地図の上での法則性など探さなくても、捕まりたくないという犯人の気持ちになればしかるべき場所は見つかる。

五番目の大罪は『憤怒』。

対応するのは、ユニコーン、オーガ、ドラゴン、オオカミ、サル。

ヴェノムが書いたと思われる『七罪村の殺人』では『怒りの滝』という場所で死体が発見される。ただ、調べた限りT市内に名前が付くような滝は存在しないらしい。

これまでの四つの犯行現場に目を向けてみても、『七罪村の殺人』内で行われている事件との共通点はまばらだ。

第一の事件では港の近くという土地の属性が一致していたが、二番目の事件の共通点はヤギが関係するということで、三番目は現実も作中も犯行現場がホテルだった。四番目に至っては現時点では共通点らしい共通点は見つかっていない。

もしかするとヴェノムは本当はもっと『七罪村の殺人』に似た状況で事件を起こしたかったのかもしれないが、T市内で実際に殺人を行うという段階になって、現実のT市内にはそこまで都合良く作中とリンクする場所がないことに気がついたのかもしれない。

今回の事件におけるＡＢＣ鉄道案内を見つけたのだから、ここからは楽勝かと思っていたが、よくよく考えてみれば、それではゲームが簡単になりすぎる。

『七罪村の殺人』の原稿だけではヴェノムに辿り着けないのは当然といえば当然だった。

しかし、泣き言を言っている暇はない。

僕は気持ちを切り替え、改めて目の前の地図に視線を落とした。

問題はまずどこの地区から探すかだが、これは既存のプロファイリングの手法を使うのがいいだろう。専門ではないし、本で聞きかじった程度の知識しかないが、最初の大まかな絞り込みくらいには使えるはずだ。

僕は定規を手に持って、これまでの犯行現場を直線で繋ぎ、いびつな四角形を地図の上に描く。四角形の頂点が犯行現場だ。そして、四角形の頂点の一つにコンパスの針を刺して、一番短い辺——つまり、犯行現場同士の距離が近い直線の中間地点に印を付け、印までの距離を半径として円を描いた。それを他の三つの犯行現場でも繰り返す。すると市内の地図が半分以上、円で埋まった。

一般的に連続して犯罪を行う犯人はそれまでの犯行場所に近づくことを避ける傾向にあるという。つまり、今この地図に描かれている円がヴェノムが近づくことを忌避している警戒区域であり、これから僕が調べるべきなのは、これ以外の場所、かつ殺人を犯しても通報される恐れのない、人のいない場所ということになる。

ただ、それだけではまだ広すぎてしらみつぶしにするにしても時間がかかりすぎるので、ここで僕は最初に使った手法をもう一度使うことにする。

雑音拾いだ。

ヘッドフォンを着けた僕はライラくんに教えて貰った方法でソフトを立ち上げ、第五回のラジオマーダーを第四回の解析と同じように波形のグラフに変換する。波形はこれまでの配信のものとほとんど変わらず、第五回も基本的には同じ構成で作られていることがわかる。だが、重要なのは定型の部分ではなく、本当なら現れることのないノイズの部分。被害者の悲鳴の奥に紛れ、ヴェノムが削り損ねた雑音。

ただし、今回は最初にこの方法を試したときのような突出した部分は見つからない。

それらしい波形に何か隠されていないか復元を試みるが、空振りに終わる。

当然だ。ヴェノムは狂気に取り憑《つ》かれた猟奇殺人鬼かもしれないが、バカではない。僕が雑音拾いという横紙破りな方法で犯行場所を突き止めたことを知っているのだから、配信前にラジオマーダーに偶然収録されたノイズはきっちりと消されているはずだ。

ライラくんも、ソフトで削除された音声を復元するには元データの残滓《ざんし》が残っているといったような条件を満たしている必要があり、対策をされてしまえばどうしようもないと言っていた。

だからといって諦めるわけにもいかないので、僕は波形を拡大して、少しでも通常の波形と違う部分を片っ端から再生していく。けれど聞こえてくるのはほとんどがマイクをこすった音や加工によって生じる純然たる電子的なノイズだった。

ただ、可能性が完全に潰《つい》えていない以上、投げ出すべきではないだろう。

僕は愚直に自分のやっていることが間違っていないと信じて、少しでもいびつな形をしている波形は片っ端から拡大し、音量を上げ、その中から更に小さい波形に耳を傾ける。

けれども、何も見つからない。

ラジオの野球中継もダムの放流を報せるサイレンも……何も聞こえない。

それでも現時点で他に方法も思いつかない上に、一度実績を上げた方法だからか、諦め切れずに、既に聞いたところに見落としがないだろうかと何度も同じ場所を聞き返したり、再生スピードを遅くし、音量を最大にして手がかりを探す。

ただ、人の集中力というものはそれほど長くは続かない。実際には大して時間が経っていたわけではなかったが、もうずっと長い間こんなことをしている気分になった僕は、停止ボタンを押すとヘッドフォンを外し、ソファに横たわった。

そんなとき不意にテーブルの上に放置してあったスマートフォンがやかましい音を立てて、着信を報せ始めた。

鬱陶しさを感じながらも手に取ると、画面にはライラくんの名前が表示されていた。

画面をタップし通話を始めると、すぐにライラくんの声が聞こえてくる。

「鶴舞先生、今よろしいですか?」

「ああ、構わないよ。何も思いつかず呆けてたところだからね」

僕がそう言うと、ライラくんは声の様子から、元の用事よりも僕のモチベーションを回復させることの方が重要だと考えたらしく、

「だいぶお疲れのようですね。私が出かけてから、どんな方法を試されました？」

そんなことを尋ねてきた。

僕はソファに横たわったまま、記憶をたぐるようにして答える。

「地図上にこれまでの犯行現場に印を付け、大雑把な絞り込みをした。ただ、次の犯行現場を見つけるには充分とは言えなかった。だから、実績のある方法をもう一度試してみようとノイズ探しをしたんだけど……当然ながらヴェノムもバカじゃなかったよ」

自嘲気味な笑い声を交ぜたが、電話の向こう側から笑い声は返ってこなかった。

代わりに聞こえてきたのは、至極真剣で悩ましげな声だった。

「そうですね。これまでの事件へのアプローチが間違っているとは思いません。ただ、ヴェノムの立場になってみれば、ノイズで犯行現場を発見されるというのは、自らのミスを突かれた形でしょうから、排除するのは当然です。ヴェノムはここからは自分が事前に想定していた方法で真実に迫って欲しいと考えているかもしれません」

「ヴェノムが事前に想定していた方法？」

僕はうわごとのように繰り返した。

「わかりませんが、やはり『七罪村の殺人』がキーになるのではないでしょうか？」

「そうは言っても、これまでの事件と作中の事件との関係もまちまちだしね……」

「ですが、ヴェノムの先回りをするには、犯行に法則があり、それを私達が読み解けなければいけま

せん。でなければゲームが成り立たない。何かあるはずです」

とはいえ、とライラくんは僕が口を挟む間も与えず話を続ける。

「時間がないことも確かです。このままだと次の被害者も救えなくなってしまう可能性があります。とりあえず、作中の第五の事件の特徴を端から潰していくのはどうですか？」

ライラくんの言っていることにも一理ある。

これがヴェノムと僕のゲームである以上、やはり法則はあるはずだ。そしてそれは『七罪村の殺人』で描かれていることである可能性は非常に高い。

「だけど、第五の事件の特徴はそれほど多くないんだよ」

「第五の事件はどんな話でしたっけ？」

「いつも誰かに怒ってる町長が『怒りの滝』で殺される。一番の特徴は犯行現場が滝だということなんだけど、T市内には名前が付いているような大きな滝はないんだ。それを除いてしまうと、特徴らしい特徴はモナミが事件現場に行くのに列車に乗ったことくらいかな。地図がないからわからないけど、『怒りの滝』は少し離れた場所にあるらしい」

「列車に乗る。いいじゃないですか。先程、先生は地図による絞り込みをしたとおっしゃってましたよね。その絞り込みの範囲に駅や線路はありませんか？」

ライラくんに言われ、僕は先程自分で円を描いた地図を再びローテーブルの上に広げて確認する。

T市内には新幹線も在来線も私鉄も走っているが、ほとんどが市の中心部を縫うように線路が敷かれていて、その沿線で殺人を行うなど論外だ。

例外は二つ。一つは半島の端にあるH市に向かう私鉄の単線。もう一つはN県に向かうJRの路線で、僕が地図上に印した円にかからず線路が延びているのは後者だけだった。

「一応あるね。でも、そう都合良く殺害現場になりそうな場所なんて……」

市の中心にある駅からN県に向かう線路を地図上で辿っていく。

この路線も、大部分は民家が建ち並ぶ住宅街や国道の傍などを走っているが、県境に近づくにつれてどんどんと山奥へと入っていき、実際に見なくても、そこに人がいないであろうことは容易に想像できた。

ヴェノムの犯行はその場で録音をしなければいけないという制約がある以上、ある程度閉鎖された空間が必要だが、人里離れた場所であれば七つの大罪に関連するものどころか、建物自体が少ないので探しやすい。

ローテーブルの上に広げられた地図は元々事務所にあったもので、情報が古く、縮尺も小さいためそこまで詳しい情報は描き込まれていない。僕はスマートフォンの地図アプリを起動し、衛星写真から線路沿いに犯行に使えそうな建物がないか探すことにした。

ほどなくして条件に合いそうな建物を数軒発見した。

「いや、もしかしたらここなら犯行が可能かもしれない」

線路の近くに建っていながら、人目を避けて被害者を運ぶことのできる細く曲がりくねった山道に繋がった、明らかに荒廃した建物。

けれど、すぐわかる地名などには七つの大罪に関連していそうなワードを見つけることはできなかった。ならば、すべきことは一つだ。

「犯行現場の可能性がありそうな場所を見つけた。今から現地に行ってみる」

僕は地図にいくつかの建物をマーキングして、外に出る準備を始める。

「すばらしいです」

スピーカーからライラくんの声が漏れ聞こえてくる。

電話越しでも彼女がどんな表情をしているか容易に想像できた。

「私も現地に向かいます。地図情報を送って貰えますか？」

提案してくる声も普段よりも幾分ハッキリしているように感じられる。

彼女に言われなくてもそうするつもりだったのだが、思っていたよりもいい反応が返ってきて、糸口を摑んだことで回復したモチベーションが更に跳ね上がった。

「ところでライラくんは今どこにいるんだい？　現地調査に向かうにしても、とりあえずは事務所に帰ってきて貰った方が楽だと思うけど」

「それが……情報を聞き出せそうな相手が他に思いつかなかったのでそれなりに遠出をしてるんです。でも心配しないで下さい。車で来ていますので、私もここから直接現地に向かいます。高速を使えば、そこまで遅れないと思うので先に行ってて下さい」

ライラくんは今自分がいるところを詳しくどこだとは明言しなかったが、とりあえず行動に支障はなさそうだったので彼女の提案に乗ることにした。

時計を見ると正午前で少しお腹《なか》が空《す》いていたが、のんびり昼食を摂っている時間がもったいないと感じた僕は車の鍵と最低限必要なものだけを詰めた鞄を持って外に出た。

日当たりが悪く、薄暗い事務所の中とは違い、夏の日に照らされた街は光で溢れていて、空気は息苦しさを感じるほど熱を孕《はら》んでいた。

こんな気温だと死体はすぐに腐ってしまうだろう。なんとしても残りの被害者達が死体に変えられてしまう前にヴェノムを捕まえなければいけない。

あと、やっぱり小腹が空いたし、途中どこかのコンビニでおにぎりと飲み物でも買おう。

そんな考えが連続で浮かんで、すぐに消えた。

6

一課の刑事と組んでの聞き込みが終わった俺はトイレに駆け込んで、ドア付近に並んだ鏡で目を確認する。想像はついていたが、右目が盛大に充血していた。

「クソッ……痛ぇな」

どうやらコンタクトと目の間にゴミが入ってしまったらしい、右目から鈍痛がする。

あまり署内でコンタクトを外したくはないのだが、背に腹は替えられない。俺は普段から使っている点眼薬を取り出し、コンタクトを外した目にそれを差した。

すると、ドアの外から聞き覚えのある騒がしい声が聞こえてきた。

「東山係長！　ラジオディテクティブが生中継をやるって告知してますよ」

声の主である名城は叫びながらトイレに入ってくる。

俺は手早くコンタクトを着けると、後ろに立つ名城に苛立ち混じりに叫んだ。

「トイレで騒ぐんじゃねぇよ！」

つい飯田さんのような乱暴な口調になってしまう。

「す、すいません」

まさか怒鳴られるとは思っていなかったのだろう、名城は訳がわからないといった風に目を白黒させている。

「それで？」

「えっと……ラジオディテクティブで生放送の告知が」

思わぬ形で出鼻をくじかれたので、わかりやすくトーンダウンしている。けれど、本人としては俺がどこにいようとも、すぐさま伝えなければいけないことだと思ったのだろう。

わざわざ持ってきたのか、手にしたノートパソコンの画面にはラジオディテクティブのホームページが映し出されており、「六時より緊急生放送」の文字が躍っている。

「ここにきて生放送か……」

「この前の動画はラジオマーダーに対する宣戦布告のようなものでしたけど、流石に連続してそんなメッセージを送るようなことはしないでしょうし……」

俺は名城がその言葉に続けて何を言おうとしているのか、すぐに理解できた。

「いつぞやよろしく犯行現場を見つけたって報告でもするつもりかもな」

そう言うと、名城は眉をひそめて囁くように、

「もし仮に……仮にそうだったとしたら、薬師が犯人でほぼ確定ですよね。こっちは捜査本部まで設置して百人態勢で捜査してるのに、まだ犯人の実体をまるで摑めてない。なのにあの素人の探偵はいとも簡単に犯行現場を探し当てる」

「もし本当にそうだとしたら疑ってしかるべきだな。ただ、それは今回あの探偵がやる生放送が俺達の想像どおりの内容だった場合だ」

名城を引き連れトイレから会議室へと戻った俺は、壁に掛かった時計を見る。

――五時四十分。

生放送はもうすぐだった。けれど、ここで配信を見るのは得策ではないだろう。

一課の連中は独断専行で成果を上げる俺達のことを明らかに疎ましく思っている。わざわざやつら

に俺達を攻撃する口実を与えてやる必要はない。なんとも無駄な諍《いさか》いだと思うし、面倒極まりないが、こうでもしなければ俺達はただの雑用係で終わってしまう。

「よし、とりあえず自分のデスクに戻るぞ」

「……了解です」

名城もわざわざ場所を移動する理由を聞いてきたりはしない。

本来なら聞き込みの結果を報告書に纏めなければいけないところではあるが、幸いというか今回の聞き込みでもめぼしい情報は何も得られていない。後回しにしても問題はないだろう。

それに、俺達の予想が外れていなければ、ネットラジオを聞いた後には、報告書なんてどうでもよくなっているはずだ。

捜査本部の設置された会議室を出ると、飯田さんが廊下の壁に体重を預けて俺達のことを待ち構えていた。そして試すような視線を俺達に向けながら、

「ツキが回ってきたんじゃないか？」

そう言った。どうやら飯田さんの中でも疑いが確信に変わってきているようだ。

「とりあえず、ラジオの内容を確認しないと何とも言えませんよ」

「その割には嬉しそうな顔してるじゃねぇか」

隠そうとしても隠せるものではないだろう。こんな事件の中心に居座ることなど、そうそうあるものではない。興奮するなという方が無理な相談だ。

「まあでも、ほどほどにしておけよ」

するとと飯田さんが俺達の態度を戒めるようにそう言った。

「どういうことですか？」

「ちょっとな……」

そんな飯田さんの態度に疑問を抱きながら俺達は階段を下り、本来の居場所である刑事課のあるフロアに戻る。普段はそれなりに賑わっている空間は、今は通常の業務以外にも人員を割かれているので閑散としている。これなら他のことに気を取られずに済みそうだ。

そして俺がデスクの椅子に座ったタイミングで飯田さんは改めて切り出した。

「今日は佐宗利香の実家に行ってきたんだがな……」

被害者の身辺調査は言うまでもなく犯人逮捕のために欠かせない捜査だが、その中でも被害者の遺族への聞き取りは、更に特別な意味を持つ。上手くやれば、他では得られない重要な情報を聞くこともできるが、相手は家族を殺されたばかり。気の進まない仕事だ。

「こればっかりは何度経験しても慣れることはねぇな」

それはベテランの飯田さんであっても同じらしい。

「前に言ったときは親御さんにだけ話を聞いて帰ってきたんだが、今日は小さな弟が家にいてな。多分、まだ小学生くらいだと思うが、お姉ちゃんを殺した犯人を早く捕まえてくれって言うんだ。目に涙をいっぱいに溜めてな」

俺がその場に立ち会ったわけでもないのに、その光景はありありと想像できる。

それだけで少し胸が苦しくなった。

「名城は兄弟は？」

「姉がいますが……やるせない気分になりますね」

小さな声で言う名城はどこかバツが悪そうな表情を浮かべている。

おそらく、先程までの自分の態度を省みて恥じているのだろう。

俺もそうだが、完全に遺族のことが頭から抜け落ちていた。

「東山も妹がいるって言ってたか？」

飯田さんは続けて俺にも同じことを尋ねてくる。

俺はその質問に頷きながら、

「ですね。それと弟がいました」

付け加えるように言った。

「弟さんがいたんですか。初耳ですね」

「もう死んでるからな。わざわざ他人に話すようなことでもない」

弟の話を家族以外にするのは初めてのことだった。こんな状況でもなければ、口にしようとは思わなかったし、この先、弟のことを誰かに告げる機会が訪れることもないだろう。

「そうだったのか、悪いことを訊いちまったな」

飯田さんは少し決まりの悪そうな表情を浮かべている。

「気にしないで下さい。弟と言っても、一緒に暮らしていたわけでもないですから、血が繋がっただけの他人みたいなものですよ」

もしかすると、飯田さんは今言ったことを気づかいだと判断したのかもしれないが、俺にとっての弟の存在なんて、その程度のものだった。

しかし、そんな俺の内心は当然のごとく伝わることはなく、

「兄弟を亡くした経験があるなら多少は被害者遺族の気持ちも理解できるだろ？」

飯田さんは慈愛に溢れた口調で尋ねてくる。

否定するのもおかしいかと思い、俺は黙って頷いた。

そして飯田さんは諭すように俺達に告げる。

「俺達は刑事だ。犯人を捕まえるんだって意気込むことは間違ってねぇし、証拠が見つかったたって喜んじゃいけねぇなんてこともねぇ。ただ目的だけは見誤るなよ？」

俺達は口を閉じ、その言葉を噛みしめる。

そうこうしているうちに更新時間になったらしく自動的に動画が再生され、ラジオディテクティブのRとDのモノグラムが画面に浮かび上がってきた。しばらくすると画面は切り替わり、山間の廃れた道に立つ薬師の姿が映し出された。

薬師は前回の動画と同じような探偵ルックに仮面を着けて顔を隠していたが、前回よりも更にやつれた印象で、隙間から中途半端に伸びた無精髭が見え隠れしていた。

これが生中継というのは嘘ではないのだろう。何の修正もなく、素人がビデオカメラで撮影しているることが丸わかりの手振れ。段々と日が沈んでいき、影が長く伸び始めたオレンジ色の風景。窓の外を見ると、画面の中とほとんど同じ色合いの街が広がっていた。

『視聴者の皆さん、そしてヴェノム……こんばんは。探偵の薬師です。この動画はラジオディテクティブ第四回配信。現在ラジオマーダーのパーソナリティ、ヴェノムの手によって連続殺人事件が行われているT市内から生中継でお届けします』

薬師はどれほど練習を重ねたのか、饒舌に前口上を述べ、続いて大袈裟な身振り手振りを交えながら、今回の趣旨について説明を始めた。

『第三回配信で私は猟奇殺人鬼ヴェノムに対して宣戦布告を行いました。しかし力及ばず、五人目の被害者を出してしまった……。力が足りなかった自分が情けなく、憎らしささえ覚えます』

そのあまりに臭い芝居に飯田さんが、

「誰かから演技指導でも受けてんのか。それとも自分に酔ってんのか。正直、見られたもんじゃねぇな。最初の動画は素人が必死に浅知恵を振り絞ってる感じが見て取れたが、今のこいつは浮かれた中坊みたいじゃねぇか」

そんな言葉を漏らした。

それに応じるように名城も、

「この歳になっても素でこれができるってのは笑えませんね」

なんて苦笑いを浮かべていた。

確かに今画面に映っている男は下手に結果が伴ってしまっているが故に、自己肯定感や全能感が肥大化して、それが言動に表れてしまっている。

自分がまるで一般人とは根本から違う特別な存在であるかのような振る舞い。本人は今、まさしくフィクションの中の名探偵になった気分でいるんだろう。

もちろん、そんな俺達の考えは画面の向こう側に伝わることはないので、薬師は朗々とした語り口で、過剰な演技を続けていく。

『ですが、私は確実にヴェノムを追い詰めています。今から、その証拠をお見せします』

そう言うと薬師はカメラに背を向けて歩き出した。

『前回の配信で私はヴェノムに挑戦状を突きつけました。そしてヴェノムはラジオマーダーの第五回配信で私が仕掛けた勝負に乗ってきた。普通ならありえない話ですが、これにはしっかりとした理由があります。私は前回「三回目はブタ」という言葉を口にしました。リスナーの皆さんには意味がわからなかったでしょうが、あれはヴェノムのみに通用する符牒のようなもので、私はそれを明かすことでヴェノムという殺人鬼と対等な立場であるということ、つまり今回の事件における探偵役の資格があることを証明しました。もっと言えば、私はヴェノムの犯行の法則の一端を解明したのです』

やがて薬師は少し開けた道に出た。奥には線路が見えていて、今度はその線路に沿った道を進んでいくようだ。おそらく今、薬師がいるのはN県との県境近くだろう。

『この配信を見ている方の中には、もし本当に私とヴェノムの間にだけ通じる符牒、犯行の法則性なんてものがあるのならば、公表すべきだ、と考える人もいるでしょう。確かにそうすれば、より多くの人がヴェノムを追い詰めることに協力できる。しかし、それは模倣犯を生んでしまうリスクを孕んでいるのです。もし私がここで符牒の内容を明かせば、誰もがヴェノムになりすますことができてしまう。本物とそれを真似た悪意ある誰かを見分ける方法がなくなってしまうのです。だからこそ、私はヴェノムの犯行の法則性を見つけてしまった自分の手で、ヴェノムを捕まえようと考えたのです』

詭弁だ。

本当に今の事態を憂えていたり、本気で犯人を捕まえたいと願っているのなら、この男は警察にその情報を渡すべきだった。それが善良な市民に課せられた役割だ。

にもかかわらず、こいつはこんな風にネットに動画を上げて、ヴェノムの犯行と自分自身を大々的にアピールしている。

結局のところ、この薬師という人間は自分の欲求を満たしたいだけなのだ。

名探偵に憧れているバカなガキでしかない。成人ではあるだろうが、画面の中に映るこの男は間違いなくガキだ。

そんなことを考えているうちに、薬師はシャッターの下りた建物の前で立ち止まった。

『私の考えが正しければ、ここに五回目の被害者の遺体があるはずです』

そこは消防団の詰所のようだった。

ただし、建物自体は街中で見かけるようなコンクリート造りの新しいものではなく木造の古いもので、現在もそこが消防団の活動に使われているかは疑わしかった。

どうしてか正面のシャッターは少しだけ持ち上げられていて、わざわざ入らずとも中の様子が確認できるようになっていた。

どうぞ見つけて下さいと言っているようなものだ。

『では……中を覗いてみましょう……』

薬師は膝を突いて、シャッターの隙間にライトを差し込み、詰所の中を照らす。

そして、無言でカメラを手招きして、

『予想どおりです。やはりありました』

画面には胸にナイフが刺さったままの、朽ちた女性の死体がハッキリと映し出された。

上の階から、雄叫びのような怒号と足音が響いてきた。

7

「それにしても……ヴェノムは僕のことを相当舐《な》めているみたいだね」

時計の秒針が進む音がハッキリと聞き取れるほど静かな事務所の中、僕はソファに座りライラくんと向き合って、今後の計画について話し合っていた。

「そうですね。あんな状態で放置していたら私達以外にも見つかってしまう可能性がある、というのは流石にヴェノムでも想像がついたでしょう。なのにそうしたということは……」

早く僕に見つけさせたかった。

理由は挑発か。自ら仕掛けたゲームをより白熱したものにしたかったのか。真意はヴェノムの口から聞くまでは闇の中だ。

それでもライラくんの言うように、ヴェノムの計画性を考えると、あえてリスクを冒すような真似をするとは思えない。それなりのリスクコントロールはされていたはずだ。

僕があの消防団の詰所を見つけたとき、シャッターは開けられた状態だった。いくら人通りの少ない場所とはいえ、周りにまったく人がいないわけじゃない。わざわざ意識していなくとも、普段、閉じられているはずのものが開かれていれば違和感を覚える人もいるだろう。そして、そんなものがあれば中を覗き見たくなるのが人情というものだ。でも、現実としてシャッターは開かれていた。

「あれじゃあ、どうぞ見つけて下さいと言っているようなものじゃないか。法則性も何もあったものじゃない。確かにあの建物には猿梯子《さるばしご》が設置されていて、『憤怒』のサルには当てはまっていたけど、もしあのシャッターが開かれていなかったら僕は見つけられたかどうか。いつかは見つけたかもしれないけど、もっと時間がかかったと思う」

するとライラくんはなぜか片目をつぶりながら、

「もしかするとヴェノムは一回分をふいにしてでも確かめたいことがあったのかもしれません。それこそ、どこか近くに隠れて先生の行動を監視していたのかも」

「そんなことをして何の意味があるんだ？」

「勝負のとき、その相手の姿が見えなければ、敵の正体を知りたいと思うのは自然なことだと思いませんか？　彼を知り己を知れば、です」

少し違和感があった。

もちろんライラくんの言葉にまったく説得力がないわけではない。けれど、ヴェノムが仮に僕から逃げおおせたとしても、罪を免れるわけではないのだ。

ラジオマーダーが終われば僕にヴェノムの正体を知る術はなくなるが、警察はそうではない。彼らはヴェノムが残した多くの証拠を元に、なんとしてでも法の裁きを受けさせようと突き進むはずだ。ならば、ヴェノムが残す痕跡はとにかく少ないほどいい。

ここまでヴェノムは自らが設定したゲームのルール上でほぼ完璧に姿を消すことに成功している。なぜ警察がヴェノムの正体を掴み切れないのかといえば、それはヴェノムが被害者を連れて犯行現場に現れた時間がはっきりとは特定できていないからだ。

ラジオマーダーの配信は第五回まで二週おきに行われており、ラジオ内での発言内容やラジオディテクティブへの応答、ノイズから死体を発見できた事実から考えると、殺人は配信と配信の間の二週間のどこかで行われていると考えられる。けれど、二週間という時間の中から姿形のわからない人間が存在していた時間を割り出すのはとても難しい。

ライラくんから伝え聞いた話によると、僕が見つけた二つの死体はどちらも、三十五度を超える連日の酷暑のせいで腐乱が進んでいて、警察も科学的見地から司法解剖を行ったが、ほとんど有意義な時間の絞り込みはできなかったらしい。

つまりヴェノムがいつ現場に来て、被害者を殺害したかわからないということだ。

けれど、仮にライラくんの言うとおりヴェノムがあの場所で僕を観察していたとなれば、話は変わってくる。Yという女性を殺害したとされる第四回から第五回配信の間のどこか、という曖昧な時間ではなく、僕があの消防団詰所に出向いた時間にヴェノムも同じ場所にいたことが確定してしまう。

いや、違う。それどころの話じゃない。

ヴェノムはいつ僕が犯行現場に辿り着くか知りえなかった。だとすると、ヴェノムはラジオマーダー配信後、ずっとあの周辺で待ち伏せしていたことになる。

もし本当にヴェノムが僕の想像どおりのことをしていたとすれば、防犯カメラのチェックにしろ、周辺住民に対する聞き込みにしろ警察は随分とやりやすくなるだろう。

僕が死体を見つけるまでの間に誰かが閉じられたシャッターを目撃していれば、それはすなわち現場に近づく僕を発見したヴェノムが、そのタイミングでシャッターを開けたことの証明になる。そうなれば、ライラくんの仮説は真実へと変わる。

そのことをヴェノムがわかっていなかったとは思えない。

ライラくんは先程、孫子《そんし》の言葉を引用していたが、この勝負においてヴェノムが僕のことを知るメリットは皆無と言っていい。

つまり、ライラくんの仮説が真実である可能性はほぼないということだ。

結局、思考は堂々巡りを始め、上手い着地点が見つからない。

そんな僕の様子が不満なのか、ライラくんが目を吊り上げながらキッパリと言い切る。

「相手は既に五人もの女性を殺害している猟奇殺人犯です。普通の人間だって気変わりすることなんて当たり前なのに、一から十まで論理的に動くだなんて……」

彼女の気持ちもわからなくはなかったが、それを言ってしまったらおしまいだ。

確かにヴェノムは狂気に満ちた、許しようのない殺人鬼であり、常人には理解しがたい思考回路を持っているのかもしれない。けれど、その回路は我々の常識から外れてはいてもメチャクチャになっているわけではない。ヴェノムにはヴェノムなりの理念があり、それに基づいて行動している。そうでなければ、僕は彼が殺した被害者の遺体を一つだって見つけることはできなかったはずだ。

ただ、そんなことはライラくんもわかっていたのだろう。彼女は今自分が口にしたことを恥じるように俯《うつむ》きながら「すいません」と言った。

焦る気持ちは充分に理解できる。ラジオマーダーは全七回で、残りは二回。たった二回だ。

流石にこれを、まだ二回チャンスがあると捉えることは難しい。

この残された二回の殺人の前にヴェノムの正体を突き止めなければ、僕らがこれまでしてきたことがまったく無駄になってしまう。残るものは……何かあるのだろうか。

僕はまだいい。もとより失うものなどほとんど持ち合わせてはいない。

もしかすると探偵事務所を畳むことになるかもしれないが、こんな千載一遇の機会を逃すような人間はこの先もどこかで躓くに決まっている。そのときになれば、車を売るなりして当面の生活資金を作って、職探しに励めばいい。

こんな人間を雇ってくれる酔狂な会社があるかはわからないが、この国で生きている限り、そうそう飢え死にするような事態にはならないだろうし、それにしたってライラくんと出会うまでの状況とそれほど変わりはしない。

けれどライラくんは違う。彼女は既にこの一連の事件の調査に百万円以上の金銭をつぎ込んでいる。ラジオディテクティブの広告収入はそれなりのものらしいが、流石に出費をすべて補填できるほどではないだろう。

資金繰りに困っている様子はないが、この一世一代の大勝負に負けた後、彼女の未来が明るいものになるかどうかはかなり疑わしい。

話を聞いていると実家は資産家のようだし、路頭に迷うようなことはないだろうが、これから先、ジャーナリストとして生活していくのはやはり厳しいように思える。

僕は自分を落ち着かせようと何回か、額を拳で軽く叩き、脳の回転数を無理矢理高める。

今やるべきことは何か。どうすればヴェノムの正体に近づけるか。

何度も、何度も握った拳で額を叩く。次第に腕に力が籠もっていく。

「あ、あの……先生……そのあたりにしておいた方が……」

「ん？　ああ、そうだね」

気がつくと、部屋に音が響くほど強い力で額を叩いていたようだ。ライラくんも心配そうな目でこちらを見つめている。そして何を思ったのか、すっと立ち上がってその小さな手で、力一杯に握りしめられた僕の拳を包むと、

「先生は古い電化製品ではありませんから、叩いても直ったりはしません」

柔らかな口調でそう言った。

「わかった風なことを言いますけど許して下さい。ものごとを観察するときに、最初から、なぜそんなことをしたのか、というのは考えない方がいいんです。それは主観の世界だからです。まずは誰がどこでどのように何をしたか、という客観的な事実のみを精査していくんです。これは報道の世界の常識です」

「だが放置しておくわけにもいかないだろう？」

「ええ、もちろんそうです。でも……」

すると彼女は唐突に僕の胸に手を当てて囁く。

「こんなに感情が昂っているときに考えるのはよくありませんよ」

急に、自分の心臓の音がそれまでよりもずっと大きく聞こえるようになった。

ライラくんは楽しげに、

「ですが……もしかすると先生がこんなにドキドキしていらっしゃるのは、正義感や怒りからではなく、もっと思春期じみた理由かもしれませんけれど」

少しだけ口元を綻ばせた。

今まで見たことのない彼女の表情に、また心臓の脈打ち方が変わる。

「冷静になりましたか？」

「むしろ、もっと頭の中が混沌としてきたよ……」

「事件に集中できていませんね。もう少し何かした方がいいですか？」

「一体何をしてくれるのかな？」

「うーん……そうですね」

少しだけ考える素振りを見せると、ライラくんは何かを思いついたらしく、

「そういえば、昔のゲームカセットは息を吹きかけると接続が良くなりましたよね」

「懐かしいね」

「試してみましょうか？」

そう言って、彼女は顔を近づけてくる。

金と青の瞳に僕の凡庸な色の目が映り込む。

吐息がかかる距離に、余裕の笑みを浮かべた彼女の唇があった。

「やめておくよ。オーバーヒートしそうだ。もう充分冷静になった」

「そうですか……」

けれどライラくんは一向に僕から離れようとしない。

「意気地がありませんね」

彼女の瞳に映った自分の顔がよりハッキリと認識できた。

くたびれた印象なのに落ち着きがない、情けない男の顔だった。

「と、とにかく！　次の犯行現場の特定を急ぐ」

僕はそこから目を逸らして、うわずった声でそう宣言した。

8

俺と名城、そして飯田さんの三人は署の近くにある、古びたラーメン屋で鳩首《きゅうしゅ》協議を行っていた。特捜設置中に麺類を食べることに飯田さんは最初、忌避感を覚えていたようだったが、名城が例の理屈を持ち出してきて、納得させてしまった。

ここに初めて来たときは店を営む老夫婦に訝しげな目線を向けられたものだが、今ではすっかり打ち解け、こんなあからさまに怪しげな集団が、怪しげなやりとりをしていても見なかった振りをしてくれる。ありがたいことだ。

帳場が立っている際には俺達のような所轄の刑事はインスタント食品の買い出しや雑用に使われ、こんな風に外の店で食事を摂ることは難しいのだが、今回の事件では一課の連中から煙たがれ、普通なら割り振られるはずの雑用さえ与えられていないため、こうして遊撃隊のように好き勝手に捜査を進めている。

通常であれば、スタンドプレーに走った時点で、かなりきつめの言葉で戒められるのだが、今回に限っては、俺達は独断専行で結果を出しているからか黙認状態だ。

最初は協調して犯人を捕まえようという空気もあったが、感情的な軋轢《あつれき》もあり、今では俺達三人は完全な別組織になってしまっている。

昼食時を少し過ぎた時間帯なので、俺達の他に客の影はなく、店主も手持ちぶさたなのか古いテレビをぼうっと見上げている。画面の中ではワイドショーのインタビュアーが街頭でラジオマーダーとラジオディテクティブについてどう思うか親子連れにマイクを向けていた。既にこの異様な事件は小学生にすら知れ渡っているらしく、子供が学校での噂などを語っていた。話を聞いている限り、薬師は小学生にはそれなりに人気があるようだが、父親はあからさまに困惑の表情を浮かべていた。

豪快な音を立ててラーメンをすすり、飯田さんが切り出す。

「今回のことで確定したな。犯人は死体の発見場所で被害者を殺してるわけじゃねぇ」

俺達は静かに頷いた。

五人目の被害者である藤本由華《ふじもとゆか》は鋭利な刃物で胸を刺されて殺害されていた。

ナイフは刺さったままになっていたが、それでも相当な出血量があったはずだ。実際、彼女が身に着けていた衣服は血塗《ちまみ》れだった。にもかかわらず、周りの床や壁に血液が付着した痕跡はまるで見つからなかった。一人目の死体が見つかった倉庫は雨が屋内まで降り込み、血痕が流れてしまっていたし、他の死体は出血量自体が少なく犯行現場と断言することができないと判断保留となっていたが、今回で別の場所で殺害されたことが確定した。

「つまりラジオから聞こえてくる雑音云々は警察を騙《だま》すためのブラフってことですね。そして、最初にそれについて言及したのは……」

自分の考えを口に出して纏めながら、名城は手元のグラスを弄んでいる。

あえて結論を口にしなかったのは遠慮か、それとも万が一にも間違っていた場合のことを考えてなのかは仕草からだけでは推測のしようがない。

「ラジオディテクティブで薬師なんて探偵を名乗るあの男……つまりやつが犯人だ」

その俺の言葉を飯田さんが補足する。

「犯人はまず被害者をどこかで殺害しそのときの状況を録音する。このとき、ラジオに犯人の声は入ってない。あの実況はあくまで殺害後に加工して足されたもの。そして同時にどこか別の場所で録音した環境音を足すんだ。そうすれば俺達が今まで散々聞いてきたラジオマーダーが出来上がる。あとはラジオが話題になり始めた頃にラジオディテクティブを始めて、まるでドラマか何かに出てくる名探偵のような推理を披露しながら、犯行現場の映像を流すって算段だな」

情報の共有だけならそれで充分だったのだが、飯田さんはなぜか意地の悪い笑みを浮かべながら俺の顔に焦点を合わせて、

「にもかかわらず、そんなことは露とも知らない東山は探偵ラジオのことを真に受けて、くそまじめに緊急車両の出動履歴を照会なんかしちまったわけだ。おそらく薬師が自分で見つけたと言うつもりだった死体を、ラジオディテクティブが配信されるより前に見つけちまった。運が良かったのか悪かったのかわからねぇな」

そう言った。

おそらく飯田さんなりの気づかいだろう。犯人に近づいていることは間違いないのだから、気にせず前を向いて、愚直に捜査を続けろというメッセージだ。

「まだまだ若輩なものですから。先輩方のフォローがあってこそです」

けれど、直接的に励ますのは飯田さんの流儀ではないのだ。だから俺もぶっきらぼうに嫌みを交えて返事をする。それに現在の進捗に問題はない。あとはあの薬師というう さんくさい探偵もどきを捕まえればいいだけ。やるべきことは最初から変わっていない。

飯田さんも引退前最後の事件だからといって何かを変えたりはしない。

「とはいえ、あの探偵も流石に簡単にはしっぽを摑ませてくれませんね。通信キャリアから身元を特定できれば楽ですけど、いかんせんラジオディテクティブの方は死体発見の通報をしていないってだけですから、令状は……どうなんでしょう？」

俺達のやりとりに居づらさを感じたのか、少し早口で名城が割り込んでくる。

「それはそういったことが得意な連中に丸投げだな。俺もちょっと前なら気心の知れた判事がいたんだが、もう歳だ……みんな退官しちまったよ。それにこの前の大学生のこともあって、上のお偉方はかなり及び腰になってるみたいだな。どうやら、いよいよ解散が近いからってプレッシャーがかかって、その結果があれだったらしい」

先日、ラジオディテクティブそのものから犯人を引っ張ることは難しいと判断した捜査本部は、ラジオマーダーとラジオディテクティブの動画を大手配信サイトへ転載を繰り返し広告収入を荒稼ぎしていた大学生に任意同行を求めた。動画の転載だけでは証拠として心許なく、捜査本部でもかなり反対意見が出たが、お偉方の誰かが押し切ったらしい。しかし、取調の結果、その大学生は完全な白だった。動画の情報から読み取ったラジオディテクティブの撮影時間にアリバイがあったのだ。この勇み足による失敗は世間からかなりバッシングを食らっている。

刑事達の士気はいまだ高いが、今の飯田さんの話から判断するに上層部は相当難しい立場に追い込まれているようだった。

「まあヴェノムが薬師であるというのも確たる証拠はなし。令状は少し厳しいだろうし、俺達は俺達のやり方でいく。やれることはいくらでもあるさ。音声だけのラジオに比べて動画は情報が溢れてる。それこそこの前のラジオディテクティブは生放送だった。もしかすると嘘かもしれないが、画面の端に時計が映り込んでいたし、空模様までは誤魔化しようがない。となればやつが現地にいた時間は自ずと絞り込める。電車を使ってくれていればそれこそ万々歳だ。駅の防犯カメラから背丈の似た男を捜し出すのにそれほど苦労はしないし、機材も持ってるだろうから目立つ。車だったとしても誰一人として目撃していないってのは考えにくい」

俺は自分に言い聞かせるように言う。

「これだけの情報が溢れてれば、あの探偵もどきの正体はすぐに割れる。やり方は間違ってねぇんだ。自分の信じたやり方を貫け」

俺が少し弱気になっていると思ったのか、飯田さんは戒めるように言った。

その思いやりを感じる言葉の選び方が少しイメージの中にある飯田さんのものと違っていて、自分の引退後も、俺がこの事件で学んだことを思い出せるよう意識しているのではないかとも思えた。

俺の考えすぎなのか、このベテラン刑事の本心なのかはわからない。

ただ今は言われたとおり、自分の信念とやり方を信じるのみ。

あとはどうやってやつを追い込んでいくかだが……。

9

エアコンの稼働音がやけに大きく聞こえる部屋の中、僕はまたローテーブルの上に広げられた地図を見下ろしている。地図には僕がその時々で思いついたことが乱雑に書き込まれており、正確な場所を知るための地図として使うにはもう不充分かもしれない。けれど、この事件の推理を進めるための道具としてこれ以上のものはない。

ライラくんはもうここまできたら口は挟まないと決めているのか、いつでも出かけられるようにと撮影機材の準備を黙々と進めている。

警察が重点的に見回りを行っている今までの犯行現場の周辺、繁華街や住宅地といった人通りが多い場所、そういった殺人に適さない場所を排除すると、候補たりうる土地は意外に少ない。その中から『強欲』に関する場所を探せばいい。

こちらには『七罪村の殺人』の原稿という大きな武器がある。

ただ、『七罪村の殺人』が掲載されていたサイトを再び覗いてみようと検索欄にアドレスを打ち込んだところ、「404 Not Found」というエラーコードが表示されてしまった。おそらくヴェノムが既に僕らが原稿を手に入れていることを確信してホームページを削除したのだろう。

ホームページはその痕跡やアクセス履歴が証拠になりうる。当然の選択だ。

僕は『七罪村の殺人』の原稿に目を通し終わると、もう一度、地図に向き合う。

『七罪村の殺人』では六番目の事件は教会で起こる。強欲《ごうよく》寺院というネーミングセンスの欠片も感じられない名前の教会で、金に汚い神父が殺されるのだ。

一連の事件と『七罪村の殺人』との共通点は一定ではない。

しかし、第五回の犯行現場が線路沿いであったように、やはりヴェノムは作中の事件と現実の事件をリンクさせている。いや第五回だけではない、これまでの事件はすべてそうだ。わからなかった第四回の犯行現場の類似点も第五回の犯行現場がわかった後に、隣町との境目にあるということが共通点だと気がついた。

ヴェノムは次も必ず『七罪村の殺人』の見立てを行う。

第六回の犯行現場で特徴的なのは宗教施設が絡んでいること。

それらしき場所はすぐに見つかった。『強欲』に対応する動物は何種類かあるが、その中にキツネがある。キツネと宗教が関連する場所と言われて、僕はすぐに稲荷《いなり》神社を連想した。

これまで気にしたことはなかったが、小さな祠《ほこら》のようなものも合わせれば国内にある稲荷神社の数は数万にも及ぶらしい。事実、T市内には五つの稲荷神社があった。けれど殺害現場に適しているかどうかを考えれば、それを一つに絞り込むことはそれほど難しくはない。

だが僕はこのことを楽観的に捉えることはできなかった。

僕達がヴェノムを捕まえるとしたら現行犯しかない。

つまり殺害現場、少なくともヴェノムが凶器を持ち、被害者に襲いかかる寸前まではこの目で見て、それをカメラに収めなければならない。

とにかく今は迷っている暇なんてない。

既に前回のラジオマーダーの配信から三日が経過している。

ここは拙速と言われようとも、ある程度の賭けに出る以外に方法はない。比喩《ひゆ》でもなんでもなく、本当に人の命がかかっているのだ。

今まで見た被害者達の姿を思い出す。

被害者となってしまった女性達は、誰一人として殺されるような罪は犯していなかった。にもかかわらず、理不尽な恐怖に支配された中で残虐に殺された。

警察もヴェノムの正体に確実に近づいてはいるだろうが、まだ次の被害を防ぐという段階にまでは至っていないだろう。ヴェノムの凶行を止められるのは僕だけ。

これが僕に与えられた探偵としての使命なのだ。

「よし……ここだ……」

僕は意を決して広げられた地図の一点に赤く印を付けた。

そこは候補となりうる稲荷神社のなかで、唯一、人目に触れずに被害者を連れ込めそうな動線が確保できる場所だった。

そして、その言葉を聞いたライラくんが地図を覗き込み、

「わかりました。異論はありません。ですが一つ提案があります」

ライラくんは姿勢を正して僕のことを真っ直ぐ見つめている。

「なんだい？」

「どうやら警察は鶴舞先生——というよりもラジオディテクティブの薬師を最重要参考人としてマークしているらしいです。まだ先生の本名までは割れていませんが、この事務所が特定されるのも時間の問題だとのことです」

随分と手際がいい気もするが、それは充分予測できていたことだった。

「先生の車は目立ちますからね。当然の結果と言えるかもしれません」

「そうだね、だから僕は別の車を使った方がいいんじゃないかって最初に言ったと思うけど。それに反対したのはライラくんだったと記憶しているよ」

すると彼女はどうしてか得意げな声音で言う。

「ええ、そのとおりです。鶴舞先生の車は大変目立ちます。だから私は、それを逆に利用しようと思ったんですよ」

「警察を手玉に取ろうっていうのかい？」

もはや、完全に警察の捜査から逃れようとする犯罪者の思考だった。ただ、今ここで捕まるわけにはいかない。だから僕も頭ごなしに反対しようとは思わなかった。

「まず優先事項として、次のラジオディテクティブを配信した後は一旦身を隠しましょう。もちろん、逃げようと言っているわけではありません」

彼女の口調に淀みは一切なかった。

「ヴェノムを捕まえる。これは確定事項です。そしてこれはそのための方策です」

「隠れると言っても、それじゃあ時間稼ぎにしかならないんじゃないかい?」

姿をくらましている間に僕が犯人ではないという証拠が見つかるという筋書きがあるならまだしも、そんなものはありえないだろうし、警察の捜査を撒《ま》こうと画策することは自らの首を絞めるだけのような気もする。

「そうですね。隠れるだけでは意味がありません」

ですが、とライラくんは続けた。

「現在、警察はヴェノム逮捕のためにT市内に捜査網を敷いているのですが、その捜査網を攪乱して、少しでも市内に残る人員を減らすことができれば先生もずっとやりやすくなるはず。それに、警察が先にヴェノムを捕まえる確率も低くなる」

「一体、どんな大それたことを計画しているのかな?」

僕が尋ねると、彼女はあっけらかんとした声で答えた。

「大したことではありません。先生と私は今から二台の車を使って、犯行場所と予想される稲荷神社に向かい、そこでラジオディテクティブを撮影します。そこでヴェノムを捕まえられれば何も問題はありませんが……そうでなかったときは……」

ライラくんはあくまでそれが最悪の想定であるといった風を装っているが、内心は違うのだろう。だからこそ、今こんな話をしているのだ。

遺憾なことではあるけれど、僕も異論はなかった。

おそらく、僕達はまだヴェノムに一歩及んでいない。

「そこから二手に分かれて行動するんです。先生は私の車で、私は先生の車で」

「つまり、僕の車を囮《おとり》に使うんだね?」

一体、ライラくんはいつからこんなことを考えていたんだろう。一緒に過ごす時間が長くなればなるほど、どんどんと彼女の底が見えなくなっていく。

「そのとおりです。私が先生のマセラティを使って、どこか見当外れな場所に警察を誘導します。その間に先生は私の車で隠れ家に向かって下さい。大急ぎで用意した場所なので居心地はよくないかもしれませんが、身を隠すだけなら充分使えるはずです」

いつの間にそんなものを手配していたのか不明だが、この事件の調査を通してライラくんの常識外れの有能さは身に滲《し》みている。今更驚くようなことではない。

「先生の車と違って、私のはありふれた軽自動車ですし、調査ではほとんど使っていませんから警察もマークできていないでしょう。完璧な誘導です」

なるほど、確かにそれなら多少は警察の捜査網をくぐり抜けるのも楽になるだろう。

「僕のことはわかった。けれどライラくんはどうするんだい?」

またどこかのタイミングで合流するのだろうか。

「私は……そうですね、とりあえずは高速を使って遠くへ逃げます。先生がヴェノムを捕まえるまで戻りません。そのままバカンスというのもいいかもしれません」

彼女の言い放ったセリフに僕は驚いた。

「それじゃあ僕だけ美味しいとこ取りになってしまう。それに撮影はどうするんだ? 君がいないのなら誰が僕のことを撮影するのかな？」

矢継ぎ早に口にした僕の質問に対してライラくんは、

「何を言ってるんですか、先生。私は今回の一連の事件の記事をもって、華々しくジャーナリストとしての階段を駆け上がるんです。もしかすると本を出版したり、表彰されたりするかもしれませんね。損な役回りだなんてことはありませんよ。どころか、鶴舞先生を差し置いて一躍時の人となってしまうかもしれません」

胸を張ってなんだかバカみたいなことを言い始める。

頬もほんのりと紅潮していて、口調も楽しげだ。陰鬱で凄惨な事件の終着点が微かに見え始めたことで、妙なスイッチが入ってしまっているのかもしれない。

「カメラにしたって、今回は被害者を殺そうとするヴェノムの姿を収めればいいだけですから、先生が撮影すれば済む話です。視聴者用のわざとらしい探偵は必要ありません」

ライラくんの考えに漏れはないように思えた。

「何か問題でも？」

「いや……」

これまでだって僕と彼女の役割はこうだった。表に出るのは僕であって、ライラくんはあくまで裏方。それが彼女の望んだこと。容姿に左右されない成果を得ること。

ならば悩む必要はない……はずなのだが。

どうしてか、今回に限って僕は素直に首を縦に振ることができなかった。

今回の事件、もしも僕が一人で興味を抱いたとしても、決して今のような立場になることはなかっただろう。一応、推理の真似事くらいはしたかもしれないが、それだけだ。

　僕はライラくんが事務所を訪ねてきたあの瞬間まで探偵ではなかった。探偵に憧れる、大人になれない大きな子供でしかなかった。決して希望に溢れているとは言いがたい現実から目を逸らし、言い訳を並べ立て、ただ漠然と憧れるだけの夢追い人。

　けれど今は違う。

　ライラくんが僕をここまで連れてきたのだ。

　そして彼女はいつだって僕の想像の向こう側へ、すいすいと進んでいってしまう。

　必死に追いかけても、僕はきっと追いつけない。

「もしかして先生はこの事件が終わったら、そこがゴールだと思っていませんか？」

　すると唐突にライラくんが呆れたような調子で尋ねてくる。

　よほど間抜け面をさらしていたのか、ライラくんは細い人差し指で僕の鼻頭をつつき、

「名探偵はいくつもの難事件を解決するから名探偵なんです。たった一回、風変わりな殺人鬼を捕まえたくらいで満足していたら、一生かかっても名探偵にはなれませんよ」

　くすりと笑った。

　これまで見たことのない、なんとも愛らしい笑みだった。

　突然の表情の変化に僕はなんと答えればいいのか、まるでわからなかった。

　いつまでも僕が黙っているので、じれったそうに彼女が口を開く。

「ヴェノムを無事捕まえたら、そのあたりをしっかりと教育する必要がありそうですね」

「捕まえたらって……その後があるような言い方だね」

「何を言っているんですか、そんなの当然でしょう。ここでやめてしまったら夏が終わる前に私達のことなんて忘れられてしまいますよ。そうならないためには、刺激的な話題を振りまき続けなければ

いけないんですよ」

ライラくんは腰に手を当て、まるで判決を下すように言い切った。

「細かな交渉は私が引き受けますから、先生は名探偵らしく椅子に座っていて下さい。そうだ、どうせなら新しい椅子を買いましょうよ。もちろん、本革張りの安楽椅子を」

そうやって、彼女は僕を置いてきぼりにして猛スピードで話を進めていく。

「それとも先生は他に何かご予定があるのですか？」

ライラくんは僕を試すようにわざとらしい上目遣いで尋ねてきた。

選択肢はハッキリ目の前に示されている。

「隠れ家はどこにあるのかな？」

けれど僕は結局、しっかりと答えを言葉にできないまま、曖昧に逃げてしまった。

ライラくんはそれでもいいと思ったのか、得意げな笑みを浮かべ、

「わかりました。それでは説明しましょう」

その異色の両目を殊更に輝かせてみせた。

10

もはや何度見たかわからないRとDのモノグラム。

『ラジオディテクティブ』

今回の更新はこちらの予想より大幅に早く、唐突に行われた。

ほんの一時間ほど前に更新の告知があり、その告知どおりに動画はアップロードされた。

捜査本部に集まった刑事達が神妙な面持ちで前方のスクリーンに映し出された動画を食い入るようにして見つめている。ヴェノムと薬師が同一人物であるという疑いが極めて濃くなり、捜査本部全体で徹底的にマークするため、二つのラジオから得られた情報をすぐに現場へと伝えられるよう、現在の形になった。

モノグラムが消えると、雑然と葉の生い茂った雑木林の中に呆然《ぼうぜん》と立ち尽くす、いつもの仮面を被りサングラスを掛けた薬師が映し出された。

何人かが、スクリーンに映し出された場所についてそれらしい名前をいくつか挙げたが、少なくとも現時点では、場所を特定できるだけの情報は映ってはいなかった。

『視聴者の皆さん、こんばんは。探偵の薬師です。この動画はラジオディテクティブ第五回配信。今回もヴェノムによる連続殺人の舞台となっているT市内よりお届けしています』

前回は緊急生放送と銘打っていたが、どうやら今回はそうではないようだ。

おそらく生放送にしてしまうと居場所を割り出され、自分の身柄が確保される可能性があることに気がついたからだろう。

それよりも重要なのはやはり更新のタイミングだろう。前回のラジオディテクティブからたった一日しか経過していない。そして、更に重要なのは今回の配信がラジオマーダーの殺人実況が配信される前に行われているということだ。

そのことについて、早速薬師の口から説明がされた。

『視聴者の皆さんは不思議に思っているかもしれません。なぜこのタイミングでこのラジオが更新されたのかということを。私はこれまでヴェノムが配信するラジオマーダーに基づいて、それぞれの事件の犯行現場と被害者達を見つけ出してきました。けれど、それではやつの凶行を防ぐことはできません。あの狂気に取り憑かれた連続殺人鬼の手にかかる被害者をこれ以上出さないためには、ヴェノムが殺人を行うより前に、犯行現場となるであろう場所に辿り着かなければいけないのです』

入口近くで捜査一課長が「市内を警邏《けいら》中の全車で警戒態勢を敷け。場所が特定でき次第、主要道路に検問所を設置する。すぐに準備しろ」と大声を上げた。

何人かの刑事が慌ただしく廊下へ走り出ていく。

確かに検問で車の中から撮影機材やあの仮面が見つかれば即座に被疑者を確保することができる。けれど、この映像は影の具合からしておそらく昼間に撮られている。

窓の外に目を向けると、既に日は山の向こうに沈みかけていた。今更動いても、やつが網にかかる可能性はゼロに等しいだろう。

『今、この動画を見ている方のほとんどは、そんなことは不可能だ、と思ったはずです。確かに普通なら、あらかじめ殺人が起こる場所を特定するなどということは夢物語です。そんなのはミステリ小説や刑事ドラマの中でしかありえない。ですが、実際に私はこれまでヴェノムの犯行現場を探し当ててきました。もちろんラジオマーダーという大きなヒントがあってこそですが、それだけではない。やつはこの連続殺人をあたかもゲームに見立てて、ある法則に基づき事件を起こしているのです』

薬師はこれまでの配信でも述べていたことを今回も反復する。

それに対して、隣に立った飯田さんは声の音量をいつもより落として、

「毎回毎回、随分と丁寧に同じようなことを説明するんだな。まるで毎回新しい視聴者のためにあらすじを説明するドラマみてぇじゃねぇか。改めて見ると撮影の技術は拙いが、構成は素人感があまりないし、もしかするとやつは本職なのかもしれねぇな」

エンターテインメント性や視聴者に配慮している動画作りをしているから、制作者はそれを仕事に

している人間かもしれない、という推察はあえて否定する気にはならないが、それなりに乱暴な考え方のように思える。今時、インターネットに動画を投稿する人間なら視《み》る側の気持ちに配慮することくらい誰でもするだろう。

続いて、名城が耳元で囁く。

「それにしても、うさんくささにどんどん磨きがかかってますね」

やつがうさんくさく見えるのは、薬師に変化があったのではなく、名城の見る目が変わったからだと思ったが、わざわざそのことを口にしたりはしなかった。

本来、被疑者に偏見を抱くことは避けるべきだが、誰だって相手に殺人の疑いがかかっているとわかれば色眼鏡で見てしまうものだ。特に今回のように捜査が難航すれば、どうしても目を付けたそいつを犯人だと思いたくなってしまう。

それに薬師を名乗るこの男の見た目や言動が怪しいのは純然たる事実だ。

『そして今回、私は遂にヴェノムがラジオマーダーを配信するより前に、やつが犯行に及んだ現場を特定することに成功しました』

ですが、と薬師は続ける。

『私は今回もヴェノムの手から被害者を救うことはできませんでした』

カメラが方向を変え、土壁の納屋のような建物が映し出される。その建物の扉には南京錠《なんきん》が掛けられていたようだが、既にそれは破壊され用をなさなくなっている。

またも捜査員の口から、見覚えがある、というような声が上がったが確証はないようだった。

薬師が無言で扉を開け、懐中電灯のものらしき人工的な光が室内を照らした。

スクリーンを見つめていた刑事の誰もが、映し出されたそれを見て動揺を隠せなかった。

ざわめきがどんどんと周りに伝播《でんぱ》していく。

壁に力なく寄り掛かっていたのは、手足が不自然な方向に折り曲げられ、倒れた頭の重さで首が異様に伸びた女の死体。おそらく首の骨も折られているだろう。

「ひでぇ……」

その惨状に口元を手で隠し、目を逸らしながら名城が言葉を漏らした。

「被害者に相当な恨みがあったのか……それともそういう趣味なのか……」

飯田さんは表情こそ毅然《きぜん》としたままだったが、声には苦々しさが滲んでいる。

『あと一歩のところで被害者を殺人鬼の魔の手から救えなかったことを――』

カメラが再び薬師を捉え、仮面で顔を隠した男はまたも白々しいセリフを吐く。

だが、その声を俺は途中からほとんど聞いていなかった。画面の端に、薬師の被った仮面よりもはるかに重要なものを見つけてしまったからだ。

おそらく何かの催事に使う立て看板だったのだろう。駐車場はこちら、と大きく書かれたその右下に、所有者が誰なのかしっかりと示されていた。

「画面の右下。神社の名前が書いてある」

俺は言葉のとおりに画面の右下を指差し、敬語も使わず言った。

それは市内にある稲荷神社の名前で、場所を知っている人間も部屋の中には数人いた。

更なるざわめきが捜査本部内に広がる。

そして捜査本部長が叫んだ。

「すぐに現場に向かわせろ！　周辺道路も封鎖だ！」

その言葉を皮切りに、刑事達が一斉に動き出し、動画の音声が聞こえなくなってしまう。

捜査本部にいる誰もが自分のすべきことは何なのか瞬時に判断した中で、俺は一人、呆けたように立ち、スクリーンを見つめている。

薬師は相変わらず何かを喋り続けているようだが、その内容はわからない。

しばらくそうしていると、誰かが俺の肩を力強く摑んだ。

「何してるんですか、俺達も現場に向かいましょう」

名城だった。頰を上気させ、大声で捲し立てる。

けれど俺は、そんな後輩とは対照的に醒めた声で、

「いや、今から現場に行ってもしょうがない。証拠品は鑑識が漏れなく押収するだろうし、必要以上に押しかけても混乱するだけだ。それよりもやるべきことがある」

名城の手を払いのけながらそう言った。

「……やるべきことってなんですか？」

そう問いかけてくる名城の横で、飯田さんも不思議そうな目をこちらに向けていた。

俺は一つ息を吐いてから、気持ちを落ち着かせてなるべく淡々と述べた。

「きっと、そんなに時間を置かずにラジオマーダーが配信される。それを待つ」

「で、でも次の配信予定はまだ先ですよ？」

名城は俺の言っていることの意味がわからないらしかった。

俺はゆったりとしたテンポを意識して、自分でも頭の中を整理しながら言葉を紡ぐ。

「薬師が何度も言ってただろ、これはゲームだって。しかもそのゲームは自作自演のやらせで、結末は最初から決まってる。犯人を取り逃がす以外ありえないんだ。自分で自分を捕まえる映像なんて撮れないからな。だとすると、追い詰められた形の殺人鬼側が取ることのできる行動は探偵側の予想よ

り早くことを進めて、七回の事件をすべて終わらせることくらいだ。探偵はルールを守らなかった姑《こ》息《そく》な殺人鬼を取り逃がす。公平なルールに従っていれば探偵は殺人鬼を捕まえることができた。これが犯人が描いたシナリオだよ」

　名城はすぐに反応した。

「じゃあ東山係長はこの後すぐにラジオマーダーが配信されて、そこでヴェノムは次の殺人の予告をするって考えているんですか？」

　俺は黙って頷いた。

「なら殺人実況はどうする？」

　飯田さんは端的にそう投げかけてきた。

「別にここまで来たら必要ないでしょう。もし犯人の目的がラジオディテクティブによる広告収入だとしたら、再生数さえ稼げればなんでもいいはずです。最初は話題を集めるために直接的でグロテスクな音声が必要だったのかもしれませんが、こうして死体が積み上がった今となっては探偵と殺人鬼の推理ゲームの方が主軸。わざわざそんなものを流さなくたって再生数はうなぎ登り。むしろ、探偵に何の反応も示さない方が興醒めでしょう」

　そして、会議室の一角から声が上がる。

「ラジオマーダーのサイトに告知が上がっています。明日の午前零時に緊急配信！」

　捜査本部が一気に静まり返る。

　名城と飯田さんの視線が俺の顔を捉えて離さない。

「犯人は自分の書いたシナリオをキレイに終わらせることにこだわる。なら少なくとも死体は絶対に必要。これまで時系列を崩さなかった犯人が最後にそこを妥協するはずがない。死体はほどなくして準備される」

　俺も二人の顔を見渡し言い放つ。

「そこを捕まえる」

11

『今更述べる必要があるかどうかわかりませんが、今回僕がAちゃんを選んだ理由は、彼女が見境なく色々なものを欲しがるにもかかわらず、努力すらしようとしない姿が醜くてしょうがなかったからです。お金が欲しい、恋人が欲しい、夢も欲しい、安定も欲しい。そんなことをいつだって並べ立てる。腹が立ってしょうがないでしょう？』

　機械で加工されたその声が、喜びに満ちているのか悔しがっているのか僕には判断できない。もちろん、いかれた殺人鬼の気持ちなど理解したくはないけれど。

『できるだけ苦しむように。右腕から時計回りに四肢の骨を折って、最後は首。正直、その様子を皆に伝えられないことは残念でなりません。今までの五人の誰よりもすばらしく泣き叫んでくれた。けれどAちゃんが見つかってしまった以上、僕の実況が入ったあの音声は流せない。みっともないですから。六人目に関しては素直に負けを認めます』

　乾いた拍手の音がスピーカーから響く。

『けれど負けはたった一回。ゲームの勝敗はまだ決していません。予定よりだいぶ早まってしまいましたが、これは君への賞賛だよ、薬師。実を言うと、僕はもう最後の一人を手元に置いている。だから今すぐ殺すこともできる。嘘じゃない。聞かせてあげよう。ほら、このマイクに向かって助けを求めてみなよ。名探偵が来てくれるかもしれないよ』

聞こえてきたのは、恐怖に支配された若い女性のもがく声。ともすれば喘ぎ声にも聞こえるような艶やかなものだった。少し作り物めいてはいるけれど、その真偽を確かめる術はなかった。それにわざわざ確かめる必要はない。これまでどおり、ヴェノムは必ずこの女性を殺そうとするはずだ。

僕はやつの凶行を阻止するために全力を尽くすだけ。

『けど、それじゃあゲームにならない。期限は今日の夕方六時。六時にこの子を殺す。あとは言わなくてもわかるね?』

時計を見る、既に時計の針は日付が変わって少し越えたところを指していた。

タイムリミットまで残り十七時間。

それまでに僕はヴェノムを見つけ出さなければいけない。

けれど、それはもはや夢物語ではない。これまでの法則に従えば、もうヴェノムが犯行場所として使用できる場所はほとんど残されていない。

『それじゃあ薬師、彼女が生きているうちに会えることを願っているよ』

そんな言葉を最後にラジオは終了した。

こんな挑発をするくらいだ、きっとヴェノムは逃げない。

「見つけられないはずがない」

僕は自分に言い聞かせるように呟いた。

今、僕がいるのは死体が発見された稲荷神社から数キロ離れた港湾地区。バイパス沿いの細い路地に駐めた車の中でRとMのロゴマークを映すスマートフォンの画面を見つめていた。ただし乗っているのは愛車のマセラティではなく作戦どおりライラくんの軽自動車だ。

カーラジオからは地元のＦＭラジオが流れていた。パーソナリティがリスナーからの手紙に応えている。

内容は「ラジオマーダーについてどう思うか」というものだった。

今やこの事件は国民の関心事なのだ。甲高い声のパーソナリティは自分のラジオパーソナリティとしての矜持を交えながら、歴史の長い娯楽文化であるラジオそのものを穢《けが》すラジオマーダーを厳しい口調で糾弾していた。ここに至って、最初は懐疑的な意見を述べていた人々もラジオマーダーが本物であると疑わなくなっていた。

ふと目線を上げると、まばゆいほどの常夜灯に照らされた、昼も夜も関係なく稼働を続ける工場がいくつも見えた。きっとあの中では多くの作業員が今も働いているのだろうが、工場に繋がるこの道に人や車の影はほとんどない。

そろそろいいだろうか。

ライラくんは具体的に何時から動き出せとは指示してこなかったけど、ぐずぐずしていれば日も昇ってくるだろう。隠れて行動するなら周りが暗いに越したことはない。

ヘッドライトを点《つ》け、周囲を確認し、ゆっくりとアクセルを踏み込んだ。

ナビに従って夜の街を進んでいく。

ライラくんが用意した隠れ家とやらは意外にも駅近くの商店街にあるようだ。

警察の目をかいくぐるために大きな道は避けているが、街の中心部に近づくにつれて車も増えてくる。こんな時間に出歩くのはどんな人達だろう。

ライラくんはご丁寧に駐車場まで指定しており、雑居ビルの陰に隠れた、すえた臭いの漂うそこに車を駐め、僕は周囲に注意を払いながら逃げるように隠れ家に向かう。

そこは電車の線路沿いにある商店街だった。この前、ライラくんと一緒に行った中華料理店からもそれほど離れてはいないだろう。けれど、まだ始発の時間にもなっていないので、規則的に車輪が枕木を叩く音は聞こえてこない。

商店街と言ってもほぼ廃墟《はいきょ》のようなもので、営業している店舗どころか、人が住んでいるかどうかも怪しい荒廃した建物ばかりが並んでいる。

そんな商店街を歩きながら、僕は目的の場所を探した。

似たような造りの建物ばかりで、ちゃんと目的の場所に辿り着けるかどうか不安だったが、ライラくんが目印を用意してくれていたので、僕は苦もなくそこを見つけられた。

――肉のイヌヤマ。

その建物はかつて精肉店を営んでいたのか、間口の上に大きく店の名前が書かれた看板があった。ただ、その看板はひび割れていて、しばらく使われていないということはすぐにわかった。

裏手に回り、預かった鍵を使って扉を開け、建物の中に入る。

明かりは点いておらず、扉を閉めるとほとんど何も見えなくなった。

僕は静かに横たわる闇の前で立ち止まる。

臭いがした。

親しみのある臭いではないが、強烈に記憶に刻み込まれ、忘れることのできない臭い。

僕はこの二週間でこの臭いに繰り返し遭遇してきた。

具体的に何の臭いというわけではない。

もしかすると、僕が臭いと感じているそれは正確には臭いではないのかもしれない。

目に見えない雰囲気のようなものと言った方が近い。

なんにしても牛や豚の臭いと間違えるようなものではなかった。

「ラ、ライラくん？」

暗闇の中、ここにいるはずのない相手に向けて声を掛けるが、当然返事はない。

一歩、足を進めると冷たい空気が足下から這《は》い上がってきた。

本当にここに来てよかったのか、今になって後悔の念が浮かぶ。

とりあえずスマートフォンのライトで視線の先を照らし、僕は奥へと進む。

奥に行くにつれて段々と臭いが濃くなっていくのがわかった。そして、正体のわからない足下の冷気も次第に存在感を増してくる。

突き当たりには地下へと繋がる階段があり、臭いはそこから発せられているようだ。

引き返した方がいいだろうか。それよりもまずはライラくんに到着したと連絡をした方がいいのではないか、なんてことが頭をよぎったが、本能がいち早く、今感じている不気味さの正体を知りたがっていた。

意を決して階段を一歩一歩、下に向かって進んでいく。

地下はフロアすべてが肉の貯蔵に使う冷凍室になっているようだ。

階段を下ってすぐのところに扉があり、隙間から冷気が漏れ出していた。僕はその隙間に手をかけ、一気に扉を開いた。当然だが、冷凍室の中の空気は身体が自然に震え出すほどに冷やされている。

運良く入ってすぐのところにスイッチを見つけ、僕はそれを押す。

部屋の中が一気に蛍光灯の白い光に照らされる。

あまりの眩しさに僕は思わず目を細めた。

けれど、僕はすぐに目を見開くこととなった。

部屋の中央におざなりに放置されていたのは女性の死体だった。

生きたまま昏倒《こんとう》しているのではなく、それが屍《しかばね》であることは遠目にもすぐにわかった。

僕はこの目で見たものが信じられず、近づき、跪《ひざまず》いてそれに触れてみる。

ただこれまで見たものと違って、朽ち果てる気配すらなく、まだ瑞々《みずみず》しささえ感じられる。

けれど温《ぬく》もりはまるで感じられない。

冷凍室に放置されていたことも影響しているのは間違いないだろうが、おそらく殺されてからまだそれほど経っていないのだろう。

なにせ、僕はつい数時間前に彼女と話していたのだ。

けれどライラくん――桜通来良はこうして死体として僕の目の前に横たわっている。

首にはロープがかけられ、絞め殺された痕《あと》がくっきりと残っている。

あの美しく妖艶だった彼女の顔は苦しみで塗りつぶされて、もはや面影すらないように思えた。

輝くようだった金と青のオッドアイには、どうしてか左目に濃いブラウンのカラーコンタクトが嵌《は》められていて、もう片方の右目は濁ってしまっていて美しさの欠片もない。

服装もいつの間にか見慣れた黒一色のワンピースドレスではなく、彼女らしさがどこからも感じられないシンプルな白のブラウスと長めのデニムスカートだった。

どうして、なぜという言葉が湧いては消える。

思考がいつまで経っても完結しない。

「動くな！　警察だ！」

静まり返っていた部屋の中に怒号に似た叫び声が満ちる。

振り向くと、スーツを着た若い刑事らしき男が片目を閉じ僕に照準を合わせて銃口を向けていた。

続けて、何人もの警察官が部屋の中に入り込んできて、僕を取り囲む。

「鶴舞尚だな。殺人及び死体遺棄容疑で逮捕する」

第四章

1

装飾を禁じられているかのような簡素すぎる部屋の中、僕は中央に配置された机の椅子に出入口である扉に向かい合うようにして座っている。

窓は奥側の壁の高い位置に一つだけあったが、鉄格子が嵌められていて、そこから差し込む月明かりはあまりに淡く、僕の未来を暗示しているようにも見える。

時計は午前三時過ぎを指していた。

ここはT警察署内の取調室。僕は逮捕されたのだ。

罪状は殺人罪及び死体遺棄罪。

無論、冤罪《えんざい》だが、警察もそれなりの証拠があるからこそ逮捕に踏み切ったのだろうし、これから僕がどれだけ声高に反論を述べてもすぐに釈放なんてことにはならないだろう。

あの地下冷凍室でライラくんを発見してから、それなりに時間が経ったので多少は冷静さを取り戻すことができたが、事態はまったく好転していないし、起こった出来事に対して、理解がまるで追いついていない。わかっていることはほとんどない。

唐突に取調室の扉が開き、刑事らしき三人のスーツ姿の男が入ってくる。

そして、そのうちの一人――あの冷凍室で僕に銃口を突きつけ、逮捕を宣言した、若く体格の良い刑事が僕の目の前に腰を下ろした。

濃い色の瞳はいやに鋭く、僕は思わず他の刑事の方に視線を逸らす。

もう一人の若い男は調書を取るためなのか壁際の机に着き、最後のベテランらしき男は僕の一挙手一投足を観察しようとしているのか、扉の前で腕を組み、こちらを睨んでいた。

「お前はもしかすると、俺達の名前なんて聞きたくないかもしれないが、これから最低でも明日の朝九時までは話をすることになるんだ。名前くらいは知っていた方がおしゃべりもしやすいだろう？」

目の前に座った刑事はそう切り出すと、こちらの返答を待たず自己紹介を始めた。

「俺は東山だ。あっちで調書を書いてるのが名城。そして扉の前で仏頂面してるのが飯田。取調は基本的に俺達三人が行う。ここまではいいか？」

一応、形式として確認の言葉こそ投げかけてきてはいるが、この東山という刑事の態度からして、端から僕の供述に耳を傾ける気はないのだろう。

「……なぜ、明日の朝九時なんですか？」

素直に頷くだけでも問題なかったのだろうが、今の僕は暗闇の中に一人取り残され、これからどの方向に向かって進めばいいのかもわからない状態だ。このままのペースで話が進んでしまえば、やっていないことも、やりました、と言ってしまいかねない。

助かりたいのなら、口を閉ざしたままではダメだ。

東山は憎々しげな声で、

「答える義務はないが、取調において信頼関係の構築は極めて重要だ。質問に答えることでお前の態度が少しでも和らぐことを信じて答えよう」

そう言った後、不自然なほど丁寧に説明を始めた。

「お前は一応、探偵だそうだから送致の意味ぐらいは知っていると思うが。検察への送致は刑事訴訟法で逮捕後四十八時間以内に行わなければいけないと決められている。お前を逮捕したのは午前三時。そこから素直に四十八時間なら明後日の午前三時なんだが、身柄の送致は午前九時に一斉に行われることになっている。だから最初のタイムリミットは明日の午前九時ってことになる。けれど、お前はそんなことは気にしなくていい。検察から戻ってきてからも話はいくらでもできる」

なるほど。つまり残された時間はおよそ三十時間というわけだ。

「つまり明日の九時までに僕の無実が証明されれば、釈放ということですね？」

その言葉に、三人の刑事達は面食らったようだった。

考えて吐いたセリフではなかった。ただ、まったく強がりというわけでもない。

「……法令上ではそうなってるな。けれど、そんなことには絶対にならない。起訴、不起訴を決めるのは検察官だ。原則として送致は行うことになっている」

「ですが、あなた方にはなんの物証もないはずだ」

この問いかけは賭けだった。

「お前の主張は……そうなのかもな」

犯罪者の妄言に付き合う気はないといった様子で、東山は話をそこで遮った。

どうやら僕は賭けに勝ったようだ。

もし警察側が僕の罪を決定づける物証を既に確保しているのなら、今のような言葉は返ってこないはずだ。おそらくあるにはあるが、決定的ではないのだろう。

だから、目の前の男は明日の九時までにどうにかして僕に罪を自白させようとしている。

勾留期間など別件逮捕でいくらでも引き延ばせるのだろうが、今のご時世、重要事件の取調はすべてカメラで録画されており、逮捕罪状とは違うことに関する取調を行えばそれだけで権力の濫用などと騒ぎ立てられそうだし、慎重にならざるをえないのだろう。

そして、改めて東山は口を開いた。

「一応、形式として述べるが、お前には弁護士を呼ぶ権利がある。誰か知り合いの弁護士はいるか？ちなみに逮捕後四十八時間は弁護士以外との接見は認められない」

「いいえ、結構です。明後日の午前九時まで三十時間しかない。一々弁護士に事情を説明している時間はありません。僕はむしろあなた方と話をするべきでしょう」

そうか、と東山は苦笑した。

「結論から先に確認させて貰う。鶴舞尚、お前は七人の女性を殺害し、その様子を録音した音声をネット上に公開した。間違いないな？」

否定は許さない、といった風の強い口調に僕は毅然として答える。

「いいえ、僕はやっていません」

東山と飯田、二人の刑事は大袈裟な身振りで溜息を漏らした。壁に向かって調書を取っている名城という刑事はまったくこちらを見ようともしなかった。

「じゃあお前以外に誰がいるって言うんだ？」

「むしろ、なぜ僕を疑うのか理由を教えて欲しいですね」

「それはお前が一番よく知っているだろう？」

「いいえ、まったく心当たりがありません」

「よくもまあ、平然とそんなことが言えたもんだな」

東山の口調は段々と荒々しくなるが、僕は努めて冷静を装う。

「実際にやっていませんから当然です。物的証拠は何もないんでしょう？　そうでなければ、こうして自白を迫る理由がない。にもかかわらず、あなた方は僕のことを殺人犯だと確信しているようだ。これは大変不思議です。理由をお聞かせ下さいませんか？」

慇懃無礼《いんぎんぶれい》な僕の言葉に、目の前に座る東山刑事もこのまま押し問答を続けても埒《らち》があかないと思ったのか、少し間を空けて話し始めた。

「お前が犯人だと俺達が確信した理由はいくつかある。その前に今回の事件に関する認識が俺達とお前の間で齟齬《そご》がないか確認しようか」

そう言って、東山は手元の資料に目線を落としながら朗々と事件の概要を述べる。

「事件の始まりは五月頃、切っ掛けはわからないが、お前はまず被害者女性六名の拉致を開始した。拉致した女性は直後に精肉店の地下で殺害され、お前はその様子を録音する。そして、その音声データに別録《べつど》りしたラジオ風の実況を付け足して、ラジオマーダーという名前で六月十二日にネット上で配信を始めた。その後、二週間に一度、事前に録り溜めておいたラジオマーダーの配信を続け、並行して、七月二十八日からラジオマーダーのパーソナリティの正体を探るという名目でラジオディテクティブという動画の配信を開始する。そして八月一日のラジオディティクティブ第二回配信で推理に基づいてラジオマーダー第四回配信で殺害された被害者の死体を発見したと主張した。だが、もちろんこれは自作自演だ。お前は精肉店の地下冷凍室で凍らせておいた六名分の死体を都度持ち出して、ラジオディテクティブの撮影前に犯行現場だとされる場所に置き、あたかもそれを推理で発見したかのように見せかけた。つまりは自作自演だな。以降、お前は一見ラジオマーダーとラジオディテクティブのパーソナリティ同士が競い合っているように演出しながら死体の移動、発見を続け、先程七人目の被害者である桜通来良の死体を別の場所に移動させようとしていたところを逮捕された。どうだ？」

　話を終えた東山が視線を手元の資料から僕へと移す。

　僕は言葉を失った。

　なるほど、警察はそんな認識でいたのか。

　東山は齟齬があるかどうかの確認などと言っていたが、齟齬どころか、そもそも僕と警察が見ていた事件はまったく別のものだった。

　僕の反応がないことを異論がないと捉えたのか、東山は話を続けようとする。

「いいえ、何もかもが僕の認識と違っています」

　誤解されたまま話が進行するのはマズいと思い、とりあえず否定の言葉だけ述べておく。ただし、ここまで事件の見え方がかけ離れていると、一体何から否定すればいいのかすらわからなかった。

「何もかもか……なら仕方ない、逐一確認するしかないな」

　目の前の刑事は面倒そうな口調で呟いた。

「まずはそうだな……お前はラジオディテクティブというネット動画で薬師という探偵を名乗っていた。異論はあるか？」

　これは否定しようのない事実なので肯定するしかない。

「いいえ、ありません。あなたの言うとおり、薬師は僕です」

　僕が答えると、東山はふっと口元を緩ませた。

「よし。なら、お前はどうやって実際の犯行現場を割り出したんだ？」

「ラジオディテクティブを見ていたんでしょう？　あのとおりですよ」

「動画に紛れたノイズと犯行現場の法則か？」

「ええ、そうです」

「今回の事件で有効だったかどうかは横に置いておいて、音声に混ざった異音から場所を割り出すってやり方は理解できる。実際に誘拐事件なんかだと犯人からの電話で同じような手法を採用することもあるからな。けど法則ってのはなんだ？　三回目はブタだとかなんとか言ってたがどういう意味だ？」

結局、警察は最後までヴェノムが暗示した法則に気がつくことはなかったらしい。

「そのままの意味です。ラジオマーダーにおいて三回目の殺人がブタに関する場所で行われることは元々示唆されていた。そして実際、あのラブホテルは養豚場の跡地に建てられていた。他の現場も同じように動物と対応した場所で殺人が実行されることが初めから決まっていたんです」

すると東山は小馬鹿にしたような口調で、

「残念だが、そんな事実はない。確かに、あの地域は畜産農家が多く住んでいるが、ほとんどが養鶏とウズラ農家だ。俺達もラジオディテクティブでのお前の発言を聞いて、改めて調べてみたがあの場所でブタが飼育されていた記録は確認できなかった」

そう言って、嘲るように笑った。

そんなバカな、と思ったが、その考えはすぐに言葉にならなかった。

東山は僕を責め立てるなら今だと思ったのだろう、急に得意げな表情を見せた。

「あのホテルとブタというキーワードが実際に結びつくかどうかは今は措《お》いておこう」

そして身を乗り出し、尋ねてくる。

「それよりも鶴舞、お前がもし本当にヴェノムがラジオマーダーで示唆した法則を自分で解き明かしたのだとしたら、どうやってその真相に至ったのか経緯が知りたい。お前はどうやってその犯行現場の法則を見破ったんだ?」

完全な挑発だ。

きっと彼は僕を混乱させることで、無理矢理にでも自白という着地点にもっていきたいのだろう。そうでなくても、激高させて支離滅裂な証言をさせるとか、それこそ僕が暴力を振るおうとでもすれば、ことはもっと楽に運ぶ。

冷静でいなければならない。

そもそも先程の東山の発言すら真実かどうかわからないのだ。

今の僕にできることは、自分が見聞きし、考え、辿り着いたことを述べるだけ。

「一足飛びに法則の話から始めてもわかりにくいでしょうから、時系列で説明します」

ゆっくりとしたテンポで、自分自身をも納得させられるような口調で僕は話す。

「僕が四回目の殺人が行われたあのアパートを発見した方法は動画で述べたとおり、ラジオマーダーに混ざったノイズの解析ですが、あの推理にはまだ先があります。刑事さんは七つの大罪をご存じですか?」

「型どおりの知識ならあるが、専門的なことまではわからないな」

「いえ、それだけで充分です」

それだけでも随分と話がしやすくなる。

「ヴェノムは第四回のラジオマーダーで被害者を選んだ理由を、彼女の日々の言動や態度が気にくわなかったから、と言ってます。その内容は概ね、他人に対する『嫉妬』についてでした。『嫉妬』は七つの大罪に挙げられる感情の一つです」

「それと事件現場に何の関係がある?」

東山は間髪《かんはつ》を容《い》れず、質問をこちらに投げてくるが、僕はテンポを崩さないよう意識する。

「七つの大罪にはそれぞれの感情に対応する動物がいくつか決められています」

僕は推理の合間を縫って七つの大罪と動物を関連づける考え方の出典元がなんなのか、県の図書館などでも調べてみたが、結局は最後までわからずじまいだった。

「『色欲』にはヤギ。『強欲』にはキツネ。そして『嫉妬』にはネコが対応します」

そして、と僕は話を続ける。

「あの幽霊アパートはネコ屋敷として地元では有名でした。つまり、嫉妬が原因で殺された被害者が発見されたのは、七つの大罪の『嫉妬』に関係のある場所だったんです」

刑事達は黙って僕の話に耳を傾けている。

「他の現場も同様です。被害者が殺される理由としてラジオマーダーで述べられていた大罪と犯行現場には関連性がある。七つのうち一つだけなら僕も信じませんが、七つすべてに共通する項目があれば、それは法則としか言いようがない」

すると今度は東山ではなく、後ろに控える飯田が尋ねてきた。

「お前の考える七つの犯行現場と被害者の関連性はわかった。けどそれだけじゃ、予測はできない。お前が本当に推理で次の犯行現場を推理したって言うなら次がどの大罪と動物に関連する場所かあらかじめ知ってなきゃ話にならない。そもそも、何のために犯人は自分で自分の首を絞めるような真似をするんだ？」

僕はその問いに答えることを躊躇わなかった。

「犯人の行動を顧みれば簡単です。自らの首を絞めているというなら、まずラジオ自体が不可解。ただ殺人を愉《たの》しみたいのならそれを電波に乗せて不特定多数に対して発信するなんてもっての外だ。あんなことをするのは、誰かに構って欲しいからに決まっている。事実、僕の挑戦をヤツは受けた」

飯田は神妙な顔つきで頷く。

「なるほど……なら順番はどう説明するんだ？」

「僕がこの一連の殺人事件が七つの大罪に沿って行われていると推測したとき、既に四人の女性が犠牲になっていました。その時点では、まだ犯行現場は判明していませんでしたが、ラジオで語られている動機から被害者達がどの大罪に当てはまるかは特定できた。あとはその順番に当てはまる元ネタを探せばいい。割にすんなりと見つかりましたよ」

「聞かせて貰おうか。その元ネタとやらを」

「ネット小説です。タイトルは『七罪村の殺人』。内容は今回の事件そのまま、七つの大罪に関連する場所で七つの大罪に関連する人物が殺される。更に今回の事件は『七罪村の殺人』の見立てだと思われる要素が他にもある。故に僕は犯行場所を予測できた」

するとと東山は壁際で調書を取っていた名城に、

「おい、調べてみろ」

短く命令する。

名城はすぐに命じられたことを実行したが、返ってきた言葉は、

「検索結果にそれらしいものは見当たりません」

「既にヴェノムが掲載していたサイトごと消したんですよ。信じられないなら——」

そこまで言ったところで、僕は自分の主張のあまりの脆さに気がつき、その先の言葉を紡げなくなってしまった。

ネットの検索で『七罪村の殺人』が見つからなければ、いくら僕が紙に印刷した原稿を持っていよ

うと、ヴェノムが執筆した小説であることを証明できない。どころか、僕はあの原稿をライラくんに渡してしまっていて、今は刑事達に提示することすらできないのだ。

僕が黙り込んだのを見て、東山は自分の優勢を確信したらしかった。

「元からして信じるに値しない話にもかかわらず、より信じられなくなる要素が次から次に出てくるな。だが今はお前の話を真実だとしておこう。それで、その元ネタの小説に従えば三回目のホテルはブタに関係があるって考えになるわけだな」

「そうです」

「だが、実際にあのホテルにブタはまったく関係がなかった」

東山はそう言って、また見下すような視線を僕に向けながら笑い声を漏らした。

「お前の言っていることはメチャクチャだ。そんな穴だらけの理屈で本気で警察の目を欺けると思ってるなら、精神鑑定に期待が持てるな」

それは彼なりの渾身《こんしん》の皮肉だったのだろう。

「おい名城、そのパソコンを貸せ」

名城は何も言わずそれに従った。

東山は名城からノートパソコンを受け取ると手早く何か操作をして、準備が整うとすぐにノートパソコンの液晶画面をこちらへと向けた。

液晶画面に映っていたのはRとMの赤いモノグラム。ラジオマーダーのロゴマークだ。

「お前は第四回の被害者は『嫉妬』の罪に該当すると言ったな」

「ええ。言いました」

「取調室の中のやりとりはすべて録画されてる。だから今更言ってませんはなしだぞ」

気分良さげにそう言って、東山は画面上の再生ボタンを押した。

聞こえてきたのはタイトルコールではなく、加工されたヴェノムの声だった。

『――君は浪人して今の大学に入ったね。志望していたところよりも大分偏差値が下の、ネットでバカにされるような二流大学だ。君は常々不満を抱いていた。この大学は自分にふさわしくない、こんなところに入ってしまったら人生は終わりだ。どの口が言うんだい？　浪人している時点で君は周りより劣っているんだ。そんなことくらい君もわかっていただろう。ただ認めたくなかっただけだ。実際、君はバイト先にいる第一志望だった大学の学生に理不尽に当たり散らしている』

そこまで聞いて、東山は音声を止めた。

「なぁ鶴舞……お前は今これを聞いて、どう思った？」

正直に言ってみろ、と目の前の刑事は低い声で僕を問いただす。

「人間の感情なんて目に見えるものじゃないからな。被害者が本当はどう思っていたかなんて判別する方法はない。だけどな、このラジオではハッキリと言葉にされている。犯人にはそういう風に見えたってだけの話だが、それでも明言されてる」

あぁ……なぜ僕はこんなことも疑問に思わなかったのだろう。

いや、最初は懐疑的だったはずだ。自分の考えが当たっていることを願いながらも、絶対に正しいとは思っていなかった。そんな都合の良いことがあるはずがないと。

「もしかすると、被害者はお前の言うとおりバイトの同僚に『嫉妬』してたかもしれない。ただ、誰が聞いたってそれだけじゃないことは明白だ。今聞いた部分だけでも『嫉妬』以外にも『傲慢』や『憤怒』に当てはまる。その中からどうして『嫉妬』だけを選ぶことができるんだ？　もしお前が言うような法則を示すなら、もっとわかりやすくするんじゃないのか？」

返す言葉はなかった。

僕は現場を知っていたから、自分の考えを無理矢理にでも成立させるために逆説的にそれを選んだのだ。答えに合わせて、問題の側を曲解した。そうでなければ、理屈が通らない。

「それにネコがねぐらにしている場所なんて市内に限ってもごまんとある。お前の言うようなゲームが成立しているとしたら、犯行場所は一ヶ所に絞り込めなければいけない。だが、お前の言う法則だけでは他の場所である可能性を排除できない」

東山の声がずっと遠くから発せられているような気がした。

「にもかかわらず、お前はどうやって犯行場所をあのアパートだと断定した？」

どうやって？　そんなの決まっている。犯人の思惑に従ってだ。

「ラジオに紛れていたノイズを分析して……」

「そうすることも犯人によって指定されていたのか？」

「そもそも、あのノイズだってお前が後から付け足した偽物だってことはわかってんだ。そんな音を辿って死体が見つかるなんて、ありえねぇよ」

答えは一つしかなかった。

「なるほど僕は見事に彼女の罠《わな》にハマったわけか……。そうとは知らず名探偵気取りか」

口に出すつもりはなかった。けれど、それは自然に言葉として口からこぼれていた。

「彼女？　誰のことを言っている？」

すかさず東山が問いただしてくる。

僕は確信をもって、導き出した真実を声に出す。

「桜通来良……。彼女が犯人だ」

もう東山は笑わなかった。

「自分で殺しておいて、挙げ句の果てに犯人扱いとはな。そうしていれば責任能力なしと認められるとでも思っているのか?」

2

僕が何も話さない、というよりも話せなくなっていると察したのか、取調は一旦打ち切られた。ただそれは東山達が諦めたのではなく、時間がもったいないのでとりあえず他の手続きを進めてしまおうということのようだった。

僕は名城に連れられ取調室を出て、留置場のあるフロアで別の警察官に引き渡された。

写真撮影やDNA採取といった一通りの手続きを終え、檻《おり》に入る前、担当の警察官は僕を簡素な本棚の前に立たせた。暇つぶし用に三冊まで檻に持ち込めるそうだが僕は何も手には取らなかった。一瞬、六法でも持っていこうかと思ったが、役に立ちそうにもない。

幸いなことに檻の中に先客はいなかった。偶々か、もしかすると凶悪犯を通常の犯罪者と同じ檻に入れるわけにはいかないという警察の考えがあったのかもしれない。

気になるのは檻の外からこちらの様子を窺っている警察官の目だけ。

僕は六畳間の真ん中にストンと腰を下ろし目を閉じる。

思い返して見れば、最初にライラくん——桜通来良が僕の事務所に訪ねてきたときも僕は今と同じような心持ちだったような気がする。

平静を装いながら、あのときの僕は閉塞感に蝕《むしば》まれ焦っていた。若いつもりでいたけれどもう三十路《みそじ》目前だ。今まではなんとか食いつないでこられたが、明るい未来を想像なんてできなかった。

そのくせ、地道に何かをしようともしていなかった。

そんなところに魅力的な提案をされ、すぐに飛びついた。

彼女からすれば、これほど騙しやすい相手もいなかっただろう。

僕は自分で進む道を選択したようで、実際のところ彼女のシナリオに従っていただけだ。

出会ったときから、彼女の死体を見つけたあの時まで。

もしかしたら今もまだ、僕は彼女の思惑に囚われたままなのかもしれない。

最初に被害者を見つけたとき、僕は自分の頭脳があたかも灰色の脳細胞のように働き、正しい答えを見いだしたかのように思っていた。

けれど、事実はまったく違った。

あれは僕が考え出した真実を聞いたライラくんが、それに合わせて死体を置いただけ。

事件の隠された真実だと思っていたことはすべて僕の空想だった。

ライラくんの誘導によって作り出された幻想だった。

ラジオのノイズに着目することになったのも、ライラくんがマンションの上階から漏れ聞こえてくる音が気になると言ったからだし、ヴェノムの犯行の法則を探そうと思い至ったのも彼女が、そうかもしれないと言い出したからだ。

きっと彼女は自分の容姿をどのようにすれば効果的に使えるか熟知していたのだろう。

多少無理に思えることも、あの顔で頼まれたら断りづらい。

もちろんそれだけじゃない。犯人を捕まえることができなかったときのリスクが加速度的に増大していくというシチュエーションも僕を追い込んでいた。

死体を発見する前だったなら引き返せたかもしれないが、一度死体を発見して、しかもその過程をネットに動画として公開してしまえばもう後には戻れない。警察でなくとも、普通に考えれば誰だって僕が一番怪しいと思うだろう。そして、見つけた死体の数が増える度にその疑いは増していく。そんなことは僕だってわかっていたのだ。

ただ、他の何よりも僕を焦らせたのは、自分が犯人を捕まえられたのなら被害者の数を減らすことができると思い込まされていた点だ。裏返してみれば、それは自分の力が足りなければ誰かが殺されてしまう、という常人では到底受け入れがたい制約だった。

そんな状況に置かれて、まともな思考などできるはずがない。

どんなに荒唐無稽《こうとうむけい》な仮定だとしても、それの証拠となりそうな自分に都合のいい情報ばかりを集めてしまうし、ライラくんはその考えを補強できそうな情報を無尽蔵に供給し続けてくる。もちろん、『七罪村の殺人』も偽物だ。その後、アクセスできなくなっていたことを考えると、ホームページごと作ったに違いない。

あれは僕が七つの大罪という仮説を述べ始めた後でライラくんが書いたのだ。

ごく近くにいくつも転がっていた仮定を否定できる材料は目に入らない。しかも、現実として僕が想像したとおりの出来事が起こる。

まるで未来が見えるような気分だった。

七つの大罪を題材にした連続殺人事件?

そんなものが現実に起こるわけがない。

あれは僕がふと漏らした下らない妄想をライラくんが渋々採用しただけだ。

今時、妄想癖のある中学生だってあんなチープな考えは却下する。

東山という刑事は第四回の音声が大罪に複数個当てはまると言っていたが、他の回も同じだ。第二回は『色欲』だけではなく『強欲』とも解釈できるし、第三回からも『暴食』だけでなく『憤怒』の感情を読み取れなくもない。

本当に……僕は愚かだ。

ライラくんもあんなチープで現実的でない案を採用するのは躊躇われただろう。

思い返してみると、なんだか歯がゆそうな顔をしていたような気もする。

けれど彼女も焦っていた。幸か不幸か、僕の頭脳は名探偵になれるような上等なものではなかった。

いくら考えても仮定すら浮かんでこなかったのだ。ラジオマーダーで期限を決めていた以上、僕の口からもっと良い案が語られるのを待つことはできなかった。

結局、渋々ながら七つの大罪説を採用することになった。

法則が決まれば簡単だ。後は僕が予測したところに先回りして死体を置けばいい。

三回目の現場が僕の考え出した法則に当てはまらなかったのは、僕が法則を作るより先に死体が置かれていたからだ。

ラジオの音声から僕に法則を想像させるには最低でも二つは現場が必要だ。それが運良く法則に符合すれば楽だったのだろうが、そこまで世界は都合良くできていない。

あのホテルのあった場所は元々養豚場だったと嘘を教える以外に方法がなかったのだろう。

ライラくんはその嘘というウィークポイントを自分の容姿と演技で補った。

こうして、まさしく警察が予想したとおりの自作自演が出来上がった。

警察の見解と違うのは、未来を予知する人間と実現する人間が別々にいたことくらいだろう。

すべては僕を犯人に仕立て上げるための策略だった。

彼女はそのために、ネット上で対決する殺人鬼と探偵という構図を作ったのだ。

今頃気がついたのか、と頭の中のライラくんが不敵に微笑《ほほえ》んで言う。

恨むべき相手のはずなのに、死んでもなお、なんと愛らしいことだろう。

ただ、黒い服を纏い、不思議な金と青の目を輝かせる彼女はもういない。

今、一番の疑問点はそこだった。

どうして桜通来良は殺されてしまったのか。

誰が彼女を殺したのか。

シンプルに考えるのなら、ヴェノムの正体はライラくんで、自分の犯した罪をなすりつけるために僕を利用した。僕が今、こうして檻の中にいるということは、彼女の思惑は達成されたことになる。

けれど、僕に罪をなすりつけることに成功しても自分が死んでしまっては意味がない。

だが事実としてライラくんは殺されてしまっている。

つまりヴェノムはまだどこかに潜んでいる。

いまだラジオマーダーというまやかしの奥に隠れている。

事件はまだ終わっていない。

時計を見ると既に午前五時近かった。

少しでも休まなければいけないと、布団を敷いて横になる。

額に止めどなく汗が滲んで、顔の輪郭に沿って落ちていくのがハッキリと感じられた。

もし、ヴェノムの正体が僕だと断じられれば、きっと死刑だ。

どうしてかライラくんの手の感触を思い出す。

今はどうやって警察からかけられた容疑を晴らすかを考えなくてはいけないのに、目を閉じると考えなくてもいいことばかりが浮かんでくる。
警察から貸し出された灰色のスウェットはごわごわしていてどうにも落ち着かない。
しばらく会っていない親の顔や、小学校の頃に好きだった子のことを思い出す。
ライラくんに貸した車や事務所のことも気になった。
朝刊には僕の顔が載るのだろうか？
両親はそれを見て何を思うだろう。
そもそも、僕が殺人の容疑で逮捕されたことを知っているのだろうか？
押し込めていた感情が、僕を構成するものの奥から止めどなく溢れてくる。
胸が締め付けられたように息苦しくなってくる。
だけど、だからこそ生きているんだと実感する。
これからも生きていくんだと決意する。

3

短すぎる睡眠から覚め、配膳された冷えた朝食を摂ると取調だと声を掛けられた。
気持ちは思っていたよりも落ち着いている。
当然かもしれないが、取調室で僕を待つ刑事達の顔ぶれは変わっていなかった。
日時と開始宣言を事務的に述べた後、一拍置いて東山は口を開いた。
昨夜と違って、日の光の差し込む取調室は幾分か明るかった。
「少し寝てみて犯行を認める気になったか？」

東山は眉間に指先を当てながら、気怠そうな声で言った。

訊いている当人も、ここで僕が首を縦に振るとは微塵《みじん》も思っていないのだろう。

「何度でも言いますが、僕はやっていません」

「じゃあ他の誰がやれるって言うんだ？」

「桜通来良ですよ」

東山は大袈裟な身振りで溜息を吐き、

「またそれか……」

あからさまに顔を歪《ゆが》ませ、侮蔑の目線を僕にぶつけてきた。

「彼女は僕にヴェノムの起こした殺人事件を推理し、その過程をラジオディテクティブとしてネットに公開しろと言った張本人です。なんとも間抜けな話ですが、僕はずっと彼女に騙され、利用されていた。彼女は最初から僕を身代わりにするつもりだったんだ」

「だとすれば桜通来良は自分が殺される計画を立てて、それをお前に実行させたことになるな。本当にそんなことをする人間がいると思ってるのか？」

僕は言葉に詰まった。

「それは……いないでしょうね」

もし誰かに殺して欲しかったとしても、こんな迂遠《うえん》な方法は採らない。

彼女の行動が主体的なものだったのか、それとも何らかの理由で誰かに強制され、そうせざるをえない状況に追い込まれていたのかは現時点ではわからないが、ライラくんが意図して僕に殺人鬼の疑いがかけられるように誘導していたことは疑いようがない。

ならば考えるべきなのは……。

僕が思考を進めるより先に、東山が口を開いた。

「支離滅裂だな。まあいいさ。今は先に確認すべきことがある」

「なんですか？」

「お前の事務所からもう一つ死体が見つかった。あれは誰だ？」

言葉の意味が理解できなかった。

もう一人。つまり八人目の被害者が出たということか？

ラジオマーダーであれほど七という数字に固執しておきながら、どうして八人目の被害者が現れるんだ。しかも僕の事務所から見つかっただって？

もう何が何だかわからない。

誰だと聞きたいのは僕の方だった。

「本当ですか？　確実な情報なんですか？」

だからといって思考を放棄するわけにもいかず、僕はとにかく情報を聞き出そうとする。

僕を動揺させるための嘘の可能性も考えたが、取調でそんな誘導尋問のようなことをすれば確実に違法捜査だと糾弾されるだろう。

そもそも、実際に起こらなければ、七人の殺害を予告した事件で八人目の被害者が出るなんていうとんでもない発想をするわけがない。

「隠しておいたから見つかるはずがないとでも思ってたのか？」

そんな風に言うということは、八人目の死体は他の被害者達のように無造作に放置されていたわけではないようだ。ただ、それは考えてみれば当然のことで、普通に見つかるようなところにあれば、誰よりも先に僕が見つけたはずだ。

もちろん、僕が事務所を出た後に置かれた可能性も捨て去ることはできない。

「事務所のどこに隠されていたんですか?」

僕の問いかけに、東山は素直な答えを返してはくれなかった。

「自分で言ったらどうだ?」

彼は余裕の笑みを浮かべながら言い、しばらく経ってから詳しい説明を名城に命じた。

名城は壁際の机から立ち上がり、手に持った資料を読み上げる。

「死体が見つかったのは三時間ほど前。場所は被疑者の自宅兼探偵事務所で、証拠の押収のために出向いた捜査官が部屋に置かれた大型冷凍庫が二重底になっていることに気がつき調べたところ、冷凍された死体を発見したとのことです」

事務所の冷凍庫の中。その言葉を聞いて僕は少しだけ合点がいった。

あの巨大な冷凍庫はライラくんが部屋に持ち込んだものだ。僕の生活水準の向上だのなんだのと理由をつけていたが、どうやら本来の目的は死体の隠蔽《いんぺい》にあったらしい。

しかし、あの冷凍庫を最初に運び入れたときからその死体が中にあったかどうかは疑わしい。二重底になっていたとはいっても、人間が一人入る容量分だけ内部が狭くなっていれば違和感を抱いただろうし、ライラくんとしてもいつ発覚するかわからないリスクを負わなければいけなくなる。やはり、それほど前ではない日の、僕が不在のときに隠した可能性が高い。

しかし現時点では、その死体がいつ事務所に運び込まれたのか特定することはできそうになかった。

これはライラくんの計略だ。僕だけではなく、警察をも惑わす計略。

死体はかなりの大きさなのだから、運び込まれたおおよその時間がわかれば、警察は防犯カメラから、誰がどうやって運び込んだのか、容易に特定するだろう。けれど、ライラくんと調査をはじめて以来、撮影機材の搬入や食料の買い出しで大量の荷物を事務所に持ってきたことが何回かあった。目眩《めくら》ましとしては充分すぎる。いつかライラくんが言っていたが、死体などスーツケース一つあれば簡単に運搬可能なのだ。

「あの男は誰なんだ?」

じれったくなったのか飯田が僕と東山が座る机に近寄り、問い詰めてくる。

当然のことのように言うので、一瞬その質問の不可解さに気がつくことができなかった。しかし少し間が空き、思考の余裕が生まれると、すぐに僕の脳内は疑問で満たされた。

「……男? 死体は男だったんですか?」

「何をとぼけてやがる。てめぇが殺した相手だろう」

特に声を荒らげているわけでも、大袈裟な身振り手振りを交えているわけでもないのに、飯田の威圧感はすさまじかった。僕が犯人で真実を知っていたのなら、思わず喋ってしまいそうだが、幸運なことに身に覚えのないことを告げることはできない。

「ただでさえ無実の罪でこんなところで取調を受けて混乱しているのに、事務所で死体が見つかったなんて聞いて、驚いているのは僕の方です」

決意を固めたはずなのに、発した声は思ったよりもずっとか細かった。

「てめぇの部屋で見つかった死体のことを知らないなんて、俺達が信じると思うか?」

飯田の瞳が更に鋭く僕を貫く。

思わず目を逸らすが、視線の先には東山がいて、不快そうな目を僕に向けている。

「お前以外の誰が、お前の事務所に死体を隠すっていうんだ?」

逃げ場はなく、僕は忙《せわ》しなく動く自分の掌を見つめ思考を言葉に変える。

「桜通来良……しかいないでしょう」

彼女なら僕の目を盗んで死体を隠すことができた。けれど、彼女が被害者の一人となってしまったこの状態では、もちろん刑事達は僕の言葉を信じない。

「死体が隠されていた冷凍庫を事務所に持ち込んだのは彼女です。防犯カメラの映像を確認して貰えばすぐにわかるはずだ」

僕は記憶を掘り起こし、それがいつの出来事だったのかを告げる。

しかし、刑事達が抱いている疑念の根は深く、

「お前が被害者にそうするよう命じたんだろ？」

案の定、僕の主張は受け入れられなかった。

ライラくんが殺されているという事実が大きすぎるのだ。

刑事達が僕の言葉を信じるとしたら、それは彼女が僕ではない犯人、つまりはヴェノムに殺されたということを証明できたときだけだろう。

東山と飯田はほぼ同時に大きく溜息を吐き、

「さっきも言ったが、自分で自分を殺す計画を立てるヤツがいるか？」

「遺書でもあるっていうなら話は別だがな」

ほとんど間を空けることなく、たたみかけるように言った。

明らかに、僕の心を乱そうと、わざとそう振る舞っている。

「僕だって桜通来良が自分を殺させるために、世間を巻き込んだ大仰な計画を立てたただなんて考えてはいません。彼女とは別に犯人がいるんですよ」

僕の言葉に、刑事達は黙り込む。無論、納得したからではない。殺人犯がより面倒な主張を始めた

と心底呆れ返っているのだ。けれど、僕は冗談を言っているわけではない。

「ヴェノムは元々二人組で彼女は僕を口車に乗せて誘導する役だった。そして彼女は共犯者の手で殺された。おそらくは口封じのために。これなら齟齬はありません」

そう言い切った僕に対して、刑事達は決して態度を軟化させようとはしない。

「確かに言葉の上では成立しているが、もう一人の犯人がいるという証拠はない。それに、もう一人犯人がいるとしても自分が殺される計画に被害者が荷担するはずがない」

全部お前の妄想でしかないいんだ、と東山は話を纏めた。

今の僕は、目の前の男達を納得させられるだけの言葉を持っていなかった。

だから結局は口を噤むしかない。

「もう黙秘か？」

言葉を発しなくなった僕を見下し東山が言う。

「仕方ない……一旦休憩だ」

4

最近は取調も実施の際のルールが厳格化しているようで、拷問のようなことをして自白を強要できないよう一日八時間以内、原則として午前六時から午後九時の間で行わなければならないと決められているらしい。

僕は根が貧弱なので、拳を二、三発顔に貰えば、それだけで自白してしまうだろう。今、僕が置かれている状況は最悪だが、取調を行っている刑事達が暴力的な人間でないことがせめてもの救いだった。なにより、少しでも一人で考えられる時間が持てるのがありがたい。

しかし、昼食を摂って悩んでいる間に休憩は終わってしまって、何の考えも纏まらないまま、また取調の時間が訪れてしまった。

取調室には既に三人の刑事が揃っていて、僕は彼らに見つめられながら部屋の奥へと歩いて行き、先程と同じように椅子に座った。

警察にも省エネ、節電の波が押し寄せてきているのか、取調時間外だということで消されていた照明が点けられ室内がパッと明るくなる。

明暗の差に僕は思わず目を細めるが、目の前に座る東山の小さな瞳孔は微塵も揺らぐことなく僕のことを射殺《いころ》さんばかりの鋭い眼光を放っている。

「飯を食って腹もふくれただろうから、そろそろ正直になってもいいんじゃないか？」

出された昼食はなんとか食べたが、元から食欲はそれほどない。それに、あんな食事で心変わりをする人間ばかりなら、目の前の男達の仕事はさぞ楽だろう。

無言を回答として受け取ったのか、不満げに東山は鼻を鳴らした。

「……名城」

東山が名前を呼ぶと、名城が黙々と机の上に、横一列に写真を並べる。

全部で六枚。どれも若い女性が楽しげに笑いながら写っている。

今回の事件の被害者達であることはすぐにわかった。

こうして写真にして並べられてみると共通点は明らかだ。

全員、華奢で可愛《かわい》らしく、色素の薄いウェーブがかかった髪が印象的。

被害者の容姿が似通っていることは当然刑事達も承知しており、そこから話を広げようとする。

「鶴舞、ラジオでお前が垂れ流していた動機が適当な作り話だったことはわかってる。被害者達の身辺調査を行ったが、ラジオで語られていたような事実はなかった。佐宗利香は第一志望の大学に入学していたし、吉岡留美子が男好きという話も、友人達は誰も聞いたことがないと言っている」

「こうやって写真を並べてみればすぐにわかるな。こういうのがてめぇの好みか？」

どうだ否定できるか、と刑事達がプレッシャーをかけてくる。

「わかりません。僕は犯人ではないし。彼女達にも会ったことすらない」

僕はそれを無感情な言葉で否定する。

だが刑事達の予想はきっと間違っていない。ヴェノムは間違いなく見た目で殺す相手を選んでいた。彼女達の容姿は特別奇抜なわけではないし、街中で探せば該当する女性はいくらでも見つかるだろうが、意図しなければ六人の身体的特徴が偏るなんてことは考えにくい。けれど、そうしなければならなかった理由まではわからない。

見た目の好みで選んだ相手なら、なぜわざわざ殺してしまうのか。それも、あまりに残忍な方法で。しかも、発見時に被害者達の遺体を見た限りでは性的暴行の形跡はなかった。

ヴェノムが直接的な行為より、殺人に性的興奮を覚える人間だったと言ってしまえばそれまでだろうが、そんな人間がラジオマーダーのような回りくどいものを作るだろうか。

「なら、思い出すまで付き合ってやる」

東山はそう言うと名城に目配せをする。すると彼は別の写真を机に並べ始めた。

枚数は同じく六枚。そこに写っているものを目にして僕は思わず顔をしかめた。

写っていたのは被害者達の遺体だった。

一瞥しただけで、凄絶な暴力の末に息絶えたことが容易に想像できるそれらは、一緒に並べられた楽しそうな日常を切り取った写真とあまりに違っていて、本当に写っているのが同一人物なのか疑いたくなるほどだった。

瞬間、僕の脳内で数え切れないほど聞いたラジオマーダーの音声がリピート再生される。

機械加工されたヴェノムの声。

まるで加工されていない女性達の悲鳴。

こうして死体となった姿を見ると、彼女達がどのように殺されたのか、ハッキリと理解できる。今更だが、やはりあのラジオで流された声は紛れもない本物だったのだ。

「一人目の被害者、石田沙也佳のことは覚えているか？」

東山はこれまでよりも幾分か低いトーンで切り出した。

「まったく知りません」

テレビなどで情報は得ていたし、何も知らないということはなかったが、僕はあえてそう答えた。刑事達のペースで話が進むのは、やはり避けたい。すると、僕の態度が気に障ったのか東山があからさまに顔をしかめながら言う。

「石田沙也佳は証券会社の営業職だったんだが、お前も元々は銀行の営業マンだろ？」

「だからなんなんですか？　銀行と証券なんて、同じ金融機関でもまったく交流なんてありませんよ。それに営業でも女性ならおそらくリテールでしょう？　僕の担当は法人営業でした」

まあ同じ金融機関という括《くく》りで合コンくらいなら行われているかもしれないが、僕は参加したことはないし、金融機関勤めなんて元を含めれば県内だけでも万単位でいる。そこから繋がりを見つけようとするなんて無理だ。

「どうしてナイフで首を切った？」

「知りません」

僕はにべもなく言う。しかし、刑事達は実際の話の内容云々よりも自分達の問いかけに対する僕の反応を確かめたいらしく、東山は早々に次の被害者の話を始める。

「二人目の被害者は看護師だったんだが……名前を言ってみろ鶴舞」

「よし……何さんでしたかね。忘れてしまいました。下のイニシャルがRなことは覚えていますが」

不覚にも、僕は本当に被害者の名前を忘れてしまっていた。

答えた瞬間、飯田が僕に詰め寄り、威嚇するように声を発する。

「自分の殺した相手の名前を忘れるなんてことがあるわけねぇだろ」

ただ、どれだけ凄まれようと、それが演技だとわかっていれば意外と対応できるもので、

「殺していませんからね。探偵としても、第二回には関わっていません。遺体を見つけたのもあなた方警察のはずです」

僕が平然と答えると、しばらくなんとも言いがたい沈黙が続いた。

「被害者の名前は吉岡留美子だ。覚えはないか?」

意外なことに、沈黙を破ったのは名城だった。

僕は被害者の名前よりも、調書係である彼が声を上げたことに驚いてしまった。

どうやら、それは他の刑事達にしても同じだったようで、二人して名城を睨み付けるようにしている。けれど、当人は平然としていて、二人のことは意に介さず僕を見つめている。

しばらく妙な空気が部屋に充満したが、思い出したかのように飯田が名城の腕を摑み、

「ちょっと出ろ」

そう言って、取調室の外へと彼を連れ出した。

調書を取る人間がいない状態で取調を進めるわけにはいかないのか、東山は腕を組み、むっつりと不機嫌そうな表情を顔に貼り付けて黙り込んでいる。

二人は扉のすぐ外で話をしているようで、内容はわからないが、微かに声が漏れ聞こえてくる。意外にも、いくら待てども想像していたような怒鳴り声は聞こえてこない。

僕が思い描いていた、隙があれば犯人に対しても部下に対しても拳が先に出るという警察官のイメージはやはり過去のものなのかもしれない。

結局、飯田と名城の二人は数分もしないうちに部屋の中へと戻ってきた。名城は何もなかったかのように壁際の机へと戻り、飯田は東山のもとへと歩み寄って何かを耳打ちした。それを聞いた東山は大袈裟に驚いた表情を作って、それをベテラン刑事に見せつけるようにしたが、相手は黙って頷くだけだった。

何が何だかわからないが、とにかく刑事達の間で何か話がついたことは確かだった。

確証はないが……おそらく、それは僕にとって良くないことであると思う。

頭の中を覗く術を持たない僕には、名城がどうして上司の意に反するような真似をしたのかは想像するしかないが、少なくとも確たる理由があったのだ。そして、それはいかにも数々の修羅場をくぐり抜けてきたベテラン刑事といった風貌の飯田を納得させることのできるもので、この場を取り仕切る東山も困惑しながらも承諾した。

普通に考えれば、三人の間で僕を追い詰める算段がついたということだ。

ごほん、とわざとらしい咳《せき》払いをして東山が話を再開する。

「話の腰を折って悪かったな」

もとより饒舌に何かを語っていたわけではないので、彼のそのセリフがこの場にふさわしいかどうか怪しいと感じたが、そんなことを指摘しても良いことなど何もないので、僕はとりあえず頷くだけで返す。

東山は改めて吉岡留美子の生前の姿が写った写真を指差し、

「被害者の氏名は名城が言ったとおりだ。看護師でH市内の総合病院に勤めていた。それなりに大きな病院だが、受診したことはあるか？」

そう尋ねてくる。

とりあえず今のところは、先程までの質問と比べて変わった点はない。

「わざわざ他の市の病院に行くほどの大病は患ってませんね」

すると、またしても横から割り込むように名城が質問を投げかけてくる。

「吉岡留美子の殺害理由に彼女の交際遍歴を挙げていたが、何か女性に悪い思い出でも？　ちなみにさっき東山係長が言ったことと被るが、吉岡自身に交際経験はなかったらしい」

「いえ、特にそういったコンプレックスはありませんね。それに僕は彼女達のような華奢な女性が殊更に好みというわけでもありません」

そうか、と名城が呟き、一瞬奇妙な沈黙がこの場を支配する。

なぜ続けて質問を投げかけてこないのか、追い詰めようとしないのか、という疑問が解消されないうちに東山は歯がゆそうに顔を歪めながら、隣の写真を指差した。

刑事達の思惑がまったく理解できないうちに取調が進んでいく。

「三人目の被害者、工藤香里奈の職業は？」

「知りません」

気の抜けた僕の返事に、明らかに苛立った様子の東山の代わりに飯田が口を開く。

「知らねぇなんてことはねぇだろ。工藤香里奈の勤務先はてめぇが働いてた銀行とも取引があった。顔を合わせるタイミングは充分にあったはずだろ?」

取引先に勤めていたから知っているはずだなんて、酷《ひど》い暴論だ。今はもっと増えているだろうが、僕が入行したときに聞いた取引先法人数でも五千は下らなかった。直接、担当だったところでも、それなりの企業なら社員数も多いし、知らない方が自然だ。

そんな僕の思いを、どうしてか名城が代弁してくれた。

「鶴舞が銀行員だった頃に配属されていたのはN市内の支店です。ですが、工藤香里奈の勤務先はT市内。銀行との取引はあったかもしれませんが、それだけで決めるのは苦しいと思いますよ。それに、彼女は二十三歳ですから」

僕は名城の言葉が意味するところをすぐに理解することができた。

「彼の言うとおりです。彼女が大卒で今の会社に入ったのだとしたら、どこの会社だとしても入社は去年ですから僕とは期間が被っていません」

東山が大袈裟に舌打ちをして、工藤香里奈の写真を裏返した。

名城に視線を向けると、何事もなかったかのように調書に書き込んでいる。さっきから名城は僕に不利な発言をさせようとする東山の意見をことごとく潰している。

彼も東山達と一緒にこうして取調室にいるのだから、僕を犯人と考えていることは間違いない。なのに、彼の行動はそれと矛盾している。きっと何か策があるのだろうが、それがどんなものなのか、まだぼんやりとすら見えてこない。

顔を正面に向けると、東山が次の被害者の写真を僕の眼前に突き出した。

「流石にこいつのことを知らないとは言わせないぞ」

「……そうですね。まったく知らないわけじゃない」

ここでも今までと同じように知らないと答えてもよかったのだろうけど、今は刑事達の思惑も探りたい。名城の言動は明らかに常道からは外れているし、何か裏があることは確かだ。それに、自分の無実を証明するためにはやはり情報がいる。黙り込んだままでいるのは得策ではないだろう。何より、これまでの三人と違って、僕は彼女を直接見ている。ただ、僕が見つけたときには物言わぬ死体になってしまっていたけれど。

すると飯田がまたしても威圧するような声で、

「まるで他人事だな。それじゃあこの被害者について知ってることを話してみろ」

「もちろん生きたまま眼球を刺されるというむごい殺され方をしたということは承知していますが、それ以外のことはほとんど何も知りません」

「なら、彼女が通っていた大学は？」

「……知らないですね」

僕は本当に知らなかった。何かの配慮があったのか、報道もされていなかったはずだ。

「N大だよ」

不意に答えたのは飯田だった。

「二流どころか、名門ですね」

N大学はこの地方唯一の旧帝大で、受験時は僕も第一志望だった。

そして刑事達もどうやらそのことを既に知っているらしい。

「なあ鶴舞、お前は彼女が『嫉妬』していると言ったが、本当はお前が彼女に『嫉妬』していたんじゃないか？」

顔を凄ませながら、そんな風に尋ねてくる。

「自分の行きたかった大学に通っているからという理由で殺したとでも？」

「食べ方が気に食わないから殺した……なんて理由よりかは理解できるな」

明らかに気持ちを逆撫でするような発言を切っ掛けに、僕と東山が睨み合う。

そこに横から、

「一つ訊きたいことがある」

と、名城が割り込んできた。

「どうして佐宗利香をこんな方法で殺したんだ？」

「わかりません。僕は犯人ではありませんから」

一瞬考え、ラジオを盛り上げるためではないか、と答えようかと思ったが、結局は定型文で返事をすることとなった。多分、ラジオの盛り上げなんてヴェノムは考えていない。

僕は改めて佐宗利香の死体が写った写真に視線を向ける。

右目の真ん中からナイフの持ち手が飛び出していて、刃はすべて顔に埋っている。しかも、まぶたは開いたまま。ナイフを持ったのと逆の手で無理矢理開かせていたのだろうか。

被害者がこんな殺され方をされていれば誰だって疑問に思って当然だ。

他の被害者の殺し方も間違いなく残忍だったが、あくまで通常の暴行の延長線上にあるように思える。けれど、開いたままの眼球をナイフで突き刺すなんて、実行するかどうか以前に思いつかない。

やはりこの四人目の被害者の殺され方は異常だ。

「考えられるのは、てめぇが佐宗利香を他の被害者と比較にならないほど憎んでいたってところだろうが……佐宗利香とお前を直接関連づける証拠は今のところ出てないな」

飯田が吐き捨てるように言った。

佐宗利香は最初に死体が確認された被害者だ。警察の捜査手法は身辺調査を重視するものだろうから、人間関係なんかは大方調べ終わっているだろう。

それでもなお、僕と被害者達の関連性がわからないから、こうして躍起になって取調を行っているのだろうが、そんなものは初めからないのだから見つかるはずがない。

「なら五人目はどうだ？」

写真には心臓を突き刺された死体。朽ちた表情も、瑞々しい生前の顔も直接見たことはない。

「まるで知らないですね」

とりあえずは、そう答えておく。

もはや、東山は僕が素直に答えることなど欠片ほども期待していないのか、早々に次の質問をぶつけてくる。チラリと名城の様子を窺ってみるが、彼は壁に向かってペンを走らせているだけ。調書を取るのが本来の仕事なのだから、今の名城の行動は当然と言えるが、いまだ彼の目的も着地点も見えてこない。

「被害者の名前は藤本由華。O市内の建築会社に勤めてたんだが……どうせお前は知らないとしか言わないつもりなんだろう？」

「……」

実際、刑事達が語る被害者達の情報は僕の知らないことばかりだった。知ろうと思えば、いくらでも知る機会はあったはずだが、僕はヴェノムとラジオマーダーのことばかりに目を向け、殺されてしまった被害者達のことをほとんど省みていなかった。

僕が憧れた名探偵は、常識外れであっても、非道ではなかったはずなのに……。

けれど、後悔しても状況が好転するわけではない。

今、僕が向き合うべきなのは、この取調室で繰り広げられている現実なのだ。

「なら絶対に知ってることを訊いてやるよ。お前が推理で死体を見つけたと主張している場所は元々消防団の詰所として使われていた建物だったよな？」

「調べたわけではありませんが、外観はそう見えましたね」

すると東山は小馬鹿にしたような笑い声を漏らす。

「お前が死体を発見したときはシャッターが開いてたんだよな？」

「そうです」

「既に使われてない建物のシャッターが開いているなんておかしいじゃないか。もしシャッターが閉まっていたら死体は見つけられたか？」

東山の主張は理解できる。当時、僕もそのことは疑問に感じた。なのに、その疑問を放置したまま次に進んでしまった。ライラくんの思惑どおりに。

「無理だったと思います。ですが、実際にシャッターは開いていた」

僕の言葉に東山が反論を唱えようとしたタイミングで、またしても名城が声を上げる。

「つまり、犯人が意図的にお前に死体を見つけさせたと言いたいのか？」

「え、ええ……そうです」

言おうとしていたことを先に言われてしまい、思わず動揺してしまう。

流石に名城の行動が目に余ったのか、東山が激高の表情を浮かべるが、部屋に怒鳴り声が響くより先に、飯田の重苦しいトーンの問いかけが僕に届いた。

「犯人がそんなことをする理由は？」

それは僕に向けた言葉というよりも、東山に対する念押しのように感じられた。

「僕に……推理が正しいと思い込ませるためです」

予想外のことばかりが起こり、声がうわずる。

東山の表情は演技には見えない。けれど、この場面で刑事同士が本気で揉めるとはもっと思えない。

「どうしてそんな面倒なことをする？」

そう、問題はそこなのだ。

これまで見聞きした報道や刑事達の話から考えてみると、犯人はラジオマーダーで自分が殺人をしたんだと喧伝《けんでん》しなければ、もっと穏便に事件を進められたはずだ。

少なくとも、ラジオマーダーが始まるより以前に若い女性の失踪が連続しているだなんて話は聞いたことがなかったたし、死体が見つからなければ警察だってわざわざ動いたりはしなかっただろう。

「……ダンマリか」

飯田は東山に目配せをして、彼は渋々といった具合に話を再開した。

「六人目の被害者のことを知らないとは言わせないぞ」

「なぜですか？」

東山は僕の顔の目の前に写真を突き出して告げる。

「栗原文乃《あわはらあやの》はX大学法学部……それも高見刑法ゼミの出身。まごうかたなきお前の後輩だ」

なるほど確かに、まったく無関係と言い切ることは難しそうだ。

ただ改めて見ても、写真に写った彼女の顔に見覚えはなかった。けれど、どこかのタイミングですれ違ったことが絶対にないとも言い切れない。

例えば、少し前に開かれた高見教授の還暦を祝う会。あれにだって彼女はいたかもしれない。そこで知り合ったのだろうと問われれば、完璧な反証は難しいだろう。

「そういえば……この高見教授は俺が学生だったときにN大でも講義をやってたな」

名城がぼそりと呟いた。どうやら彼はN大出身らしい。

もちろん、東山はその声を聞き逃したりはしない。

「見えてきたじゃないか。被害者達との関係が」

彼はこれまでの不機嫌そうな表情が嘘だったかのように愉しげに口角を吊り上げ、どこか不気味さを感じさせる笑みを浮かべた。

六人の中で二人、僕と接点がありそうな背景がある。それだけではまだ、見えてきたと断言できるほどのことではないと思うが、明らかに取調室の雰囲気は変わった。

「それじゃあ本命の話をしようか」

東山は勢いよく腕を振り下ろし、机に写真を叩きつける。

そこにはやはり、女性の姿が写っていた。

これは……誰だ……？

僕は、そこに写し出された女性が一瞬誰だかわからなかった。

軽やかな亜麻色の髪を波打たせ、おっとりとした笑みを浮かべた女性。瞳の色は暗いダークブラウン。フォーマルなジャケットを羽織った姿は凜々《りり》しさを感じさせる。

写真に写る彼女は他の六人の被害者にとても似通っていた。

美人だけれど、どこにでもいる普通の子……。

僕の記憶の中にいる彼女とまるでイメージが重ならない。

全身を黒い服で包んだオッドアイの不思議な女性の面影はどこにもなかった。

けれど、それは間違いなくライラくんだった。

「彼女は……普段からこの写真のような格好をしていたんですか？」

僕はうわごとのように尋ねる。ただ僕の質問の意図は伝わらず、

「どういう意味だ？」

東山が眉をひそめた。

流石に言葉足らずだったと、僕は改めて問い直す。

「目……彼女はいつもカラーコンタクトを着けていたんですか？　それに服装もです。僕の印象では桜通来良という女性は黒い服を極端に好んでいた」

すると今度は、名城が事務的な声で答えた。

「彼女が以前勤めていた出版社に照会したところ、桜通来良が社員だった際に虹彩の色について聞いたことのある社員はいないとのことです。まだ詳しい聞き込みは行われていませんので正確なことは言えませんが、彼女は普段からダークブラウンのカラーコンタクトを着用していたと推察されます。被害者の左目からコンタクトが外れていましたが、捜査員が突入の際に踏んでしまったのか遺体の発見現場に粉々に割れた状態で落ちていました。犯行時、犯人と揉み合いになり外れたと思われます。光に合わせて瞳孔が伸縮する医療用のもので、流通量も極めて限られており被害者のもので間違いないかと。服装については詳しいことはわかりませんが、少なくとも発見時に着用していたものは彼女の私物です」

呆然としてしまい、僕は言葉を返すことができなかった。

満足したか、と東山は僕への尋問を再開した。

「七人目の被害者、桜通来良もX大の法学部出身だな？」

「そうですね。しかも刑法ゼミで高見教授の指導を受けていた」

思考が追いつかず、東山の問いかけに上の空で答える。だが、ライラくんが大学の後輩であることは否定しようのない事実であるから、隠し立てすることもないだろう。

「被害者七人のうち三人がお前と接点がある。これが偶然だと思うか？」

思わない。けれど、その共通点が僕固有のものであるとも思えなかった。

探せば、僕以外にも犯人にふさわしい要素を持った人間はいるに違いない。

おそらくライラくんは教授の還暦祝いのパーティーの参加者の中から、この事件の犯人となりうる人材を探していた。そこで僕に目を付けたのだ。そして、真実が明るみに出ないように僕の興味を惹く偽りの容姿や性格を作り出した。

僕が知っている桜通来良は偽物だった。

オッドアイは本物だったが、彼女はいつもそれを隠していたに違いない。

そうして、普通の人間であろうとしたのだ。

「他の四人に関しても、調べてみれば同じような接点が見つかるかもしれねぇな」

さっきは見つからないと思っていたが、考えてみると見つかる方が自然だ。

まだ顔の見えないヴェノムは……もしかしたら選んだのはライラくんかもしれないが、数多ある選択肢の中からわざわざ僕をスケープゴートとして選択したのだ。完全でなくとも、誰しもが疑わしいと感じられる人物でなければ、この事件は成立しない。

しかし、そうなるとやはり気になるのは八人目の存在である。

「僕の事務所で見つかったという男の写真はないんですか？」

尋ねると、東山は何かを思い出したらしく愉快そうに唇の端を吊り上げ、

「ああ、そうだった。言い忘れてたことがあったんだ」

嬉々《きき》とした口調で語る。挑発のつもりだろうか。

「お前はすっとぼけてたが、男の正体はすぐに割れたぞ。犬山亜嵐《いぬやまあらん》。お前を捕まえたあの廃業した精肉店に住んでいたようだな。どういう知り合いだ？ 中学にもまともに通ってなかったみたいだから手元にあるのは死体の写真だけ。どうやらお前はあそこの冷凍室に被害者達の死体を隠していたようだし、犬山を殺したのは店を事件に使うためか？ あの店の光熱費が引き落とされる口座にお前の口座から振り込みがあったことは確認済みだ」

僕は男のことを聞いてもあまり感情が動かなかったし、僕の口座から男の口座に振り込みがあったという事実にも驚かなかった。

短い期間で人間の死に触れすぎて感覚が麻痺《まひ》しているのかもしれない。もしくは取調室で殺人犯の疑いを向けられているストレスがそうさせるのだろうか。

振り込みはおそらくライラくんの仕業だろう。事務所にいる間に僕のスマホに触る時間などいくらでもあった。パスワードにしても肩越しに盗み見ることなど容易だ。

しかし男の死に関しては東山の推理は的を射ているかもしれないと思った。

今回の連続殺人に巨大で人目に付かない死体の隠し場所は必須だからだ。七人分もの死体を冷凍しておける場所がそうそうあるとは思えない。だとすれば、そのための殺人を実行する可能性はある。

ただ、すんなりすべてを飲み込めるかと言えばそうではない。

「もしお前が生前の写真を持ってるなら、是非提出して欲しいもんだな」

そう言って、東山の手から机に放り出された写真に写っていた死体は、他の七人の残虐さを感じさせるものとはまた違った、不気味でグロテスクな印象を僕に与えた。

それは若い男に見えたが確証は持てなかった。

冷凍庫の中から発見されたというのだから当然なのかもしれないが、その死体の肌は真っ白で、本当に血が通っていたのか疑わしく思えるほどだった。

加えて、狭い場所に押し込むためにそうしたのか、足を手で抱え込む胎児のようなポーズをさせられているのも、この死体の異様さを際立たせている。

棺《ひつぎ》代わりとなっている業務用冷凍庫の大きさから背の高い男であることは推測できたが、それ以上のことはわからないし、生きていた頃のこともまるで想像することはできなかった。

充分衝撃的なそれらも、この死体にとっては些末《さまつ》なその他の要素でしかなかった。

死体はどうしてか両目がくりぬかれていた。

本来あるべきものがなくなった眼窩《がんか》を僕は写真越しですら直視することができない。

「てめぇはこの男にも相当恨みがあった。目をくりぬいたのは死んだ後みてぇだが、体中の打撲痕からして相当いたぶって殺したのは間違いない。本当は生きているうちに目をくりぬきたかったのか？こいつの声も録音してたんだろ？」

もしかしたら、ヴェノムは実際にそんな残虐なことをしたかもしれないし、他の被害者と同じように、殺す場面を録音していたかもしれない。ただ、飯田刑事の口ぶりからするとまだ男の分は発見されていないようだ。

けれど、精肉店の冷凍室を使うことが目的だったという仮説が真実だとすると、そこまでいたぶる必要はない。この食い違いはどういうことなのだろうか。

すると、表情に出ていたのか東山が僕が口にするより先に、

「ラジオマーダーの音源はとっくの昔にお前の部屋にあったパソコンから押収済みだ。何やらフォル

ダを隠すような細工があったようだが、当然そんなものは無意味だ。ただ八人目の男の分は見つからなかった。七人目の分と一緒に他に隠してあるのか?」

嫌みっぽい口調でそう告げた。

音源が僕のパソコンから発見されたことに驚きはない。

元々はライラくんが持っていたのだろうが、データを移す時間はいくらでもあったし、彼女なら僕には見つからないように仕掛けを施すこともできただろう。そして、その仕掛けは警察に見つかった際にも目眩ましとして有効。本当によく考えられた仕組みだ。

けれど、気になるのはやはり音声……。

ライラくんのものがない理屈は想像できる。なにせ彼女は共犯者に裏切られて殺されたのだ。共犯者は彼女の隙を突いて犯行に及んだはず。そんな状況下で録音なんてできるはずがない。けれど、八人目の男の分がないことに対する仮説は思い浮かばなかった。

5

夕食を終え、再び檻の中から取調室に戻ると、いよいよ時間がないと刑事達も焦ってきているのか東山は開口一番、

「認める気になったか?」

と尋ねてきた。

僕はもちろん首を横に振った。

「あくまでシラを切るつもりか。だが七人目に関しては言い逃れはできないぞ」

そう言って、東山が机に置いたのはさっきも見たライラくんの写真だった。

「桜通来良とは親しかったのか？」

警察からしてみれば、誰か一人の殺害を認めさせれば充分。ならば他の七人よりもライラくんのことを掘り下げるべきと考えたのだろう。

「最初に会ったのは一ヶ月ほど前です。先程も言いましたが、彼女はラジオマーダーの調査を手伝って欲しいと僕の事務所を訪ねてきました。それ以降、ほぼ毎日顔を合わせていましたが、親しかったと言い切れるほどの仲ではありませんでした」

これは嘘偽りのない事実だ。僕は彼女のことをほとんど何も知らない。

それらしい経歴こそ聞いてはいたけれど、もはやそれが本当かどうかもわからない。

美しい彼女の近くにいる自分に浮かれてはいたが、それはあまり関係ないだろう。

「一緒にラジオディテクティブの撮影をしてたんだな？」

「ええ、そうです。彼女は自分が映ると僕より目立ってしまうから、映らないように注意する、なんて言っていましたので動画に彼女の姿は映っていませんが、事務所のビルの防犯カメラには間違いなく映っているでしょうから、僕と彼女が共に行動していたことは否定できないはずです。彼女の携帯を調べればすぐにわかると思いますよ」

「見つかった桜通来良の持ち物の中に携帯電話はなかった」

僕は苦笑するしかなかった。

なるほど、証拠隠滅はぬかりなく行われているようだ。

「笑っているが、お前がどこかに捨てたんじゃないのか？　そもそも、お前と被害者が共に行動していたというのも、お前が最後の標的として桜通来良を選び、自分のラジオの手伝いをするよう唆《そそのか》したんじゃないのか?」

東山の主張を補強するように背後に控える飯田が口を開く。

「被害者はフリーのジャーナリストだった。餌はいくらでも用意できただろうしなぁ」

警察側のコンビネーションは概ね整っている。

まず東山が主張を述べ、それを飯田が補強する。ただし名城は別だ。彼は調書を取るのが仕事らしく、ほぼ口を閉ざしているが、時偶《ときたま》、二人のそれまでの流れを断つような発言をする。その意図はわからない。

「僕が彼女の携帯を処分する理由はありませんよ。僕のスマートフォンはあなた方に押収されてしまいましたが、その中には当然彼女とのメッセージのやりとりも保存されています。それに今の時代、キャリアに照会をすればメッセージの中身まではわからずとも、通信記録くらいは判明するんじゃないですか?」

それでもライラくんの携帯を処分したのは、彼女が携帯を使って通常の通信キャリアを介さない方法で誰かとやりとりをしていたことを隠すためだろう。

架空の個人情報でもフリーのメールアドレスを取得できるのだから、通信手段はいくらでもある。そして、その方法と相手を知るためには端末そのものが必要だ。

「東山さん……逆に質問させて貰いますが、警察は僕がどうやって被害者達に近づき、今回のような事件を演出したと考えているんですか?」

彼は辟易《へきえき》した様子で溜息を吐くと、

「お前がそれを知ってどうする?」

苛立ちを隠さず、敵意丸出しのまま僕を睨み付けた。

おそらく、連日連夜の捜査で彼もギリギリの状態を続けてきたのだろう。思わず顔を逸らしてしまいそうになるほど目は血走り、瞳孔がやけに小さく不気味だ。

「まあ、黙秘をされるよりはいいじゃないですか。それにボロは出てくれた方がいい」

口を挟んできたのは名城だった。彼は腰を捻り、今は身体の半分だけがこちらを向いている。こちらから見える表情は硬かった。ここにいる二人の刑事は上司だ。警察の上下関係がどのようなものなのかはわからないが、少なくともそこまで気安いものではないだろう。にもかかわらず、名城は今回も東山に逆らうような発言をした。

もしかすると罵声が飛ぶかと思ったが、取調はカメラで録画されているそうだし、ハラスメントの問題もあるのだろう。東山は大きく一回舌打ちをすると、渋々といった体《てい》ではあるものの、警察側の主張を語り始めた。

「まず俺達は、被害者達はX大学高見教授を通じてお前と接点があるという共通点を持っていて、身元が不明になっても騒ぎになりにくい人間から選ばれたと考えている。事実、桜通来良を除く他の七人の被害者のうち五人は行方不明者届すら出されていない。他の二人についても行方不明者届こそ出されているが、事件性はなしと判断されていた」

僕の事務所にも警察では取り合ってくれないと人捜しの依頼は実際にあったし、若い女性が連絡を絶つというのはよくあることだ。駆け落ちなんて今時ではないのかもしれないが、家族との確執、職場の人間関係に嫌気が差しての失踪なんて日常茶飯事だ。

「犬山亜嵐のことはこれから調べを進めるが、他の六人は全員、五月頃には連絡が取れなくなっている。これはラジオマーダーの第一回がはじまるより前。これだけ時間が経過している上に、死体が一度あの冷凍室で凍らされているとなれば、被害者がいつ殺されたかを割り出すのは不可能だ」

「つまり、被害者達の殺害に関しては誰でも犯行が可能だった?」

「理屈の上ではな」

「ならどうして僕が犯人だと思うんですか?」

東山は頭痛が気になるのか、何度かこめかみを拳で叩いた。

「殺害自体は誰でもできるとしても、その後はお前にしかできないからだ」

「遺体を発見場所に置くことですか?」

そのとおりだ、と東山は首を縦に振った。

「第四回まで、死体の発見現場は人目のない場所ではあったものの、その後は誰が発見してもおかしくない場所に遺棄されている。にもかかわらず、死体を発見するのは毎回お前なんだ。だとすれば、お前が死体を自分で置いてすぐに動画の撮影を始めたとしか考えられない」

付け加えるように目の前の刑事は捲し立てる。

「事務所から他の被害者と同じように凍らされた遺体が出てきて、お前自身も他の被害者の死体が冷凍されていたと思われる場所で、殺されたばかりの桜通来良と一緒に発見された。これでお前が犯人でないと思う人間がどれだけいると思う?」

確かに。今の説明だけを聞けば、誰もが僕が犯人であると思うだろう。

「なるほど。では桜通来良殺害についてのアリバイはどうですか?」

「アリバイ……アリバイねぇ……」

すると東山はどうしてか「おい、お前が読み上げろ」と名城に命じた。

彼は調書の横に置かれていた資料らしきものを手に取り、

「まず検視の結果ですが、胃の内容物等から殺害は昨日の昼以降に限定されるが、遺体が氷点下の冷凍室に置かれていた時間が曖昧なため現時点ではこれ以上の推定は困難とのこと。ただし、彼女がラジオディテクティブの撮影に関わっているのなら、少なくとも昨日午後四時の時点では生存していたことになります。補足ですが、直接の死因はロープによる絞殺で、遺体は死亡後に冷凍を試みられたと推測されます」

淡々と述べた。

「一応訊いておくが、動画を撮影したのは桜通来良か？」

「ええ、そうです」

「昨日はあの稲荷神社で撮影をして、その後はどうした？」

「彼女が僕の車を使って警察をおびき寄せると言って二手に分かれました」

東山は端から僕の証言など信じる気はない。おそらく、彼の中ではライラくんは動画撮影後に殺され、あの精肉店の冷凍室に運び込まれたというストーリーが組み立てられているだろう。

「まあ、それが真実かどうかはさほど重要じゃないな。お前のマセラティは事務所の駐車場に駐められたままだったし、結局のところ桜通来良は昨日の正午過ぎから死体で発見されるまでのおよそ十二時間の間に殺されたってことしかわからない。問題はその時間にお前がどこで何をしていて、それを証明できるかどうかだが……」

当然、十二時間ものアリバイを証明できるはずがない。そんなことは刑事達は承知の上。

「無理だろうな。十二時間が九時間になっても変わらん。被害者は小柄な女性だったことを考えれば、殺害自体にかかる時間はものの数分だ」

言い換えれば、誰にでも殺せたということなのだが、今のところそれを実行しそうに見えるのは僕しかいないというわけだ。

アリバイで無実を証明するのはどうやら無理そうだ。そもそも持っている情報があまりに少なすぎるし、今からでは集める時間もないだろう。

それにライラくんが殺された後に冷凍されたという事実は無視できない。

僕が捕まった時点でラジオマーダーは終わりなのだから死体を凍らせる必要はない。にもかかわらず死体を凍らせたのは、死亡推定時刻を曖昧にするためだ。

普通の絞殺なら警察はかなり正確な死亡推定時刻を割り出せるし、僕にもアリバイを証明する手立てがあったかもしれないが、現状は望み薄としか言いようがない。

他の事件は実際に現地に赴いているのだからなおさら。

なら、僕はどうすれば自分の無実を証明できる?

どんな場合なら、僕が無罪だとわかる?

結局、僕にできることは、これまで自分が見聞きしたこと、そして刑事達の証言からなんとかして真犯人を特定する手がかりを見つけ出すことだけだった。

「あなた方はどうして、僕があのとき、あの精肉店にいるとわかったんですか?」

昨日、僕があの場所にいたことはライラくん以外は知らなかったはずだし、これまで一度も僕が足を運んだことのない場所だから待ち伏せもないはずだ。

答えはすぐに返ってこない。それを伝えるべきか決めあぐねているようだ。

刑事達は黙り込み、まるで刑事と被疑者の立場が逆転してしまったようだ。

けれど、流石にこのまま沈黙を続けることに意味はないと思ったのか、名城が、

「係長……。特段隠すようなことはないかと」

そう言って東山の発言を促した。

彼は指図されたことが気にくわないのか、名城のことを睨み返したが、飯田がぽんと肩を叩いて窘《たしな》めたため、渋々といった様子ながら話を始めた。

「一言で纏めるのは難しいが、特別なことは何もしていない。凍った死体を現場に置いたのが撮影と同じタイミングかは今のところわからないが、少なくともお前はラジオディテクティブの撮影では現場に赴いている。もちろん荷物があっただろうから、徒歩ではない。となると車か電車を使用していたことになる。ただ電車を利用していたとしたら、そんな大荷物のやつはすぐに見つかる。そこで死体発見現場周辺の防犯カメラを片っ端から調べて、同じ車両が映ってないか調べたんだ」

つまり、場当たり的に逮捕したわけではなく、あれは予定どおりだったということだ。

「完全な人力だからな。骨が折れた。だが車がわかればそこからはすぐだったな。車の所有者であるお前の氏名、住所を特定した。後は防犯カメラの映像から顔が識別できる画像を抽出。昨日捕まらなくても、お前はいずれ捕まってたよ」

東山の言葉を引き継ぎ、また飯田が嫌みをぶつけてくる。

これは予想の範疇だ。ライラくんも警察が僕を被疑者として調べを進めている可能性を述べていたし、そのことに不思議はない。

ただ気になるのは僕が昨日乗っていたのは自分のマセラティではなく、ライラくんから借り受けた軽自動車だということ。マセラティが目立つことくらい僕にもわかる。

「不思議そうな顔をしているが、あまり警察を舐めるなよ。お前が昨日、普段とは別の車を使っていたことくらいわかってる。だがあの車も俺達が確認した防犯カメラに何度も映っていたし、最近はお前が事務所を構えているビル近くによく駐められているという証言もあった。だからマークしていたんだ」

なるほど、つまりこのことに関しては完全に僕の認識が甘かったということらしい。僕は逮捕されるまで、警察の目を避けて、なんて言ってはいたが、実際に罪を犯しているわけじゃないのだから逮捕されるはずがないと思っていた。だからどこか行動もルーズだった。警察が被疑者確保に全力を尽くすなんて当たり前のことなのに。

おそらく昨日僕が通った道にNシステムが設置されていたのだ。

「それで駐車場に駐められた車を発見し、周囲を捜索していたところ、俺達三人があの精肉店に入るお前の姿を見つけて、その場で逮捕した。理解したか？」

「つまり、あなた方が僕を逮捕したのは偶然だと？」

「偶然って言い方が正しいかどうかは微妙だが、逮捕時点であの商店街の周辺には相当数の捜査員がいた。その中の誰かの目に留まってもまったく不思議はなかった。それに自分じゃ気がついてなかったかもしれないが、お前の動きは相当に不審だったぞ」

下手な鉄砲……というわけでもないようだ。

ただ、どうにも都合が良すぎる。

Nシステムがどこに設置されているか調べたことはないが、首都圏ならまだしもこんな地方都市にそんなに数があるとも思えない。それに僕は昨日、わざわざ人目を避けて細い道を選んで走ったはず。にもかかわらず発見された。それも誰も知りえない場所に隠された死体の横にいるという絶好のタイミングで。

どこまでが犯人の策か……。まだ底は見えてこない。

けれど、ヴェノムは僕が捕まるまでのシナリオを最初に描き切っていた。フレキシブルな対応ができるように、あえて振れ幅を残したシナリオを。

僕がこうして捕まっていることは犯人の目論見《もくろみ》どおりだろうが、果たしてすべてがそうなのか。一切のミスなくここに至っているなんてありうるのか。

そんなはずがない、まず犯人は一歩目で躓いている。

なにせライラくんが初めて僕の事務所を訪ねてきたときラジオマーダーは第三回まで配信されていた。けれど、実際に死体が見つかったのは第四回の後だ。普通に考えれば、ライラくんは僕が第三回を読み解き、死体を発見することを期待していたはず。

この時点で計画は狂い始めている。

証拠は目の前の男が教えてくれた。

あのホテルとブタは関係がない。僕はまんまと策にハマり騙されたからよかったものの嘘の情報を与えるというのは相当リスキーだ。もし僕が何かの拍子に、もう一度あのホテルのことを調べて実際にはブタとは関係ないと判明して、途中で七つの大罪説を放棄してしまえばたちまち犯人が描いたシナリオは崩れ去ってしまう。

僕なら実際にブタに関係のあるところを探して、そこに死体を置く。

けれど、実際はそうしなかった。

なぜなのか。

答えは目の前の男達が知っているかもしれない。

もう時間は残されていない。

僕には進む以外の選択肢はなかった。

「第一回と第二回の被害者はどのようにして見つかったんですか?」

僕が問いかけ、警察側が黙秘する。

段々と、どちらが詰問する側なのかわからなくなってくる。

「第一回と第二回の被害者は……僕がラジオディテクティブで披露した、フィクションで見られるような突飛な推理ではなく、住民からの通報や聞き込みというような、言ってしまえば、ありきたりな捜査方法で見つかったんじゃありませんか？」

確信はなかった。けれど、この読みが当たっていれば……。

僕の記憶では、その二人は同じような時期に見つかった。そして、ラジオに場所を特定できそうなノイズは含まれていなかった。何度も確認したのだから絶対だ。

むしろ、特定できてしまうと不都合なのだ。後から法則を作って貰おうと考えていた犯人にとって、第一と第二の犯行現場はどこにでもできなければいけない。

東山は絞り出すような声で答える。

「ああ……そうだ。聞き込み中に近隣住民から異臭がすると通報があった」

それを受けて、僕はすぐにもう一つ質問を投げかける。

「なら第三回は？」

答えはすぐには返ってこなかった。

僕は答えを知っている。

けれど、その沈黙が既に答えになってしまっているのだと観念したのか、

「癪《しゃく》だが……お前のやったとおりのことをしたよ」

僕はそんな東山の言葉に違和感を覚える。

「ノイズ分析……ですね？」

「ああ、そのとおりだ。あのときはまだ、お前の推理が自作自演だなんて思っていなかったからな。

もしかしたらと思って、調べてみたら見つけてしまった。あの死体も、お前がノイズを元に見つけたと主張するはずだったんだろう?」

あの第三回放送のノイズから犯行場所を割り出しただって?

確かにライラくんもそのことは僕に告げていた。

けれど、何かがおかしい。

ラジオマーダー。

七つの大罪。

オッドアイの女。

精肉店から見つかった第八の男。

ノイズ。

瞬間、僕の頭の中でバラバラだった情報が繋がり、一気に大きな一つの塊になった。

そうか……そういうことだったのか!

この感覚には覚えがある。今回の事件で初めて死体を発見したときと同じ。

「おい、何を笑ってやがる」

自分でも気がつかないうちに笑い声が漏れていたらしく、刑事達が訝しむような目線を僕に向けていた。けれど、今となってはそんなことはどうでもよかった。

僕は三人の刑事達を見渡すと、今度は意図的に笑みを浮かべてみせる。

頭の中はこれまでの人生で経験したことがないと断言できるほど冴《さ》え渡っていて、事件が起こってからこれまで僕の周りでどんな思惑が渦巻いていたのか、自分が今から何を述べなければならないか、ハッキリと理解できていた。

大丈夫だ。今ここですべてを終わらせてみせる。

「東山刑事……僕に一つ提案があります」

僕は自分から切り出した。

「なんだ？」

彼はあまり動揺した様子も見せず、ゆったりとした口調で返してくる。だが、こちらから何か取引を持ちかけられるとは思っていなかったのか、視線が少しだけ揺れ動いた。

「今から僕が事件に関する仮説を述べます。これは僕ではない人物が犯人であるという仮説です。もし、あなた方が僕の仮説が破綻していることを証明できれば……僕は自分がラジオマーダーに関する一連の殺人事件の犯人だと認めます」

その先は言う必要はない。

取調室が静まり返った。三人の刑事は何も言わない。東山はただじっと僕の顔を見つめ、飯田はその東山の出方を窺っている。名城はこれまでどおり、壁に向かい調書に視線を落としていた。自分の息づかいがやけに大きく聞こえた。

「聞かせて貰おうか……その仮説とやらを」

黙り込まれるよりは喋らせた方がいいだろう、そんな考えが透けて見えた。

無論、もっと下卑た思惑もあるだろう。

けれど今の僕にできるのはこれだけだ。

「それではまず今回の事件最大の要、ラジオマーダーのことを話しましょう」

だから愚直に、自分で導き出した真実を語る。

言葉でこの場を制圧する。多少の隙があっても、つけ込ませたりはしない。

それは名探偵になりたいからなんて子供が抱く夢のような理由からではない。ただ単に自分自身の生活を守るため、自分の尊厳を守るため。

生きていくための方策だ。

第五章

1

高揚感に包まれた僕は大きな身振り手振りを交えながら三人の刑事に語る。

「そもそもなぜ犯人はラジオマーダーなんて馬鹿げたものをネット上に公開したのか」

東山は眉間に皺を寄せながら、

「そんなのは目立ちたいからに決まってるだろ。承認欲求ってやつが大きすぎるんだ」

面倒そうにそう言った。僕の理想どおりの答えだった。

付け加えるように飯田も口を開いた。

「方法が違うだけでその手の輩は昔からごまんといたさ。ネットに脅迫文を書き込むバカも、夜中にエンジンをふかしながら街中をバイクで走り回るバカも、結局根っこにある部分は変わらねぇよ。誰かに構って欲しいって駄々をこねてるだけだ」

一瞬だけ視線を横にやると、端の机で名城が黙々と供述調書にペンを走らせている姿が目に映った。口を挟むつもりはなさそうだが、その姿は自然体には程遠く、視線は手元からほとんど動かず、全身が強ばっていることは僕の目から見ても明らかだった。

僕は改めて目の前の東山を見つめる。

「そうですね。普通に考えればそうです。しかし、承認欲求を満たすことだけが目的なのだとしたら、ラジオマーダーなんて動画を作る必要があったでしょうか？」

「どういうことだ？」

「不謹慎な仮定ですが、人を殺して注目されたいのなら、繁華街で通り魔的に人を殺す方がずっと効率的でしょう？　まちがいなく連日ワイドショーのトップを飾れます。捕まりたくないという気持ちが強いのなら、爆弾を使ってもいい。何にしても、捕まるリスクはそれほど違わない。それに比べてラジオマーダーは、人殺しで注目を集める方法としては迂遠すぎます」

僕の言うことすべてに納得したわけではないだろうが、東山は別の問いを投げかけてくる。

「じゃあ金のためか？　俺にはどういう仕組みかわからないんだが、どんな動画だって再生数が多ければそれに応じて金が手元に入ってくるようにできるんだろ？　世の中、大卒の初任給よりずっと少ない額のために人殺しをするやつなんてごまんといる」

「ならどうして、ラジオマーダーのサイトには広告が貼られていないんですか？　それに最初から全七回の放送と決めておいた理由もわからない。動画の広告収入目的だとすれば、できる限り動画の本数は多い方がいい。本気で金儲けのためだけに人殺しをしていたとしたら、何人殺しても同じと犯人は考える。七人以上は心情的に殺せないなんてありえない。ある程度、犯人像が絞られ、自分が捕まる可能性が現実味を帯びてくるほど追い詰められてから残り何回だとアナウンスするならわかります。最初から顔を隠している以上、自身が罪を犯している自覚はあっても、捕まりたくないとは思っているのでしょうから、自分が逃げるための当然の判断です」

すると僕の主張を遮るように飯田が言った。

「最初から探偵を出すつもりだったんだろ？」

東山もその言葉に次いで、口を開く。

「ラジオマーダーだけなら確かにお前の言うとおりかもしれない。だが実際、今回の事件では殺人鬼に対抗する探偵が同じようなネット動画を上げた。しかも、その探偵はまるで推理小説のような、リスナーの予想の斜め上の推理をして殺人鬼の姿に迫っていく。誰かが殺されるときの声なんて普通のやつは聞きたくない。だが、探偵が殺人鬼を追い詰める様子なら話は別だ。そう考えたからこそ、お前はわざわざ最初に殺人は七回だと言い切って、さも事件に法則性があるかのように見せかけたんだ。そして、ありもしない謎を自分で解決しているかのように振る舞った。動画の再生数もうなぎ登りだったんだろ？　しかも、こっちのサイトには惜しみなく広告が貼られていた」

「ちょうどいい目眩ましにもなる。半信半疑……いや九割方ブラフだとわかっていても、犯行に法則性があるなんて言われれば、俺達はそれを調べなくちゃならねぇ」

どうだ反論できるかと、試すような目線を東山と飯田がこちらに向けてくる。

けれど僕は黙らない。

「では、あなた方警察は、僕がラジオディテクティブで死体の存在を公にするまで、今回の事件を本当の連続殺人だと考え、必死になって捜査をしていましたか？」

その問いかけに、どの刑事も即答できなかった。

「僕の記憶では捜査本部ができたのは死体が見つかった後だったはずです」

しばしの沈黙が場を支配する。

「てめぇの言うとおり、捜査本部ができたのは死体が発見されてからだが、その前――ラジオマーダーの第一回配信分がネットにアップされてすぐの頃から捜査は始まっていた。Ａ県警だけじゃない。全国の警察本部が動いていたんだ」

その飯田の言葉を僕は聞き逃さなかった。

「それですよ、問題は。今回の事件は最初、全国規模で捜査が行われていたんです」

僕は目の前に佇む刑事達に刻み込むように、ハッキリとした口調で告げる。

「ラジオディテクティブがあったから……捜査本部がこのT警察署に設置された……」

呟いたのは、これまで黙って耳を傾けていた名城だった。彼は首を少しだけ捻って片目で僕のことを睨んでいる。二人の刑事もその言葉を聞き、動きを鈍らせた。

「名城刑事の言うとおり。それまでヴェノムと名乗る人物の犯人像は、あまりに曖昧なものだったんです。そもそも本当に殺人をしているかどうかも判別できない上に、わかっていたのは日本語を使っていたということだけ。もしかしたら動画の投稿者は海外にいたかもしれない。けれど、日本語話者のほとんどはこの国の中にいる。だから、ヴェノムは国内にいると仮定して捜査をした。つまりその時点では、ヴェノムがどこにいるかなんて、まったくわかってなかったんですよ。にもかかわらず、ラジオディテクティブで死体が見つかり、状況は一変した。被疑者が世界中にいる誰かから、もっと具体的な条件のもとに絞り込めるようになった」

僕は反論を待たずに続けた。

「損得勘定が合わないんですよ、ラジオマーダーとラジオディテクティブの自作自演は。自ら殺人の回数や場所といった条件を制限し、あまつさえ動画で姿をさらす。そんなことをするくらいなら、自然に警察が死体を見つけるまで殺人を続け、見つかったタイミングで女性を殺したのは自分であると宣言すればいい。わざわざ探偵との推理ゲームを仕立てる必要なんてない。殺人事件が起これば、警察は必ず犯人を見つけ出そうとする。たとえ、名探偵として有名になりたいがために、この事件を起こしたのだとしても同じことだ。わざわざ自分が不利になるようなシナリオを書くわけがない」

もちろん、東山が言うように小説で描かれるような探偵と殺人鬼の掛け合いは人々の関心を誘いはするだろう。だが自分が捕まるリスクを激増させてまでやることではない。

「こう考えると、死体の発見がすべてT市内だったことも大変不可解に思えてきます。偶々最初に死体が見つかったのがT市内で、他の死体はまったく別の場所で見つかったとなれば、捜査網は広がり、犯人を捕まえることは容易ではなくなります。ですが、今回の殺人はすべてT市内で行われているかのように偽装されていた。実際はどうだったかはわかりませんが、少なくとも死体が見つかった場所はT市内だった」

あまりにも不合理な行動だ。

「だとすれば、てめぇの考える殺人ラジオの目的ってのはなんだ？」

問いかけてきたのは、目の前で眉をひそめる東山ではなく、いつの間にか僕の横に立ち、威圧するような眼光を放つ老刑事、飯田だった。

「その答えは二つのラジオそのものについて考えるよりも、二つのラジオがどういう結果をもたらしたのか、ということを主眼に置いて考えることで見えてきます」

「どういうことだ？」

「先程も言ったとおり、それまで雲を摑むに等しかった犯人捜しは、ラジオディテクティブによって、より現実的なものになった。そして僕が犯人としてあなた方に逮捕された。この結果こそが犯人の求めていたもの」

僕は改めて、頭の中に刻まれた一つの結果を読み上げる。

「つまり、ラジオマーダーもラジオディティクティブも、どちらも最初から僕を――自分以外の誰かを殺人犯に仕立て上げるために用意された巧妙なトリックだったんですよ」

2

「またお得意の妄想か」

東山が悪態をついたが、僕は気にせず話を続ける。

「妄想かどうかは、これから話す仮説を聞いてから判断して下さい」

目の前の刑事は苛立ちを隠そうともせず、大きく舌打ちをした。

「確かに、結論から先に述べてしまうと僕の主張は相当に突飛ですから、妄言のように聞こえてしまうのは仕方のないことです。ですが、一つ一つ順を追って説明していけば、僕の主張が間違っていないことを、あなた方にも理解して貰えるはずです」

飯田は僕の真横に立っていては、脅しているように見えるかもと懸念したのか、数歩下がって壁際で前のように腕を組んだ。名城は相変わらず壁に向かっている。

「まず僕の周りで起こったことと、その背後に隠れた思惑を順番に説明していきます」

反応はなく、シンと静まった部屋の中で自分の鼓動と息づかいだけが大きく聞こえる。

「僕がこの事件に関わりを持ったのは桜通来良が僕の事務所を訪ねてきて、是非一緒にこの事件を解決しましょう、と持ちかけてきたからです。このとき、既に彼女は僕のことを罠にハメるつもりでいた。けれど僕は彼女の思惑なんて露知らず、口車に乗せられ事件の調査をすることになったのです」

「それはお前の一方的な主張であって証拠はない。むしろ、最終的に桜通来良が殺害されたことを考えれば、お前がジャーナリストである被害者に目を付け、何らかの証拠……例えば死体の在処《ありか》を提示し、能動的に協力させたと考えるのが自然だ」

東山は一層目付きを険しくし、僕のことを睨み付けた。

「なるほど。ありそうな話です。けれど、今の東山刑事の話では納得できない部分がある」

「どこがだ？」

「フリーのジャーナリストである被害者を有力なネタで誘い出す。確かに、そこまでは可能かもしれません。彼女はかなり切羽詰まっていたようですから、全国規模で話題になっている事件の特ダネを手に入れるためなら、僕のような不審な男の誘いにも、多少のリスクには目をつぶって乗ってしまうかもしれない」

これはまさしく、彼女が僕に対してやったこととの立場を入れ替えただけ。けれど、立場が入れ替わった状態では、今のような状態には決して辿り着かない。

「ただ、だとしたら犯人である僕は、なぜ彼女をすぐに殺さないんですか？」

途端に東山の表情は凍り付いた。

僕は僅かにできた隙間に付け入るように言葉を継ぎ足していく。

「桜通来良の殺害、もしくは拉致監禁が目的だったとしたら、一度でも事務所に彼女を連れ込んだ時点で目的は達成されています。折角手に入れた獲物を自分から解放するなんてありえない」

一度成功したからといって、もう一度成功するとは限らない。一度成功しただけでも奇跡なのに、その奇跡がもう一度訪れると考えるのは楽観がすぎる。

反論は誰の口からも上がらなかった。

「つまり、少なくともラジオディテクティブの撮影は桜通来良の自由意志だった」

どころか名城は僕の言葉を支えるように呟いた。

「そのとおりです」

僕は余裕があるように振る舞いながら、刑事達の表情を見定め、頭の中でこの後、どんな風に話を広げていくかを考える。ただ漫然と話すだけでは足りない。

「話を戻しましょう。先程述べたとおり、僕は桜通来良からの依頼を受け、事件の調査をすることになった。そこで最初に確かめなければならなかったことは、何よりもラジオマーダーが本物なのかどうかということ。ただし、この証明は簡単なことではありません。なので僕はまず、あのラジオから流れる音声が本物だと仮定して調査を始めました」

あのとき、僕がすぐに何か妙案を思いついていれば、また違った結果が現れたのかもしれないが、今更そんなことを思ってもどうしようもない。それに、ライラくんともう一人の犯人の思惑が僕の考えどおりなのだとしたら、僕は依頼を受諾した時点で引き返せない状態にまで追い込まれていた。どうしようもなかったのだ。

「しばらくの間、僕はラジオマーダーから犯人に繋がる手がかりを何も見つけることができませんでした。ですが、あるとき桜通来良がマンションの上階から漏れ聞こえてくる生活音に言及したんです。彼女の発言を聞いた僕はラジオマーダーのノイズを分析するという手法を思いつきました。その結果、あのアパートで佐宗利香の遺体を発見した。つまり、桜通来良は直接的ではないにせよ、会話の流れで僕の思考を誘導したわけです」

「随分と迂遠なやり方だし、確実性も低いように感じるが？」

「同感です。しかし、彼女は間違いなく僕にラジオのノイズを分析させるつもりだった」

「どうして言い切れる？」

ここで、僕とライラくんのやりとりをすべて開示することができれば、話はすぐに終わるのだが、ないものねだりをしてもしょうがない。

それに今の僕には、相手を納得させられるだけの論理がある。

「あれ以外に、僕がノイズから辿り着ける現場がないからです」

「……どういう意味だ？」

刑事達は誰もが口を噤み、代表として首を傾げながら飯田が尋ねてくる。

「今述べたとおり、僕はラジオに紛れ込んだノイズ、具体的には高校野球の中継とダムの放流を報せるサイレンの音から、犯行現場を探すという手法を採りました。あのアパートは実際の犯行現場ではなかったわけですが、今そのことは関係ありません。重要なのは僕が最初に探し当てたのが四回目の事件の死体だということです」

本来なら、僕はあの時点で疑わなければいけなかった。

「あなた方は僕が最初に死体を発見した後、ラジオマーダーの第三回で殺害された工藤香里奈の死体を発見していますね？　先程、東山刑事がおっしゃっていたとおりだとすると、僕と同じようにラジオマーダーのノイズ分析で割り出したそうですが、もう少し詳しい内容を教えていただけないでしょうか。あなたは何の音を聞いたんですか？」

東山は忌々しそうに顔を歪めながらも答えた。

「背後で、微かだが救急車のサイレンが二つ同時に鳴っていた。だから県下全域の緊急車両の出動記録に照会をかけて、場所を割り出したんだ。サイレン自体はお前が後付けした偽物であっても、合理的な推理によって発見できるという構造になっている以上、ノイズに注目すればお前以外の人間が発見できてもおかしくない。つまり、あの工藤香里奈の死体はお前がラジオディテクティブで発見の経緯を説明する前に俺達が発見してしまったために、発見のシーンを配信することができなかった。違うか？」

これだ。これこそが一番の問題だったのだ。

「確かに、合理的に考えるのならば、それが一番ありえそうな答えです」

しかし、今しがた東山が述べたことは、できるはずがないのだ。

「緊急車両に関する情報は一般人でも知ることができますか？」

僕の問いかけに東山は表情を硬直させる。

「絶対に無理とは言い切れないが……相当難しいだろうな」

飯田がうなるように言う。

「第一回と第二回はどうです？」

「さっきも言ったが住民からの通報だ。少なくとも俺が聞いていた音声の中には、一般人がそれだけで場所を特定できる情報が紛れていたようにも思えなかった。捜査本部内には他にも同じことを検証したやつはいたが全員成果なしだ」

今度は東山が飯田を制して答えた。

僕だけなら見逃している可能性があったかもしれないが、捜査一課に所属する熟練の刑事達が総出で探して見つからないのなら、答えは一つしかない。

「僕が彼女に誘導された結果、犯行現場を割り出したと主張する理由がそれです」

ライラくんは最初に事務所を訪ねてきたとき、ノイズなど意識していなかったのだ。

「桜通来良が事件の調査をして欲しいと頼み込んできたのはラジオマーダーの第三回と第四回配信の間のことでした。これが真実であることは防犯カメラが初めて桜通来良の姿を捉えた日時を確認すればすぐにわかります。けれど僕はそのとき、ラジオマーダーの第三回配信からヴェノムの正体に繋がりうる仮説を何も思いつくことができなかった。きっと彼女からすれば期待外れだったでしょう。被害者達のプロフィールでも、殺害方法の変遷でも、何とでもこじつけられそうな情報はいくらでもあったのに、僕は答えを出す素振りすら見せない。なので強硬策に出たんです。第四回配信にそれまでのものよりもずっとわかりやすく、答えの限定された、ノイズというヒントを潜ませた」

「だが、それが何の証拠になる？」

「もし僕が死体の場所を自分で決められ、それをラジオの内容から導き出せるようにしていたとしたら、わざわざ第四回配信を待つ必要なんてありません。第三回配信に隠された謎を解き明かし、死体を発見してみせればよかった。ノイズだって緊急車両のサイレンなんてわかりにくいものではなく、もっと時間と場所が簡単に特定できるものを仕込む方が得策です。けれど、実際に初めて現場が特定されたのはラジオマーダーの第四回配信後のこと。第三回から第四回にかけて、ラジオマーダーに情報を付け足して、死体を発見しやすくする理由があるのは彼女だけなんです」

もし犯人側の思惑に読み違いがあったとするなら、僕の頭脳が想定したものよりもずっと出来が悪かったことだろう。僕が初めからすんなりと答えを導き出せていれば、わざわざ自分からボロを出す可能性を増やすようなことはせずに済んだはずだ。

まあ仮に僕がもっと察しのいい人間だったなら、そもそもこんな杜撰《ずさん》ともいえる策略に陥ることもなかったかもしれないけれど。

結局、この計略はターゲットの頭脳に方向を左右されてしまうという点で、重大な欠陥を抱えていたのだ。完全犯罪など、そうそう成立して堪るか。

「そうして、まんまと死体を見つけさせられて調子に乗った僕は、最終的にヴェノムの正体を自ら突き止め、この手で捕まえてやろうという考えに至りました」

「最初は違ったのか？」

「まったく思っていなかったわけではありませんが、正直本気ではなかったですね。ですが死体を発見したところで完璧にスイッチが切り替わりました。この手で捕まえるというからには警察を出し抜く必要があります。そこで殺人現場に先回りし、ヴェノムを現行犯で捕まえるという方法を考えたのです。それなら一般人でも逮捕が可能ですから」

僕の言葉に二人の刑事は肩をすくめる。当然の反応だ。

僕も同調するように過去の自分を嘲る。

「まあ、この時点で僕は既にヴェノムが何かしらの法則に従って殺人を行っている、という考えに固執してしまっていて、周りが見えなくなっていたわけですけど」

「何か切っ掛けでもあったのか?」

名城は本気で不思議そうな様子だった。

確かに、自分で自分の行動を否定する様は不可解に見えるだろう。だが、あのときの僕はある意味で僕ではなかったのだ。ライラくんの操り人形だったと言っても差し支えない。

「ラジオマーダーとラジオディテクティヴのやりとりですよ。僕は動画でヴェノムを挑発していたでしょう?　それまでは半信半疑だったはずなのに、あれにヴェノムが反応を返してきたことで仮説を疑うことができなくなったんです」

その思い込みを加速させるためにライラくんは手を尽くしていた。

文字通り自分の人生がかかっていたのだから当然と言えば当然なのだが。

少し話が長くなってしまったので、僕は現状把握として、とりあえず現時点で刑事達に理解して貰いたいことをかいつまんで説明する。

「桜通来良の策略はとてもアバウトなものでした。つまり、どうとでも解釈できそうな意味深なラジオの音声を僕に提示し、仮説を立てさせます」

この仮説を自分で考えないという点が、彼女の計画の肝だった。用意した答えに誘導しようとすると、どうしても無理が多くなるし、推理が見当違いな方向に進んでしまえば修正が難しい。けれど、最初から何も考えず僕にすべてを委ねるのなら、その心配はない。

「仮説はなんでもいいんです、七つの大罪でも虹の七色でも。何かの見立てや劇場型犯罪の法則でなくても、まったく理論的でないプロファイリングもどきでもいいんです。とにかく警察に犯行が可能だったのは僕だけだと思い込ませることができれば成功なんです」

これは予想でしかないが、僕が最初に七つの大罪だと言い始めたとき、彼女は嘲笑を隠すことに苦心していたに違いない。

七つの大罪は仮説にしてもあまりに幼稚でお粗末だ。

「あとは僕が予想した犯行現場を聞き、先回りして死体を置いてくればいい」

死体を配置する時間的余裕はいくらでもあった。

何より彼女は僕の行動をコントロールすることが可能だったのだ。

やろうと思えば、僕が出かける時間を少し遅らせるくらいは朝飯前だったろう。

「まさしくミステリ小説の中に登場する名探偵の気分でしたよ。僕が死体があるかもしれないと推理した場所から、実際に死体が発見されるんです。何回も。たった一回なら偶然もありえますが、複数回となれば、僕は自身の考えを疑えない」

それが傍から見て、どれだけ不合理なものだったとしても。

「そうして、僕はそれまでの六つの事件からありもしない法則性を導き出し、それを揺るぎないものだと決めつけ、桜通来良の死体に辿り着いたというわけです」

僕が捕まるまでの大枠の説明はこんなものだ。改めて言葉にしてみればあっけない。

「なるほど、お前の主張は理解した」

東山の反応は意外にもあっさりとしたものだった。もっと反発を食らうだろうと考えていたが、時間がないのでとりあえず喋らせようという魂胆なのか。

「だが今の説明では一番重要な部分の説明が明らかに不足している。もし仮に桜通来良が犯人だとしたら、どうして彼女が殺されたんだ？」

東山の疑問はもっともなものだった。

「確かにそこが問題です」

これに対する答えを僕は既に持っている。

しかし、それは今語ったものよりも刑事達にはずっと受け入れがたいものだろう。

「まず彼女は誰に殺されたのか。これは考えるまでもなくヴェノムです。つまりヴェノムは最初から一人ではなく複数犯だった。動機は……口封じですかね」

「口封じだと？」

「ええそうです。まず動機ですが……これは素直に考えればわかること。なにせ、彼女は生きていれば間違いなく被疑者になってしまうからです。実際にラジオディテクティブを撮影していたという事実を消すことは難しい。あなた方が僕を逮捕したのと同じ理由で逮捕される可能性もあったでしょう。そうなれば通話履歴などから真犯人に辿り着かれてしまうかもしれない。ですが被害者の一人として殺されれば話は変わってくる」

東山達はやはり承服しかねるといった様子で声を荒らげる。

「もしそうだとしてもやはりおかしい。お前の言うとおりだとしたら、桜通来良は自分が殺されることを承知しながら、お前を騙していたことになるぞ」

「なら結論は一つしかない。つまり彼女も騙されていたんですよ。桜通来良は最初、殺される予定に入っていなかった。少なくとも、彼女自身はそんな風には考えていなかった。それは死体の数が明らかにおかしいことから推測できます」

東山はわざととぼけているのか、

「何がそんなにおかしい?」

オープンクエスチョンで返してきた。

僕は彼を説き伏せるように、ハッキリと句切るように言った。

「ラジオマーダーで殺される人数は七人だと明言していたのに、実際にこの事件で殺された被害者は八人。一人多い。これは明らかにおかしい」

ここが今回の推理の要だ。

けれど、これでも刑事達はすぐには納得しなかった。

「殺人犯は何人殺さなければいけない、なんて決まりはないからな。頭のいかれた殺人鬼が何人殺したって不思議はない。それはそいつが決めることだ。そういう気分だったのかもしれないし、ある条件の人間を手にかけていった結果、その人数になったってことも充分に考えられる。殺しの数に合理的理由なんてあるものか」

東山の言葉も説得力のあるものだったが、その理屈は今回の事件では通用しない。

「ならどうして最初に七人と明言したんですか? もっと言えば、途中で気が変わったからと増減させても構わなかったはずだ。けれど実際はそうしなかった」

僕のもったいぶった話しぶりに刑事達は苛立っているようにも見える。

それでも、誰も僕の話を遮ろうとはしない。

「合理的理由がないのなら、なぜ制限がつくのか。先程も言いましたが、ラジオマーダーが自己顕示欲の表れや、動画の広告収入のためのものなら配信回数を七回に限定する必要はない。チキンレースのように警察が自分のしっぽを踏まない程度まで続ける方が自然ですし、今回の被害者達だけにあって他の人間にはない共通点というものも、どうにも見つかりそうにない」

「それは最初から理由がないからだ。ないものを探しても見つからねぇよ」

疲れが見え隠れする飯田の言葉に僕はかぶりを振った。

「いいえ、物事には理由があります。それが見えないのは、見るための材料が揃っていないか、もしくは見る方向を間違えているからです」

東山は不服そうに顔をしかめた。

「七人に絞る理由も自分自身に制約をかける必要性もない。なのに事実としてヴェノムは七人という縛りを自らに設定した。なぜそんなことをしたのか……」

僕は刑事達の顔を見渡しながら、言葉一つ一つを句切るように語る。

「それは七人という数字を決めたのはヴェノムではないからだ。つまり七人という数字は最初から決められていて後から変えられなかった」

一拍置き、声高らかに僕は仮説を披露する。

「最初からヴェノムには七つの死体が与えられていたんですよ」

こんなことを言って、はいそうですか、と受け入れられるなら苦労はない。

案の定、東山は厳しい視線を僕に向け、

「何をどうしたら、そんなとち狂った答えに辿り着くんだ?」

打つ手なしといった様子で、冷え切った言葉を投げかけてきた。

だが僕は動じない。予測できた反応であったたし、既に問いに対する答えを持っているから。どんな内容でも準備されたものを口にすることはそれほど難しくない。

「八人目の死体があるからですよ」

もしあれがなければ、僕もこんな結論を導き出すことはできなかった。つまり、この八人目の死体こそが犯人が残してしまった、どうしようもない汚点だ。

「それまで、殺人は七回だと何度もアナウンスされていたにもかかわらず、実際に見つかった死体の数は八つ。これは大変不可解なことです。理由がどうあれ八人殺すつもりだったのなら、ラジオでも八人を殺す予定だとアナウンスすればよかった。僕に法則を考えさせるにしたって七でなければいけない理由はない。今回は七つの大罪でしたが、八という数字を示されれば、何か別の考えを思いついたでしょう。けれど実際には、ヴェノムは七という数字に固執した。つまり八人目の被害者はイレギュラーな存在だったということです」

すぐに異論の声が上がる。

「……どうしてそんなことが断定できる?」

けれど、その声はそれまでの東山のものとは違い動揺しているように聞こえた。

「八つの死体の中に、他とは明らかに違うものが交ざっているからです」

「お前の事務所の冷凍庫で見つかった男の死体か？　確かに一人だけ男ってのは妙だが」

飯田が顎に手を添えながら言った。

「いいえ違います。僕が言っているのは桜通来良の死体です。なぜ彼女だけが、他の被害者達と違って昨日まで殺されずにいたのかが問題なんです」

おそらく、このことは刑事達も内心疑問に思っていたに違いない。だからこそ、唾棄すべき犯罪者だと疑っている僕の言葉にも耳を傾けるのだ。

「死体が発見された現場の状況、そしてすべてが僕の推理どおりの場所で見つかったという事実を考えると、被害者達は別のどこかで殺された後に冷凍され、それから僕の発言に基づいて発見現場へと持ち込まれたと考えるのが自然です」

「そんなことはとっくの昔にわかってる」

余計なことは話さず早く答えを述べろ、と東山は目で訴えてくる。

「あなた方も既に述べられていますが、死体が冷凍されていた事実、そして被害者達の失踪時期を考えると、桜通来良以外の被害者達は全員、ラジオマーダーの配信が開始される前には殺害されていたと考えられます。しかし、桜通来良が殺されたのは間違いなく昨日のこと。なぜ彼女だけが特別なのか」

僕は一呼吸置いて、刑事達の耳にすり込むように、強調して言う。

「つまり、桜通来良が殺された理由は他の被害者とはまったく別なんですよ」

「別の理由?」

「別の事件と言った方が正しいかもしれません。少なくとも、桜通来良を殺した犯人と他の女性達を殺害した犯人は同一人物ではありません」

「犯人がもう一人いるだと?」

話が核心に近づいていくにつれて、東山の声も荒々しいものへと変化していく。

「ええ、そのとおりです。そして僕らは既に犯人の姿を見ている」

僕はハッキリと、単語一つ一つを句切るように言う。

「僕の部屋の冷凍庫の中から発見された男。彼こそが六人の女性を殺害した犯人です」

そして、その僕の結論に耐え切れないといった様子で東山は掌を机に強く叩きつけながら立ち上がった。ただ、否定のセリフがその口から放たれることはなかった。

「そんなことを言うからには、それなりの理由があるんだな？」

経験の差なのか飯田が動揺を露わにしながらも、毅然とした口調で尋ねてくる。

僕も同じようなトーンで返す。

「ええ、もちろんです」

そして続けざまに質問をぶつける。

「普通の人間がラジオマーダーなんてものを考えつくと思いますか？」

「まあ……常人の発想ではないわな」

「そうです。明らかに常軌を逸している。人の命を奪うだけでは飽き足らず、あまつさえその死に様を録音してネットに流す。どう考えてもマトモな人間のすることじゃない。けれど、その後の犯人がどのようにしたか、先程までの僕の話を思い出してみて下さい」

「確かに矛盾している。同じ人間がやったとは思えない」

名城の声は重く、これまでの声音と明らかに性質が違っていた。

「そのとおりです。わざわざ、自分で人を殺したと喧伝して回る一方で、それを隠すために極めて複雑な策を弄《ろう》する。これらの行動は明らかに矛盾しています。犯人が途中で、人格が入れ替わったかのように方針を変えたとも考えられますが、それよりも途中で犯人そのものが入れ替わっていると考えた方が自然です」

刑事達は今にもうなり声を上げそうだった。

「犯人は死体と事件を引き継いだって言うのか……」

名城はどうしてか懇願するような声で言う。

僕は彼の言葉に対する答えを、つっかえてしまわないようゆったりとしたスピードで告げる。

「事実として六回分の音声とそれに対応する六人分の死体はある」

これは動かしようのない事実だ。

そして、その事実から導き出される真実とは。

「つまり二人目の犯人——ややこしいので継続犯とでも呼びましょう——は一人目の犯人が既に作ってしまったラジオ音源と死体を手に入れ、それを流さざるをえない状況に追い込まれた。そう考えればすべての辻褄が合うんじゃありませんか？」

僕の述べた答えを聞き、堪《こら》え切れなかったのか東山は叫んだ。

「詭弁だッ！」

けれど僕は気にせず続きを語り聞かせる。

「改めて考えてみましょう。六人の死体を用意し、ラジオマーダーを思いついた人物、つまり今回の事件の切っ掛けとなった最初の犯人は誰か？」

僕は刑事達の脳に刻み込むように何度も言葉にする。

「もしかするとその人物は今ものうのうと、どこかで暮らしている僕らの知らない誰かである可能性は否定できません。けれど、そんなどこにいるかもわからない誰かを疑うより先に、僕らは犯人たりうる条件を満たした人物を既に知っている」

刑事達がハッと気がついたように一斉に目を見開く。

「今回の事件で見つかった八つの死体の中で唯一の男性であり、死体が保存されていた精肉店に住んでいた人物。ラジオマーダーを中心としたこの事件において、一切ラジオとの繋がりが見えないあの男――犬山亜嵐こそが六人の女性を殺害し、あろうことかその様子を録音していた張本人である可能性が高い」

目の前で立ち尽くす東山の瞳を窓から差し込んだ月光が照らす。

それでも彼の小さな瞳孔は微動だにしなかった。

「加害者だから犬山亜嵐の殺害を記録した音声がないんです」

もう東山に反論の機会は与えない。

このまま結論を確定させる。

「真相はこうです」

僕の口は真実を語り続けるだけ。

「ヴェノムを名乗り、ラジオマーダーというネットラジオを配信していた継続犯は、六人の女性を殺害した最初の犯人――犬山亜嵐を殺害してしまった。それが偶発的な事故だったのか、故意によるものだったのか、確かめる方法はありません。ですが手元には結果的に七つの死体が残ってしまった。これは継続犯にとって最悪の事態でした。一人の男を殺してしまっただけでも社会的制裁を逃れられないのに、状況として継続犯は七人分の殺害容疑をかけられる立場となってしまった。事実はどうであれ、継続犯からすると自分の未来が閉ざされてしまった気分でしょう。なにせこの国のマスコミは衝撃的な事件をより衝撃的に報じる割には、それが冤罪だったとしても、そのことを大々的に報じてはくれないし、冤罪でも社会は当人を犯罪者のように扱うからです。だから継続犯はなんとしても、自分達が七人もの人間を殺害した猟奇的殺人犯であるというレッテルを貼られないようにしなければならなかった」

　静まり返った取調室の中で僕は淡々と言葉を紡ぐ。

「そのためのラジオマーダーだったんです」

3

　僕の主張を最後まで聞き届けると、東山は右手で額を覆ってゆっくりとくずおれた。いつまで待っても否定の言葉は聞こえなかった。

「いや待て、おかしいじゃないか」

　声を上げたのは飯田だった。

「どこがですか?」

「てめぇもさっき言ってたじゃねぇか、殺人の様子をネットを使って配信しようなんて発想は常人が思いつくようなものじゃねぇ。それに被害者達は失踪者として扱われて、大した捜査もされてなかったんだ。もし死体が手元に残ったとしても、そのまま山に埋めるなり燃やすなりするのが、常人の行動なんじゃねぇのか?」

　飯田の言い分は正しい。

　きっと継続犯も悩んだことだろう。

　それでも自分の人生を守り抜くためにはやるしかなかったのだ。

「犬山亜嵐の殺害がラジオマーダーの初回配信より前だったら、そうしたでしょう」

けれど、実際は継続犯が彼を死に追いやったときには、既にラジオマーダーの配信は始まってしまっていた。

「繰り返しになりますが、ラジオマーダーは第一回配信がされた時点で、既に警察が問題視する程度には話題になってしまっていた。もし警察が本格的に捜査を始めれば、ラジオマーダーで述べられた被害者のプロフィールに一致する人物の行方不明者届が出されていることに気づかれて、ラジオマーダーが本物であることが露見する危険があった」

だが、そんなリスクは無視すればよかったのだ。情報が溢れる現代であれば、時間が記憶を洗い流したはずだ。けれど、継続犯にはそれができなかった。

自分の手の離れた場所で事件の捜査が行われてしまうことが恐怖だった。

疑惑が自分に向けられることを極端に忌避した。

己の目の届く範囲で事件をコントロールしたかったのだ。

「故に継続犯は自らが殺した相手のアイデアだったラジオマーダーを引き継ぎ、それを使って別の人間に罪をなすりつけ、自らの行いをなかったことにしようとしたのです」

「けど、自分が殺してしまった相手ならいざ知らず、他人が殺した六人のことをそんなに気にしなければいけない理由はなんだ?」

今度は名城が力の籠もっていない、微かな声で尋ねてきた。

「他人なら気にならなかったでしょう。しかし継続犯と犬山亜嵐は他人ではなかった」

そこまで言うと、名城は僕の言葉に被せるように言う。

「そして、社会的責任を取らなければいけない立場の人間だった……ってことか」

既に彼も誰が犯人なのか薄々感づいているようだった。

おそらく、彼は僕より先にこの事件の犯人と思しき人物に疑いの目を向けていたのだろう。けれど、決定的な証拠がないので取調室の中で僕から情報を引き出そうとした。

敵に見えていた名城はずっと僕の味方だったのだ。

「そうでしょうね。そして、それはすべての死体がT市内で見つかった理由の説明にもなります。この一連の事件を成立させるためには、継続犯は事件の情報をいち早く収集できる立場でなくてはならなかったんです」

刑事達は沈黙している。

真実までの道筋は既に見えている。

焦ってはいけない。

「継続犯が行ったことをもう一度整理しましょう」

真実への道筋から滑り落ちてはならない。

「継続犯の一人である桜通来良は第三回ラジオマーダーを僕に提示し、犯人に繋がる仮説を考えさせようとした。しかし、頭の悪い僕は何も思いつかなかった。そこで、彼女は第四回のラジオマーダーに死体の場所が明確に特定できるノイズを混入させ、それを調べるよう僕を誘導し、思惑どおりに死体を発見させた。ここまではいいですね？」

誰も声を上げなかったので、僕は話を続ける。

「しかし、これによって継続犯はやらなければいけないことが増えてしまった。第四回の死体がノイズを辿ることで見つかったということは、第三回の死体も同様の方法で見つからなければおかしい。少なくとも、僕がおかしいと感じるかもしれない。だから継続犯は第三回の死体を第四回と同じ方法で見つかる場所に置いたんです」

僕の意思とは外れて、声はどんどんと大きくなっていく。

「つまり、第三回の死体はサイレンの音に合わせて精肉店からあの廃ホテルに移された。更に、この死体を置いた人物は事件に何の関係もない第三者ではありえません。なぜなら、第三者には第四回のノイズが偽物であることも、第四回の死体が発見された時点で第三回の死体が置かれていないという事実を知ることもできないからです。すなわち、死体を置いたのは僕か継続犯ということになる。しかし、僕が置いたということはありえない。僕が死体を置いたのなら、第四回の死体が第三回の死体より先に見つかるという順番の逆転は起こりえないからです。ならば、死体を置いた人物は間違いなく継続犯だ」

思考がそのまま言葉へと変化し、部屋に響く。

「そして、継続犯であっても桜通来良には不可能です。なぜなら彼女はどこで緊急車両のサイレンが鳴っていたかを知りえない立場であり、音と死体の整合性をとることはできませんでした。今回の事件で死体をあの廃ホテルに置くことができたのは、いつサイレンが鳴っていたのか、どこに死体を置けば、ラジオマーダーの音声と矛盾のない現場を作れるかわかっていた人物のみ。それが可能だったのは、緊急車両がいつどこの道を通ったか、正確に把握できる立場の人間でしかありえない。一般人には、ＳＮＳを駆使したところで、完全に音声と符合する場所を見つけることは到底不可能だからです」

僕は改めて、目の前でうなだれる男を見つめる。

「先程、あなた方は第三回の死体を、ラジオに混ざったノイズから現場を特定するという手法で発見したと言っていた。音声と整合性がとられている以上、それ自体はおかしなことではありません。しかし、あのサイレンから死体を見つけられるのは、死体を置く場合と同じく、サイレンがいつどこで鳴ったのかを正確に把握している必要があった」

自分の心音が取調室そのものを揺さぶっているような感覚に陥る。

「死体を廃ホテルに置いた人物は間違いなく継続犯であり、死体を見つけた人物は継続犯と同じく緊急車両の出動照会ができる人物だった。この二人は別人でしょうか?」

僕の問いかけに彼は答えない。

あと一押しだ。

「緊急車両の出動照会をできる人物というだけなら被疑者は優に万を超すでしょう。しかし、継続犯は桜通来良と共に、犬山亜嵐の罪の責任を追及される立場にあった。有り体に言ってしまえば、三名の間には血縁関係があった」

これは発想の飛躍だが僕には確信があった。

証拠はずっと前から、目の前に示されている。

僕は感情を押し殺すようにしながら叫ぶ。

「つまり結論はこうです。桜通来良、犬山亜嵐の両名と血縁関係にあり、緊急車両の出動照会ができた——この条件に当てはまる人物こそ、僕が探していたラジオマーダーのパーソナリティ、ヴェノムであり、継続犯であることは疑いようがない」

僕は犯人の姿を見つめる。

彼の瞳はどれだけ激情に駆られようとも動かない。

それは真実を覆い隠すための偽りの瞳。

「そして、今ここに、その条件すべてを満たした人物がいる」

そのカラーコンタクトの奥に隠れた、ライラくんと同じオッドアイを見つめる。

「東山刑事。あなたが犯人だ」

僕は追撃するように言葉を加える。

「さあ東山刑事、そのカラーコンタクトを外して貰えませんか？」

4

東山は何も答えない。机に肘を突き、額に手を当ててその目を覆っている。

やがて口の端から漏れ出たかのような小さな笑い声が取調室に響いた。

「採用面接でもバレなかったんだがな……。まさかこんなところでバレるとは」

東山は自らを嘲るように言い、そして自然な動作でカラーコンタクトを外して瞳をさらした。飯田と名城、二人の刑事が驚きの声を上げる。

そこにあったのはライラくんと同じ、金と青の瞳だった。

おそらく、同僚達は彼の異色の両目のことを知らなかったのだ。

素直すぎるようにも思える彼の行動は、おそらくもう取り返しがつかない状況に自分が陥っていることが明白だからだろう。

今はまだ起こった事実から、彼と被害者の間に浅からぬ関係が存在すると推定されているだけだが、それはいずれ確定する。

警察官の採用試験では身体検査がある。もちろん健康診断も含まれるだろうし、既往歴の記入欄もあるだろう。けれど、彼の目はそういう体質であって病気ではない。健康診断を行った医師は事実のとおり「病歴なし」と記入したはずだ。警察官として必要な視力は問われても、目の色を問われることはない。

彼は決して病歴を詐称していたわけではない。

それでも、ここまで目のことを隠し続けてきたのは、警察という組織に入るにあたり、自分の目の色が不利に働くという確信があったからだろう。日本警察は異常なまでに均質化された組織だ。異端が嫌われると考えるのは不思議なことじゃない。

「いつ気がついた?」

「犬山亜嵐の死体の写真を見たときです。他の死体は一旦凍らされたことを除けば、死後に傷つけられていない。けれど、彼の目は死後にくりぬかれていた」

それに第三回の被害者にしてもわざわざ眼球を刺すなんてことをして目に固執している。

だからきっと、目に何かしらの執着があると思った。

最初の犯人も継続犯も、どちらも。

「そこであなたが僕を捕まえたとき片目をつぶっていたことを思い出したんです。アクションシーンのある刑事ドラマではよく見るシーンですが、よくよく考えてみるとあの行動は少しおかしい。僕は実際に銃を持ったことがないので狙いを定めるときに両目がいいのか、片目がいいのかはわかりませんが、少なくともあの場面は僕に銃口さえ向けていればいいんです。暴れるなという警告であって実際に発砲する必要はなかったのですから」

東山はまだ何も言わない。

「二つ、目に対する疑問ができた。だから僕はあなたの目を観察することにした。よくよく観察しなければ、気がつくことはなかったでしょう」

そして、ようやく東山は小さな声で呟く。

「なるほど……。結局はこの目か……」

東山が自分の指でそっとまぶたに触れる。

どんな気持ちでその言葉を発したのかはわからなかった。

「僕は名探偵ではありませんが、一応は探偵業を営んで生活してきた人間ですから長い時間顔を合わせて観察すれば、カラーコンタクトをしていることくらいはわかります」

彼が自分の目にどんな思いを抱いているのかもわからない。

「あなたの瞳孔はどれだけ感情が揺れ動いても動かず、室内の明暗の差にも反応しなかった。それを見て、きっとあなたは元々の瞳の色を隠すために瞳孔の部分が小さいコンタクトレンズをしているんだと確信したんです」

「いつも使っているものならバレなかったかもな」

希少なものだ、すぐに同じものを用意することはできなかったのだろう。

ただ、常日頃から同僚の警察官達の目を欺いていただけのことはあって、彼の目の動きは自然だった。虹彩とカラーコンタクトの位置がずれないように気を配っていて、これに瞳孔の動きが加われば相当注意深く観察しても簡単には判別がつかない。

長年、意識していなければ到底身に付くようなものではなかった。

けれど、それを習得しなければ彼は警察官でいられない。それは彼にとって絶対に身に付けていなければならない技能であり生命線だったのだ。

すると混乱した様子の名城が、椅子から立ち上がり捲し立てるように問いかけてくる。

「ちょっと待ってくれ。片目を閉じていたことに違和感があるのはわかる。けど係長はどうして目を閉じていたのか俺にはさっぱり……」

僕は身体の向きを少し変え、殊更にゆったりとしたスピードで名城に語りかける。

「その疑問の答えは二つあります。まず一つ、そもそもどうして僕に目の色を知られないようにしなければならなかったのか。これは言うまでもなく桜通来良との関係を悟られないようにするためです。僕にもあなた方にも。人生で一人出会うか出会わないかという珍しい目をした人間が一つの事件で二人関わっているとなれば関係を疑われることは避けられない。それ自体が証拠にはならなくても、何か重大な証拠に繋がる切っ掛けになるかもしれない。彼はそのリスクを避けたかったんです」

切れ目なく、僕はもう一つの理由を述べる。

「もう一つ。現場で片目を閉じていた理由は……桜通来良の片目にコンタクトが嵌まっていなかったからでしょう。東山刑事に殺害された際、彼女は両目にダークブラウンのコンタクトレンズをしていた。裸眼で行動すれば目立ってしまいますし、コンタクトを着けることが習慣だったとしたら不自然ではありません。東山刑事と彼女の体格差は歴然ですが、死に物狂いの人間を完璧に押さえつけられるとは思えない。コンタクトレンズは彼女が必死に抵抗した際に外れて落ちた。けれど東山刑事がそのことに気がついたのは僕を捕まえる直前、現場に足を踏み入れたときです」

「そこまで見抜いていたのか」

東山が力ない声で言う。

やはり現場に落ちていたコンタクトレンズはライラくんのものではなく、彼のものだった。

「きっと本当の犯行現場は別の場所だった。だからコンタクトは見つかるはずがない。けれど、もう片方のコンタクトが現場に落ちていなければ別の犯行現場があることを見破られてしまう。だから咄嗟に自分の着けていたコンタクトを床に落とし、付着物の検査をできないようにとその場で踏み砕いたんです。コンタクトは珍しい医療用のものでしたが二人の目は同じ色です、きっと同じものを使っていたのでしょう。そして、片目を閉じたまま僕に銃を突きつけ、逮捕を宣言した」

その後はすぐに、現在着けているダークブラウンのカラーコンタクトを代わりに嵌めたのだろうが、僕に拳銃を突きつけている間は片目をつぶる他に選択肢はなかった。

すると、東山は不敵に笑い、

「なるほど……。欲をかいた結果がこれか……」

そうこぼした。

「欲？」

「なんてことはない。ただ単に難事件を解決したって実績が欲しかったんだ」

「第三回の死体を自ら発見したのもそのためですか？」

「もちろん、お前が言ったように辻褄合わせのためってのもあるが、改めて考えると、俺は他の刑事より先に死体を見つけたってアピールがしたかっただけなのかもな」

東山は自嘲するようにこぼした。

「じゃあ、俺が第一回と第二回の死体を見つけたのも東山係長が……」

名城が今にも泣き出しそうな声で訊く。

「そのとおりだ。流石に全部の死体を俺一人で見つけたら怪しまれると思って、お前のことを誘導して死体を見つけさせたんだ」

それを聞いた飯田が咄嗟に東山に詰め寄る。ただ口を開こうとする前に東山が制した。

「違いますよ飯田さん……そんなんじゃない。俺はそんなできた人間じゃないんです」

刑事達の間に何があったのか僕にはわからない。けれど、今しがた東山が言ったことが、なんとも拙い嘘だということだけはハッキリと伝わってきた。

「教えて下さい。犬山亜嵐とあなたは……」

きっと答えは返ってこないだろうと思った。けれど予想に反して東山は小さな声ではあったが、ハッキリとした声で話を始めた。

「あいつ……アランは俺の弟だ。腹違いだけどな」

最後の疑問がようやく解けた。

ラジオマーダー事件は三人のきょうだいにまつわる事件だったのだ。

「ライラの母親も違う、あいつは本妻の子だ。俺達の父親は社会的地位こそ高いが正真正銘のクズ野郎で、至るところで女を作ってたんだ。相手が妊娠したことがわかると手切れ金と堕胎費用を渡す。そしてもし子供が生まれても認知はせず、金で揉み消す。そんなことを繰り返してたんだよ。だから俺達の間に戸籍上の繋がりはない」

咄嗟に、昨年亡くなったオッドアイの名優の顔が浮かんだ。

もちろんそれは僕の妄想で、真実とは何の関係もないのかもしれない。

「俺は子供の頃から、父親のことも自分に腹違いのきょうだいがいることも知っていた。金払いは悪くなかったからそれほど不満はなかったよ。けどアランは違った。あいつの母親は金を受け取ることもせず、父親のことも黙っていたらしい。ただ、死に際に父親のことを話して、そこから俺達のもとに辿り着いた」

そして東山はゆったりとした口調で話を始めた。

5

その男は喪服も着ず、着古したパーカーにジーンズという姿で喪家《そうか》に現れた。弔問客も去り、月が随分と高くなってからのことだったらしい。

ライラに呼び出された俺は桜通家から程近いチェーンの喫茶店で男と向き合った。

夜更けにもかかわらず、意外にも多くの席が埋まっている。

ただ、どの客も自分達のおしゃべりに夢中で誰も俺達のことなど気にしていない。

隣に座ったライラだけが、目の前の男に厳しい視線を向けている。

「つまり、お前は俺の腹違いの弟ってことか」

「ああ、そうだ」

男は自分のことを港譲司の息子だと名乗った。

名前は犬山亜嵐というらしいが、男は一目見ただけで健康状態が芳しくないことがわかるほど痩せこけていて、表情もどこか虚《うつ》ろ。今この瞬間に倒れてもまったく不思議ではなかった。ただ、よくよく目を凝らして観察してみれば顔の造作は悪くなく、危うげな挙動さえなければ、翳《かげ》を感じさせるその面立ちを好む女性も少なくないだろう。

確かに、アランの顔は端々から港譲司を想起させる。

何より、その目は俺達と同じように左右で異なる色をしていた。

金の右目に青の左目。

それだけでこの男が俺達と同様にやつの息子であると信じるには充分だった。

「それであなたは私達に何か用なの？」

テーブルの上のコーヒーには目もくれず、警戒心を滲ませた声でライラが言う。

するとアランは薄気味の悪い笑みを浮かべながら答えた。

「用がなくちゃ、俺はあんたらに会いに来ちゃいけないのか。腹違いだなんて言っても、俺達はきょうだいだろ。まあ、お前らは今日まで俺のことなんて知らなかっただろうが」

言っていることに間違いはなかったが、どこか詭弁じみて聞こえる。何かを隠していることは明らかで、ライラも不審そうに相手を見つめていた。

「もしかしてお金が目的？　お父さんの遺産をたかりに来たの？」

ありそうなことだった。

「あの男の残した金なんていらねぇよ。遺書に俺に遺産を譲れって書いてたとしても俺は受け取りを拒否するね。それで満足されちゃ、気味が悪い」

身形から察するに、金が不要だというのは強がりだったのかもしれないが、それはあくまでも俺の想像にすぎない。

本人が不要だと言うのなら、その言葉を信じるしかなかった。

「そんなことより兄さんと姉さんは随分と仲が良さそうだな」

アランはわざとらしく俺達のことを兄さん姉さんと呼んだ。

けれど、俺とライラの関係もアランが考えているほど深くはない。

俺とライラが出会ったのは二年ほど前。ライラが出版社を辞めフリーになってすぐの頃のことだ。

あのときのライラはろくに仕事もなく、フリーになることで揉めて以来、実家とも絶縁状態だったらしい。そんなとき、半分だけ血の繋がった兄である俺のもとを訪ねてきた。どうやら、俺の存在はかねてより知っていたらしい。あのとき、少し金を貸してやって以来、俺とライラはちょくちょく顔を合わせているが、そのことは周囲には伝えていない。所詮、その程度の仲だ。

今日の葬儀にも俺は参列しなかった。

「それで、結局俺達に何の用なんだ？」

改めて問い直すとアランは悪びれた様子もなく答えた。

「大した用はねぇよ。愛すべき親父《おやじ》殿が死んだってニュースを見て、死に顔でも見てやろうと思って足を向けてみただけだ。そしたら俺と同じ色の目をしたやつがいたから、どうせなら挨拶しようと思ったんだ」

ライラが普段から着けているダークブラウンのカラーコンタクトをしていなかったのは、葬儀の間くらいは港譲司の子供であることの何よりの証《あかし》であるオッドアイを隠さないようにという親族からプレッシャーがあったかららしい。

ライラは恨めしそうに、気にせずコンタクトをしておけばよかった、と呟いている。

「そしたらそいつは俺の姉さんで、しかも話を聞くと兄さんまでいるって話じゃないか。俺の母さんは最近逝っちまってな、半分とは言え血の繋がった家族が残ってるってわかって、今は結構ハッピーな気分だ」

アランの言葉に嘘はなかったように感じられたし、家族を亡くした後で血の繋がりのある相手に会いたくなる気持ちもわからなくはない。俺だって同じ立場になったら同じことをしたかもしれないし、道義的に間違っていることをしているわけでもない。

けれど、アランは表情こそ朗らかだったがどこか挙動が怪しげで、気味が悪く感じられた。

無意識に警戒しているのか、自分の身体がどんどんと強ばっていくのがわかる。

「挨拶ね。どうにもあなたの言動は信用ならないんだけど、目の色も同じことだし弟だということは認めてあげる。よろしくね。これで満足？」

他にも言いたいことはいくらでもあっただろうが、ライラはそれ以上やりとりを続けることを嫌ったのか、突き放すような言葉をアランに浴びせかけた。

だが、これで立ち去るようなら最初から声を掛けてくるようなことはなかっただろう。

「つれないじゃないか、姉さん。もう少し姉弟《きょうだい》のスキンシップを楽しもうぜ」

そう言って、席を立つ気配をまるで見せない。

アランは依然として引き攣《つ》ったような笑みを浮かべたままだ。

「久しぶりに再会したら普通のきょうだいはどんなことを話すんだろうな。わかんないけど、近況報告とかをするんだよな。それくらいいいだろう？」

どれだけ言葉を交わしても、何が目的なのかわからない。

直感では、すぐにこの場を立ち去り、このアランという弟のことなどさっさと忘れた方がいいとわかっていたが、どうしてかそうすることができない。それはライラも同じなのか、暑くもないのに額に汗を滲ませながらアランの行動を注視している。

「二人は今は何の仕事をしてるんだ？」

俺達の内心を知ってか知らずか、アランは当然の成り行きのように問いかけてくる。

目の前に置かれたアイスコーヒーの氷がグラスの中でカランと音を立てる。

「……私はジャーナリスト。一応ね」

会話を長引かせたくなかったのか、ここで無理矢理会話を打ち切ったとしてもロクなことにならないだろうと察したのか、結局、質問に応じたのはライラだった。

特に嘘を吐いたりはせず、本当のことを告げる。

「へぇ、ジャーナリストか。かっこいいじゃん。どっかの出版社にでも勤めてるのか？」

他意はなかったのだろうが、ライラは苦々しい表情を浮かべている。

「ちょっと前まではね。今はフリーで細々とやってる」

それでもライラも弱みを見せないよう平静を装っている。

しかし、ライラの言葉に何か気になることでもあったのか、アランは唐突に表情を豹変《ひょうへん》させ、悲しみとも怒りともつかない声で尋ねてくる。

「……フリー？」

アランは言外にどうしてと問うていたが、ライラは鬱陶しそうに、

「あなたには関係ないでしょ」

と吐き捨てて、それで会話を打ち切ろうとした。

だが、そのあからさまな態度が余計にアランを刺激したのか、目の前に座った男は執拗《しつよう》に腹違いの姉に食い下がる。

「どうしてフリーになったんだ？」

「それ、重要？」

「フリーのジャーナリストって儲かるのか？」

ライラは言葉を返すことができなかった。

答えに窮したのを見て、確信を得たのかアランはなじるような口調で続けた。

「予想どおりだ。どうせ金にならない趣味みたいなノリで仕事してるんだろ？　いいよな本妻の子は。親の脛《すね》だってかじり放題だもんな。けど、その顔で稼げないレベルなんてよっぽど腕が悪いのか、そ

れとも顔で得してるってことに気づいてなくて、自分の実力を過信してたから会社を飛び出しちまったのかな？」

「うるさいっ！」

痛いところを突かれたライラが叫び、食ってかかろうとするが、アランは飄々《ひょうひょう》としている。

「まあなんでもいいけど、金に苦労したことないやつは自由でいいよな。俺なんて親父殿が認知しなかったから養育費なんて一切なし。その上、母親も病気で倒れちまって、結局、高校にも行けなかったんだぜ？　きょうだいなのに、この格差はなんなんだろうな？」

そんなことは自分には関係ない、と撥ね付けてしまえばよかったのだろうが、どれだけ悪ぶろうとしてもライラも根がお嬢様だ。そうする必要もないのに黙り込んでしまう。

このままではライラが一方的に責められるばかりになってしまいそうだったので、俺がライラに代わってアランとの会話を引き継ぐ。

「そっちの境遇は確かに恵まれてなかったんだろうが、その不満をライラにぶつけるのはお門違いだ。それともお前は、わざわざライラに謝って貰いたくてここまで来たのか？　自分の生まれの不幸を報せられればそれで満足か？」

ようやく視線が俺に向けられる。

「腹がふくれるなら、それでもいいんだけどな」

アランは小馬鹿にしたような口調で言った。

「なら目的は何だ？」

「だから近況報告だって言っただろ。そういう兄さんの仕事は？」

嘘を吐く理由もなかったので、俺は正直に答える。

「刑事だ」

すると、俺の答えを聞いたアランは、

「刑事！　流石は港譲司の息子だな！」

急にギアを入れ替えたかのような叫声を上げる。

「子供の頃、俺も見てたぜ『孤高』」

それは港譲司――桜通譲司の代表作として知られる刑事ドラマだった。

「つまり、兄さんは父親に憧れて刑事になったってことか？」

「そんなんじゃない。現実的な選択肢として公務員の警察官を選んだだけだ。お前ほどじゃないかもしれないが、うちもそれほど裕福じゃなかったからな」

するとアランは再び小馬鹿にするような笑みを顔に浮かべて言う。

「でも刑事なんだろ？」

俺や親父と同じ色の両目から放たれる眼光が俺を貫く。

「刑事ってのは自分で志願しない限りは、そうそうなれるもんじゃないって聞いたことがある。しかも、今あんたは聞いてもないのに自分から刑事だって名乗ったじゃないか。警察官じゃなく、わざわざ自分は刑事だって言ったんだ」

自分では意識していないことだった。

けれど、指摘されてみると確かに違和感のある言い方だった。

アランは得意げに続ける。

「さぞ刑事であることが誇りなんだろう。親父殿も喜んでくれたか？」

「さあな。刑事になったことなんて伝えてないし、そもそもそんな機会はなかった」

俺が親父に会ったのは一回切り。多分小学生の頃のことだ。

どうしてそういうことになったかは覚えていないが、珍しく母親に連れて行って貰った外食先に急にあの男が現れたのだ。ただ、言葉を交わしたりはしなかった。あの男は俺の顔を一瞥すると、何かを母親に渡してすぐに去って行った。

以降は俺が一方的にテレビの画面を通して見ていただけ。

あの男が俺のことを覚えているかどうかすら怪しかった。

「まあ、あの男が愛人の子供になんて興味を持つわけがないか」

アランはどこか同情したような声を漏らし、同類を見るような目で俺を見た。

すると突然、ライラが力の籠もった声を発した。

「ううん。お父さんはすごく喜んでた」

「……えっ?」

俺は思わず声を漏らして、ライラの方を窺う。

「お父さんはずっとお兄ちゃんのことを気に掛けてたし、警察官になったことも、刑事課に配属になったことも私より先に知ってた。テレビ越しではあったけど、父親らしく子供に将来の道を示すことができた、なんて嬉しそうに言ってたんだから」

ライラはそのセリフを俺ではなく、アランに向けて言った。

俺は咄嗟にライラの言ったことは嘘だろうと思った。

本当にそうだったとすれば、あの男だって俺と会おうとしたはずだし、喜びの声を直接伝えることだってできたはずだからだ。

おそらく、ライラ流の意趣返しのつもりだったのだろう。

元々、あまり性格が良いとは言えないライラだが、流石に悪趣味だ。

ただ、効果は覿面《てきめん》だったらしい。

あれほど饒舌だったアランは黙り込み、顔を伏せて小さく震えている。

「あなたと違って、お兄ちゃんはお父さんに愛されてたの」

調子に乗ったライラはアランに追撃の言葉を浴びせる。

それでもアランは何も言い返したりはしなかった。

しばし続いた沈黙の後、アランは無言で立ち上がった。

照明の当たり方が悪く、俺が座っている位置からはアランがどんな表情を浮かべているのか、確認することはできなかった。

「何？　暴力でも振るうつもり？」

嗜虐心《しぎやくしん》に火が付いたのか、ライラは綺麗《きれい》な顔を不細工に歪ませながら、囃し立てるような口調でアランを煽る。俺はそれくらいにしておけと視線を送るが気づく様子はない、
ライラの暴言を止めることを諦めた俺は、何が起こっても対処できるように、アランの行動の子細に目を光らせる。

アランは血の気が失せて真っ白になるほどの力で拳を握って、いつ殴りかかってきてもおかしくない状態だった。

けれど、結局アランは何もしなかった。

「なるほど……。そういうことだったんだな……」

囁くようにそう言うと、急に荷物を手に取り、店を出て行った。

当然、コーヒー代を置いていったりはしなかった。

「何あれ?」

ライラはアランの姿が見えなくなると、すっかり腹違いの弟に興味を失ったらしく、マズそうにぬるくなったコーヒーに口を付けていた。

俺はライラほど割り切ることができず、いつまでも弟が出て行った扉を見つめていた。

6

ライラから「助けて」という、あまりに短すぎるメッセージが届いたのはすっかり月も高くなり、街中から音が急速に消え去り始めた深夜のことだった。

最初は何か悪趣味なジョークかもしれないと思ったが、メッセージには位置情報が添付されていて、次第に疑いの気持ちは薄れていった。

ライラの身に一体、何が起こっているのか。

どんな状況に陥れば、こんなメッセージを送ろうとするだろう。

瞬間、俺の脳裏に浮かんだのは親父の葬儀の日に見たアランの姿だった。

あのときのアランは、どこか危うげで、何をしでかすかわからない雰囲気を纏っていた。

まさか……本当に実力行使に踏み切ったのか。

添付されていた位置情報はT市内の線路沿いにある商店街の一角を指し示していて、家から急げば十分足らずだ。車を駐められる場所がスムーズに見つかるかどうかもわからないし、走った方が早い。

俺は決意を固めると、スマートフォンだけを手に家を出た。

くたびれた底の薄いスニーカーで夜の街を駆ける。

道中、ほとんど人とはすれ違わなかった。

身体中から汗が滴り始める頃にようやく辿り着いたのは、人気のまったくない商店街の中にある、シャッターの下りた『肉のイヌヤマ』という名の廃業した精肉店だった。

店自体は営業しなくなってから相当な時間が経っているのか、間口の上部に掲げられた看板はひび割れ、シャッターも至るところが歪み、錆が浮かんでいた。

一見しただけでは、中に誰かがいるようには感じられなかった。

しかし、改めて地図アプリを確認しても、指し示されている場所は間違いなくここだった。

俺はどこかから中に入ることはできないかと、店の裏手に回ってみる。するとそこには通用口らしき扉があって、ノブに手を掛けるといとも簡単に開いた。

心を決めて、中に足を踏み入れると、廊下の奥から微かに物音が聞こえた。

「ライラ！　アラン！」

大声で名前を呼ぶが、どれだけ待っていても返事はない。

代わりに何か争うような音が建物の奥の方から聞こえてくる。

間違いなくここにライラがいる。

おそらくアランも。

俺は身を守るものを何も持ってこなかったことを後悔しながら、土足のまま廊下を進む。

音の出所を目指して、照明のない廊下を突き進んで行く。

二人がいたのは、廊下の奥の階段を下りた先にある地下の部屋。そこはこの精肉店が営業していた頃に肉を貯蔵するために使われていたであろう巨大な冷凍室だった。

「お兄ちゃん！」

冷凍室の扉の前に立った俺に気がついたライラが助けを求めて叫ぶ。

ライラはアランに組み敷かれ、身動きがとれなくなっているようだ。

しかも、アランは右手に包丁らしき刃物を握り、それをライラの首に突きつけている。

ただ、まだ実際に暴力を振るわれたわけではないらしく、髪や服に多少の乱れはあるものの、見える限りの範囲には傷らしきものは確認できなかった。

すると、ようやく俺の存在を認識したらしいアランが意味のわからない不気味な笑みを浮かべながら、どこか抑揚のおかしな口調で言う。

「なんだ、もう来ちゃったのか。それとも姉さんが隙を見て助けを呼んだのかな?」

以前、葬儀の夜に喫茶店で会ったときもやつれた雰囲気はあったものの、今のアランが纏っている雰囲気はあのときとまるで違っていた。

焦点の合っていない、どこを見つめているのかわからない目。

こけた頬。

野放図に伸びた髪や髭。

半開きの口。

アランは明らかに正気を失っているように見えた。

ただ、そんなアラン以上に目を奪われるものが冷凍室の中にはあった。

それは死体の山だった。

全員若い女性で、おそらく六人分。

華奢な体軀、ふわふわとした淡い色の髪。

そこにいる誰もがライラに似た雰囲気を纏っていた。

組み敷かれたライラの奥に、ライラの死体が山積みされているのかと錯覚したほどだ。

「ライラから手を離せ。腹ばいになるんだ」

俺はアランをいたずらに刺激しないように、落ち着いたトーンで命令する。

「おぉ、いかにも刑事っぽいセリフだ……。かっこいいねぇ！」

ただ、アランはもちろん武器も持っていない俺の命令に従ったりはしない。

しかし俺と話をする意思はあるらしく、アランは体格差を活かして座ったままライラの背後に回り込むと、自身の姉を盾のように身体の前に掲げて俺と対峙する。

ライラの首には依然として包丁が突きつけられていて、抵抗すれば命が危ういことは明白だった。

「そこの死体はなんだ?」

ライラを助け出すためには隙を作り出さなければならない。

俺はとにかくアランの意識をライラから逸らそうと対話を試みる。

「気になるか?」

圧倒的に有利な立場にいるアランは余裕の表情を崩さない。

「本当はこんな形で兄さんに死体を見せるつもりはなかったんだが、もうどうしようもないからネタばらししてやるよ。ああ、俺の人生は本当に思いどおりにならない」

アランが何を言いたいのかわからなかったが、とにかく今は好きにさせるしかない。

「そこにパソコンがある。中にラジオって名前の音声ファイルがあるから聞いてみな」

視線を少しさまよわせると、確かに床に古いノートパソコンが置かれていた。

俺はアランの様子を見逃さないように視線をやつに向けたままノートパソコンに近づき、言われたとおりラジオという名前の音声ファイルを再生させた。

ノートパソコンのスピーカー音量は最大になっており、冷凍室の中に響き渡る。

聞こえてきたのはネットラジオのものらしき音声だった。

『ラジオマーダー。皆さんこんばんは、パーソナリティのヴェノムです。この番組は日々漫然と平和を享受し、退屈な日々を送っている国民の皆さんにひとときの娯楽を提供しようというネットラジオ、ラジオマーダーの全七回の初回配信です』

俺はこのラジオのことを既に知っていた。

警察内でも話題になっている殺人実況を行っているというネットラジオだ。

そのとき、ふと嫌な予感がした。

「まさか、お前がこれをやったのか！」

嘘であって欲しいと思った。

しかし、目の前に積み上げられた死体の山がなによりの証拠だった。

「なんだ、もう知ってたのか。やっぱり殺人ラジオって題材を選んだのは間違いじゃなかったんだな。まあ、ラジオって形式にしたのは、動画だと正体を隠すのが面倒だったってのもあるけど……話題になってるのなら結果オーライだ。兄さんの言うとおりだよ。このラジオマーダーは俺が作ったんだ。説明するまでもないと思うが、殺人実況は偽物じゃない。こいつらを実際に殺して録音したんだ」

あまりに恐ろしい告白に俺は言葉を失う。

「なんのためにこんなことを……」

俺が呟くと、アランは恍惚《こうこつ》として答える。

「もうどうにもならないからネタばらしをするとな、これは犯人捜しゲームだったんだ」

「ゲーム？」

俺にはアランの言葉の意図しているところが理解できなかった。

「そうだ。このラジオはラジオ内で俺が言っていることを読み解いていけば、しっかりと俺が犯人だってわかるようになってる。ただし、犯人がわかるのは兄さんだけだ」

「どういうことだ?」

追い詰められているはずなのに、アランは得意げな態度のまま続ける。

「もしかすると予想できてるかもしれないが、このラジオの最後の被害者は姉さんになる予定だった。そして、その他の六人も全員姉さんの知り合いで、俺がラジオで語った動機は俺が姉さんに思っていたことなんだよ。これから流れる分もそうだ。あの日から俺はずっと姉さんを監視していたんだ。そしたらどんどんとこの女の悪いところが目に付いてね。この女を生かしておいたらいけないって思ったんだよ。でも、ただ殺すだけじゃつまらないだろう?」

その言葉に俺は眩暈すら覚えた。

もうアランにはきっと俺の声は届かない。

「ラジオの音声だけじゃなくて見た目からも推理できるように似た女を探したんだけど、まさか六人も見つかるなんて思ってもみなかった」

なるほど、山積みにされている被害者達がライラに似ているのはそういう理由か。

確かに、ラジオの捜査が始まり、被害者の写真を見れば俺はそれをライラに似ていると判断するだろうし、ラジオで語っていた動機からもライラのことを思い出しただろう。

しかし、そんなことよりも俺はアランが、ライラの知り合いで見た目が似ているというだけで六人もの女性を手にかけたことに慄《おのの》いていた。しかも、その口ぶりから推察する限り、もし同じ条件の人物が他にもいればアランは躊躇うことなく、もっと多くの女性を殺すつもりだったに違いない。

背中を冷たい汗が伝って落ちていくのがわかった。

今まで色んな犯罪者を見てきたが、どいつもアランほどではなかった。

「このミッシングリンクにいち早く気づくのは間違いなく兄さんだ。もちろん、流れのままにしたらどうなるかわからないから適宜誘導するつもりだったけどな」

ようやくアランの計画の全貌が見えてきた。

「七人も殺したとなれば、間違いなく日本中を震撼させる大事件になる。そんな大事件を一人で華麗に解決する刑事がいれば、そいつは間違いなくヒーローだ」

「……そうだろうな」

「けど、それが犯人の身内だったと判明したらどうなると思う？」

どうなるかはわからない。けれど、祝福はされないだろう。

おそらくネット上では自作自演すら疑われることになる。

「そうなれば兄さんの刑事人生は終わりだよな！」

アランはうっとりとした笑みを浮かべながら叫んだ。

ようやく、どうしてアランがこんな凶行に及んだのかを理解した。

俺が憎かったわけではなく、刑事になった俺が憎かったのだ。

アランが港譲司に対して抱えていた感情は、俺が想像していたよりもずっと複雑だった。

心情的にあの男のことを自分の父親であるとは認められない。けれど、テレビや銀幕の上で活躍するあの男は誰よりもかっこよく、真実を聞かされた後も憧れの対象だった。

特に『孤高』で一匹狼の刑事である青波を演じていたときはなおさら。

本当は自分も青波みたいになりたかった。

けれど、家庭の事情――もっと言えば港譲司のせいでそれは叶わなかった。

にもかかわらず、同じような立場にいるはずの俺は自分の夢を叶えていた。

アランはそれが許せなかった。

だからこそ、俺が刑事でいられなくなるような計画を立てた。

もちろん、ライラのことも憎かっただろうが、本来の標的は彼女ではなかった。

「本当はヒーローになった後に一気に転落させたかったけど、俺はもうここに積み上がってる女どもを殺した。腹違いとは言え俺はお前の弟だ。これで充分だろ！」

本当にアランが考えているようにことが運ぶかはわからない。

けれど、事件が公になれば俺の立場が危うくなることは間違いなかった。

俺に落ち度はないかもしれないが、やはりこの事件の発端は俺なのだ。

落ちぶれる俺の姿を想像して堪え切れなくなったのか、アランは堰《せき》を切ったように盛大な笑い声を上げはじめる。

ただ、俺を嘲笑《あざわら》うことに集中しすぎてライラのことが頭から抜け落ちてしまったのか、いつの間にか首に向けられていたはずの包丁は床に向けられていた。

ライラはその隙を逃さなかった。

自分の首に回された腕を振りほどくと、後頭部を思い切りアランの顔に叩きつける。

そして今度は自分がアランに馬乗りになり、一心不乱に拳を叩き込み続けた。

ライラの横顔は、普段の彼女からは想像もつかないほど恐ろしいものに豹変していて、見開いた目には明らかな狂気が垣間見えた。

けれど、不意を突かれたアランもまだ包丁を放しておらず、今にもライラに向けて、それを突き刺そうとしているように見えた。

俺は咄嗟にライラに加勢する。

包丁を握ったアランの右腕を蹴り上げ、そのまま逆の足でアランの頭を蹴る。

とにかく、これ以上アランに殺しをさせるわけにはいかない、その一心だった。

今、相手がどうなっているのかも確認せず、必死に身体を動かした。

そして疲れで身体の動きが鈍くなった頃、アランが動かなくなっていることに気づいた。

俺もライラも肩で息をしながら、自分の見ている光景を上手く飲み込めていなかった。

しばらく、二人して暴力の痕の残るアランをぼうっと見つめていた。

そして、数分が経った頃、ようやく自分が何をしたのかを理解した。

そうか……俺が殺したのか。

不思議と後悔はなかった。

振り返ってみると、アランを殺す以外に道があったようにも思えない。

「えっ……死んじゃったの?」

呆けたようにライラが声を漏らす。

まるで力加減がわからず小動物を殺してしまった子供のようだった。

俺とは違い、自分のしでかしたことに本気で狼狽えているらしい。

多少正気を取り戻した俺は、改めてアランの首筋に触れて脈を確かめる。

指先からは微かな鼓動の残滓すら感じることはできなかった。

時間感覚が狂い、アランが心肺停止状態に陥ってからどれくらいの時間が経ったかわからない。けれど、ここからこの弟が息を吹き返さないことくらいは理解できた。

「ああ、死んでる。手遅れだとは思うが、救急車を呼ぼう」

俺はそう言って、近くに落ちていた自分のスマートフォンを拾い上げようとする。

しかし、ライラは伸ばした俺の手を摑むと、

「正当防衛だよね？」

とダークブラウンのコンタクトを嵌めた大きな目を力の限り見開きながら尋ねてきた。

ライラの表情に浮かんでいたのは畏れやおびえではなく、明らかな憤りだった。

俺はしばし逡巡した後、自分でも驚くほど小さな声で答える。

「そうだな。けれど、それは裁判で決まることだ」

ライラは爪が皮膚に食い込むほどの強い力を込めて俺の腕を握る。

「私……捕まるの？」

「ああ、それは避けられない。実際に俺達はアランを殺したんだ」

ライラは立ち上がると、アランの死体を見下ろしながら叫ぶ。

「そんなことになったら、私これから仕事なんてできなくなっちゃう！」

「俺もだよ……」

「もし事情を知らない人がこの状況を見たらどう思う？」

ライラが何を心配しているかはすぐに理解できた。

アランが殺した六人についても自分達の仕業だと誤解される可能性を考えているのだろう。しかも、死体として積み上がっている六人はライラの知り合いらしい。

疑いの目が向けられるのは明らかだった。

「大丈夫だ。それは事実誤認だ。証拠を固めれば真実は明らかになる」

「それっていつ明らかになるの?」

俺は言葉に詰まった。

「……すぐにでは……ないだろうな」

残念ながら、アランの計画は本人の望んだ形ではないにせよ達成されてしまったのだ。いや、もしかするとこういうことになる可能性も予想していたかもしれない。

先程聞いた従来の計画でも、アランは俺の手で捕まることになっていたし、死刑になることもわかっていた。もはや人生に未練など残っていなかったのかもしれない。

俺もライラも既にどうしようもないところまで引きずり込まれてしまっている。

「なんで、こんなやつのために私の人生がメチャクチャにされないといけないの……」

その事実を受け入れられないのは当然のことだった。

ライラは間違いなく被害者側で、同情されこそすれ、非難される立場にはない。きっと裁判になれば、そのことは証明されるだろう。だが、事実が明るみに出る頃には、既に世間からのライラや俺の印象は拭いがたいほど悪いものになっているに違いない。

そうなれば二度と自分が望んだ人生には戻れない。

「なんでお兄ちゃんはそんなに冷静なの?」

ライラの声には非難の響きが混ざっていた。

「わからない……わからないんだ……」

それは嘘偽りのない俺の本心だった。

そんな俺の様子を見て、ライラはもう自分で決断するしかないと思ったのだろう。

「わかった。もうお兄ちゃんを頼ったりしない」

非難めいた声でそう告げた。

そして、ほとんど間を置かずに、

「……私に考えがある」

決意が固まった目を向けながら言った。

「考え？」

俺はただライラの言った言葉を繰り返すばかり。

「あの男はあのラジオを使ってお兄ちゃんをハメるつもりだったんでしょ？」

「ああ、どうやらそうらしいな」

まだ俺にはライラの考えとやらがどのようなものなのか想像すらできない。

「あいつは死んだ。だったら、代わりに私達があのラジオを使えばいい」

「どういうことだ？」

「さっきあいつが聞かせたネットラジオって全部で七回の予定なんでしょ？」

「らしいな」

「ここには丁度七人分の死体がある。これを使って、別の人を犯人に仕立て上げるの」

そこまで聞いても、俺にはライラがどのような起死回生の一手を頭の中で描いているのか、まるで想像がつかなかった。

「どうやってそんなことを……。それに無関係の他人を巻き込むなんて……」

躊躇する俺とは違い、ライラは既に決意を固めているようだった。

「大丈夫。うってつけな人に心当たりがあるから」

ライラは詳細を語りはじめる。

「まず、アランが作ったラジオを予定通り配信して、注目を集める。内容が内容だから放っておいてもある程度話題にはなると思う。そこで私が身代わりになって貰う人に、ラジオで殺人実況なんてことをしている凶悪な殺人犯を見つけて欲しいと持ちかける。相手の正義感に付け込むの。そして私達の代わりに死体を見つけて貰う」

「ここを見つけさせるのか？」

しかし、それではただの第一発見者で、身代わりにはならないだろう。

ライラはゆっくりと首を左右に振る。

「ううん。そうじゃない。死体は市内にばらまく。しかも場所はそいつに決めて貰う」

「……そんなことが可能なのか？」

「普通なら無理だろうね。けど、アランが作ったラジオは全部で七回って最初に予告されている。本当は七って数字には意味はないんだけど、ここに意味を見いだすように誘導すれば……アランの犯行に法則があると思わせることができればなんとかなる。そして、身代わりの人には自分の推理をラジオマーダーと同じようにネットで配信して貰うの。見つかるはずのない場所から死体が見つかって、その場所を事件とは関係のないはずの一般人がピタリと言い当てる。それだけでも、警察の疑いの目はそいつに向けられるだろうし、そいつの家から死体が見つかったらどう？」

確かに、ライラの言うとおりになれば、被疑者として、そいつを逮捕できるかもしれない。しかし、そんなにも、他人の思考や行動をコントロールできるのだろうか。

「俺達が先に死体が置かれている場所を決めておいて、そこを見つけさせるんじゃダメなのか？」

「ダメじゃないけど、私はその方がリスキーだと思う。最初からこっちでシナリオを全部決めておくと、まったく見当外れなことを言い始めたときに軌道修正が難しい。その点、全部相手に考えさせる場合は私達は後出しじゃんけんで対応すればいいだけ」

ライラが身代わりをコントロールし、俺が警察の捜査をコントロールする。

あまりにも荒唐無稽な話だ。

「けど、ライラはそのスケープゴートと一緒に行動するつもりなんだろ？　ここにいる被害者達は皆お前の知り合いだ。なら、お前も被疑者として疑われる」

「それなら、私も被害者になればいい。もちろん、私は自分から死を選んだりしないよ。私は身代わりになるやつを上手く誘導して、私も他の被害者と同じく殺されそうになっているように見せかける。そこをお兄ちゃんがそいつを現行犯で逮捕するの」

ライラはどこまでも真剣だった。

真剣に生き延びる方法を模索していた。

「お兄ちゃんはこのままでいいの？」

ライラの悲痛な問いかけが耳に届く。

確かに計画が上手くいけば俺達は助かるように思えた。どころか、一気にそれぞれの業界のスターダムに上り詰めることすら可能かもしれない。

俺達はもう既にアランの計略によって殺されたも同然だ。

なら、どんなにささやかな可能性でも、それに縋《すが》るしかない。

「それで……うってつけな身代わりってのは、どんなやつなんだ？」

「そいつは探偵を名乗ってるんだけどね」

結局、俺は最後にはライラの語る計画に耳を傾け、実行する決意を固めていた。

7

「なるほど……。そういうことだったんですね」

僕はラジオマーダーで語られる被害者達の共通点を七つの大罪と推理した。けれど、実際にはまったく違った。感情的な部分ばかりフォーカスされると思っていたが、ラジオマーダーで語られた動機はアランという青年がライラくんに対して感じていたこと。

キリスト教とはなんの関係もない……ライラくんを死に至らしめた大罪。

僕はきっと、依頼を受ける直前に見た『ＳＥ７ＥＮ』のことが頭の隅に残っていて、それに影響されて法則を考え出してしまっただけなのだろう。

もちろん、ラジオで語られた人物像と僕が接してきた彼女のイメージとはすぐには結びつかない。けれど、それは当然のことで、僕は本当の彼女と話したことは一度もないのだ。

僕の前にいた彼女は、僕好みにアレンジされた空想の産物だった。

「最初は妹さん——ライラくんを殺すつもりはなかったんですよね？」

「ああ、もちろんだ」

「なら、どうして心変わりを？」

東山は少しだけ考える素振りを見せた後に答えた。

「そうだな……心のどこかであいつが最初にアランを煽り立てるようなことを言わなければこんなことにはならなかったのに、って思っていたからかもしれないな。食べるものを調達してくると言って署を出て、あの店の一階で殺した。冷凍室にはできれば入りたくないなんてライラが言ったから、不審がられたくなくてその場でやった。ものの数分の話だ。元々、ライラのシナリオではあいつもお前に殺されかけたってことにする予定だったから、偽装のためだって言って首にロープをかけるのは簡単だった。ライラは俺が味方だと微塵も疑っていなかった。実際、事件の途中までは俺もライラを庇《かば》うつもりだった。けれど時が経つにつれ、ある考えがちらついて頭から離れなくなった。ライラが俺を裏切らない保証はどこにもない。ライラは妹だが、弟だって俺を陥れようとした」

後悔があるのか、東山の声は酷く辛そうだった。

「あいつを殺した後、俺は何食わぬ顔で捜査に戻った。他の事件のときもそうだ。別に二十四時間いつでも署にいるわけじゃない。ライラと俺、どちらがよりやりやすそうかっていうのを考えて死体を移動させた。疑われてないんだから……それほどの苦労はなかったよ」

語り終えた東山に僕は問いかける。

「最後に一つだけ確認させて下さい」

「なんだ？」

「ラジオマーダーの第三回配信のことです」

それは僕がこの事件で最初に耳にした音声であり、東山が犯人であることを突き止める最後のピースとなったもの。

「あの配信に紛れていたノイズを付け加えたのはあなた達ではなく犬山亜嵐ですね？」

東山は頷く。

「ああ、そうだ。俺達は第三回までの配信には手をつけてない」

これですべての謎は解けた。

「僕は不思議だったんです。先程述べたとおり、緊急車両のサイレンがいつどこで鳴っていたかなんて、普通は調べられない。だから、僕に向けられたものであるはずがない。だとしたら、あのサイレンの音は一体誰の思考を誘導するためのものだったのか」

僕はそれ以上のことは言わなかった。

言葉にせずとも、すべては伝わったようだ。

「そうか……。俺は結局、自分が殺した弟の意思でここにいるってことか……」

そう漏らす東山は微かな笑みを浮かべているように見えた。

真意はわからない。犬山亜嵐は自らの兄を、彼らがそうしたように死体の在処に誘導するために仕込んだのかもしれないし、もしかすると、僕の想像とはまったく別のことを考えていたのかもしれない。

真実を確かめる術はもうない。

けれど、今目の前にある現実は、彼の行動によって引き起こされたものだ。

それだけが、今の僕にわかっていることだった。

「どうしてだ……」

飯田がうなだれる東山の肩を摑んで、問いかける。

身内の恥に決して激高しているわけではなく、本当に戸惑っているようだった。

「東山、お前は優秀な刑事だったじゃないか。お前が俺がこの事件を最後に警官を辞めるって噂を聞いて意気込んでるのも伝わってきた。やり方は随分と間違っちまったが、そんな風に人のことを考えられるのがお前だろ？　俺はお前を信じていたんだ。だからこの事件が終わったらお前を俺の後釜として一課にって思ってたんだ。そりゃあ、きょうだいが人を殺したとなりゃ後ろ指を指すヤツもいるだろう。だからって……」

それに比べると東山はなんだか気の抜けた様子で、覇気がない。

「優秀な刑事ですか……その言葉は本当に嬉しいですよ。俺は昔から本当に刑事に憧れていたし、警察官になったときも刑事課に配属になったときも小躍りしましたからね。まさかこの目で警察官になれるなんて思ってもいなかったですから」

「なら……」

「でもね飯田さん。俺は飯田さんが思ってるような人間じゃない。アランには言えなかったですけど、刑事になりたかったのだって結局は親父に憧れてたからなんです」

東山は絞り出すような声で言う。

「それにこの国は俺達に優しくはないんですよ。みんながみんな、同じような見た目のこの国で、偏見の染みついたこんな田舎で、俺がどう生きてきたか。俺だって自分の瞳の色を隠すような真似はしたくなかったですよ。でもこうするしかなかった。俺を突き動かしてたのは、反骨心だけ。俺は誰も文句が言えないくらいまで出世して、自分の目を周りに見せつけてやろうと思ってたんです。今回だってただ手柄が欲しくて弟の殺しを利用しただけです」

静かだった彼が声を荒らげ、叫ぶ。

「だがお前は実際にそれに立ち向かった。周りの声を実績で黙り込ませた。俺はお前のそういう頑固なところも気に入ってたんだ。褒めてるようには聞こえないかもしれないが、若い頃の自分に似てるなんてことも思ってたんだよ」

「そうですよ東山係長！　それに係長はノンキャリアじゃ誰よりも早く警部補になった」

刑事二人は言葉を重ねる。

「だけどアランはそれを否定しようとした。そしてアランがあんなことをしたのは……」

東山は皆までは言わなかった。

取調室の中で、もう誰も言葉を発しようとはしない。

しばらく、沈黙が続く。

これだけ騒いでいるのだ、そのうち他の刑事達もやってくるだろう。

「東山さん。僕にはあなたの気持ちはきっとわからないし、どんな困難を乗り越えてきたかも想像することしかできない。けれど確かなことが一つだけあります」

「……なんだ?」

「あなたが裁かれるのは目の色のせいじゃない」

僕は東山を見つめ、彼も目を逸らさなかった。

「あなたが罪を犯したからです」

エピローグ

あの事件から一年あまりの時が過ぎた。

劇的だった去年の夏と同じように、今年も僕の暮らすN市でも連日四十度に迫る気温が記録されており、容赦ない日差しが死者に向かってても降り注いでいる。

事務所から地下鉄とバスを乗り継いで三十分ほどの小高い丘に造られた霊園では、お盆のシーズンだからか整然と並んだ黒い墓石に多くの鮮やかな色の花が手向けられている。

僕はスマートフォンのメモを頼りに目的の墓を探す。

それほど大きな霊園というわけでもないので、それはすぐに見つかった。

――桜通家之墓。

周りのものと比べてひときわ大きく、豪華な造りの墓。

ここに桜通来良……ライラくんが眠っている。ただ、まぎれもない犯罪者である彼女のことを偲《しの》ぼうという近親者はいないのか、それとも別の理由があるのか、左右の花立《はなだち》は空で、長い間参る人もいないのか、墓全体が薄汚れているように感じられた。

簡単に墓の掃除を済ませると、僕は線香を手向け、左右の花立にそれぞれ彼女の目の色に似た黄色のキンセンカと青いリンドウの花を挿した。彼女が本心でどう思っていたか今となってはわからないが、僕はやはり彼女の異色の両目が好きだったのだ。

「久しぶりだね。結局、ここに来るまでこんなに時間がかかってしまったよ」

もちろん、墓の下から声が聞こえてきたりはしない。それでも彼女に向かって身の上話を続けようとしているのは僕の個人的な心情の問題にすぎなかった。

結局、僕は送検されることもなく釈放され、代わりに東山が犯人として逮捕された。けれど、それですぐに僕が自由の身になったかといえば、そんなことはなかった。事件の重要な証言者であることに変わりはなかったし、裁判にも参考人として何度も呼び出された。

ラジオマーダー事件は日本警察史上に残る未曽有の不祥事として連日連夜、マスコミ各社による報道合戦が繰り広げられ、瞬く間に国民の関心事となった。もちろん僕のもとにも取材の依頼が舞い込み続けた。事件後すぐの頃と比べれば随分と減ったが、取材の申し込み自体は今も続いている。ただ、僕はそのすべてを断っていた。

まだ裁判は続いているし、どれだけ気を付けていても人は思い込みに囚われることがあるのを知ってしまったからだ。

僕の言葉が曲解され、偏見に満ちた記事がこの世の中に出回ってしまうのは面白くない。

「実はある出版社からラジオマーダー事件のことを本にしないかって持ちかけられてるんだけど……迷ってるんだ。お金がないんだよね。僕のことをラジオマーダー事件を解決に導いた名探偵だなんて言う人も多少はいるんだけど、実際は君の知っているとおり無能な男だ。ほとんどの人は僕の間抜けさに気がついてる。普通、そんなやつのところに依頼したりしないよ。でも本を出せば、まだもう少し延命できるかもしれない」

もしライラくんが僕の立場だったら迷わなかっただろう。

弟の目線ではそれは死に値する悪徳であり、大罪だったのかもしれないが、彼女の強さでもあった。

けれど、やはり僕は彼女とは違うのだ。

ここに来て、ようやく吹っ切ることができた。

「名探偵として生きられるのは、フィクションの中にいる天才達だけだ。僕は違う」

今日ここに来たのは、過去と決別するため。

僕が唯一自分が探偵であると胸を張って言える事件、その象徴であるライラくんにそのことを伝えたかったのだ。

夢を追いかけることは楽しく、人生が劇的であることは甘美だ。

けれど、僕はどうやらそれを続けられる人間ではないらしい。

「それじゃあ、さようなら」

僕はそう言って、彼女に背を向け歩き出す。

憂鬱なほどに青い夏の空が広がっている。

＊本書は、「ジャーロ」誌上で公募した新人発掘プロジェクト「カッパ・ツー」（選考委員：石持浅海、東川篤哉）にて選出された作品を、選考会での指摘を受け、著者が改稿したものです。

＊この作品はフィクションであり、実在の人物・団体・事件とはいっさい関係ありません。

信国遥（のぶくに・はるか）

1993年、愛知県生まれ。愛知大学卒業。長野県在住。本作がデビュー作となる。

あなたに聞《き》いて貰《もら》いたい七《なな》つの殺人《さつじん》

2024年4月30日　初版1刷発行

著　者　信国《のぶくに》 遥《はるか》
発行者　三宅貴久
発行所　株式会社 光文社
〒112-8011　東京都文京区音羽1-16-6
電話　編　集　部　03-5395-8254
書籍販売部　03-5395-8116
制　作　部　03-5395-8125
URL　光　文　社　https://www.kobunsha.com/

組　版　萩原印刷
印刷所　新藤慶昌堂
製本所　国宝社

ISBN978-4-334-10299-9